[西班牙] 哈维尔·塞尔卡斯／著
（Javier Cercas）

朱洁蓉／译

著作权合同登记号　图字 01-2021-5311

Javier Cercas
TERRA ALTA
© Javier Cercas, 2019
Simplified Chinese translation copyright © 2024 People's Literature Publishing House
All rights reserved

图书在版编目（CIP）数据

高地／（西）哈维尔·塞尔卡斯著；朱洁蓉译．——北京：人民文学出版社，2024． —— ISBN 978-7-02-019031-7

Ⅰ．I551.45

中国国家版本馆 CIP 数据核字第 2024EB4937 号

责任编辑　张欣宜
装帧设计　李思安
责任印制　张　娜

出版发行　人民文学出版社
社　　址　北京市朝内大街166号
邮政编码　100705

印　　刷　三河市中晟雅豪印务有限公司
经　　销　全国新华书店等

字　　数　218千字
开　　本　880毫米×1230毫米　1/32
印　　张　10.75　插页3
版　　次　2024年11月北京第1版
印　　次　2024年11月第1次印刷

书　　号　978-7-02-019031-7
定　　价　52.00元

如有印装质量问题，请与本社图书销售中心调换。电话：010-65233595

献给劳尔·塞尔卡斯和梅尔赛·马斯，我的高地。

主要人物和地名说明

主要人物

梅尔乔·马林　主人公，高地警局警员，一般以名字梅尔乔出现，偶尔也有人称呼他的姓氏马林

珂赛特　梅尔乔的女儿

奥尔加·里维拉　梅尔乔的太太，图书管理员

罗萨里奥　梅尔乔的母亲，妓女

卡门·卢卡斯　梅尔乔母亲的朋友

多明戈·比瓦雷斯　梅尔乔的律师，后成为其父亲般的亲人

吉尔（吉耶）　被称为"法国佬"，梅尔乔的狱友

比森特·毕加拉　梅尔乔做巡警时的同事

托马斯·巴雷拉　高地警局警督

布莱　梅尔乔的上司，高地警局警长

埃尔内斯特·萨洛姆　梅尔乔的同事，高地警局警士，阿尔韦特·费雷尔的挚友

米克尔·戈马　托尔托萨警局警督，谋杀案专案调查组负责人

皮蕾丝　托尔托萨警局警长，戈马警督副手

恩里克·福斯特　加泰罗尼亚警局信息部负责人

伊萨亚斯·卡夫雷拉　加泰罗尼亚警局内务部警士

洛佩斯、比尼亚斯、拉莫斯、克拉韦尔、里乌斯、戈麦斯　托尔托萨警局警员

鲁伊斯、马约尔、西尔文特、马丁内斯、费利乌、科罗米纳斯　高地警局警员

弗朗西斯科·阿德利　阿德利纸业拥有者

罗莎·阿德利　弗朗西斯科·阿德利的太太

罗莎·阿德利　阿德利夫妇的女儿

阿尔韦特·费雷尔　阿德利夫妇的女婿，阿德利纸业行政总裁

约瑟·戈拉乌　阿德利纸业总经理

达涅尔·席尔瓦　阿德利纸业财务经理

博泰特　阿德利纸业人事经理

阿霍纳　阿德利纸业生产经理

达涅尔·阿门戈尔　墨西哥大商人，内战后从西班牙移民到墨西哥

地名说明

加泰罗尼亚自治区下属有巴塞罗那、塔拉戈纳、赫罗纳和雷里达四个省。

塔拉戈纳省下属十个行政机构（市或县）：上坎帕、下坎帕（首府雷

乌斯)、埃布罗河岸(首府埃布罗河畔莫拉)、下埃布罗(首府托尔托萨)、下佩内德斯、昆卡德巴贝拉、蒙特赛(首府安波斯塔)、皮李欧罗多、塔拉戈纳和高地(首府甘德萨)。

高地下属还有伯特、阿内斯、比拉尔瓦德尔萨尔克斯、普拉特德科姆特、科尔韦拉德夫雷、奥尔塔德桑特霍安、埃尔皮内利德夫赖、拉法塔雷利亚等村镇。

高地、埃布罗河岸、下埃布罗都是塔拉戈纳下属的市镇,且这三个地区都有当地警局,但统一受下埃布罗首府托尔托萨的警局管辖。

第一部分

1

电话铃响的时候,梅尔乔正在办公室里值班,耐心地等待夜班结束。电话是警局前台的值班同事打过来的,通知他在阿德利庄园发现了两具尸体。

"是阿德利纸业公司的阿德利家吗?"梅尔乔问。

"就是他们。"同事答道,"你知道在哪儿吗?"

"就在比拉尔瓦德尔萨尔克斯公路边上,是吗?"

"对的。"

"我们有人在那儿吗?"

"鲁伊斯和马约尔。他们刚刚打过电话。"

"那我现在赶过去。"

此时,夜还是如往常一般宁静。凌晨此时,警局几乎没有人。梅尔乔关上灯,锁上办公室的门,一边走下空荡荡的楼梯,一边穿上他的休闲西服。此刻,警局的寂静如此深沉,让他想起刚到高地的那些日子:那会儿,他还沉醉于都市的喧闹,乡间的宁静反而让他睡不着觉,只能借小说和安眠药度过无数失眠之夜。这段回忆让他想起自己四年前刚到高地时的样子，原本都已经遗忘了；也让他清楚地意识到，当时的自己和现在的自己天差地别，就像一个坏蛋和一个模范公民之间的反差，如同他最喜欢的小说《悲惨世界》里男主人公矛盾分裂的两个身份：冉阿让和马德兰先生。

下到一楼，梅尔乔在武器库里取了他的口径9毫米瓦尔特P99手枪和一盒子弹。他心里想着，太久没有读《悲惨世界》了，还想到早上没有办法和妻子女儿一起吃早饭了。

他进了车库，坐上了欧宝可赛汽车，驶出警局，对面是个儿童乐园。同时，他给布莱警长打电话。

"你最好祈祷接下来要对我说的事确实十万火急，大西班牙人。"警长睡意蒙眬地抱怨，"不是的话，我一定会好好教训你一顿。"

"在阿德利庄园发现两具尸体。"梅尔乔汇报。

"阿德利家？哪个阿德利？"

"就是纸业公司的阿德利。"

"别他妈闹了！"

"我说的是他妈的事实！"梅尔乔说，"刚刚同事打来电话，鲁伊斯和马约尔已经在那边了，我正赶过去。"

布莱警长瞬时清醒了过来，开始做出指示。

"我应该做的，你就不用说了。"梅尔乔打断他，"我就问一件事，要不要给萨洛姆和鉴证科打电话？"

"不用了，我来负责各种联络。"布莱警长说，"所有部门都要通知。你负责保护现场，封锁整个房子……"

"放心,警长。"梅尔乔再次打断他,"五分钟内,我就到那儿了。"

"你给我半小时。"布莱警长说道。接下来好像不是对梅尔乔说,而是自言自语:"阿德利家,我操他妈的。准有他妈的一堆事儿。"

梅尔乔没有给欧宝可赛汽车拉警报,也没有亮警灯,高速行驶在甘德萨的马路上。此时的街道和警局的过道楼梯一样空无一物,只是偶尔出现穿着骑行服的自行车车手、穿着运动服的晨跑者或者不知刚从周六聚会归来还是刚出发要去参加周日活动的汽车。天渐渐亮起来。灰色的天空预示着一个阴沉的早晨。在皮克酒店处,梅尔乔左拐驶出甘德萨,上了比拉尔瓦德尔萨尔克斯公路。他猛踩油门,几分钟后,驶离了公路,上了一条土路,百米远处就是一处庄园。一圈石筑的高墙围在外面,墙顶上插着玻璃碎片,墙面上爬着蔓藤。金属的棕色庄园大门又宽又高,半掩着。门前停着一辆警车,蓝色的警灯在黎明的晨雾中忽闪忽闪。警车旁,一位印第安土著长相的中年妇女正坐在石凳上哭泣,鲁伊斯好像在安慰她。

梅尔乔从车上下来,问鲁伊斯发生了什么事。

"我不知道。"警员指着女人回答,"她是家里的厨娘,就是她打电话报警的。她说里面有两具尸体。"

女人满脸都是泪水,从头到脚全身发颤,抽泣着,放在膝盖上的双手互绞着。梅尔乔试着安慰她,问了和鲁伊斯问过的相同问题,可得到的唯一回答只是她充满惊恐的眼神和语焉不详的残言断句。

"马约尔呢?"梅尔乔问。

"在里面。"鲁伊斯回答。

梅尔乔让同事把入口布上警戒线,并留在那边照看女人,同时等待其他警察到来。之后,他走进大门,留意到两旁有闭路摄像头,又踏上花园中心的小径。精心打理的花园里,种着柳树、桑树、樱桃树、玫瑰、毛地黄、雏菊、牡丹、百合、天竺葵、紫罗兰和茉莉。拐了一个弯后,看到了三层楼老建筑的正面,这在路口老远就能看到。木头的大门,阳台围着栏杆,顶楼是四面都是窗户的阳光房,仅靠屋檐的线脚连接。马约尔靠在门廊的一根侧柱上,警员制服的深蓝色与建筑立面的赭黄色形成强烈的色差。他两腿轻微弯曲,双手举着枪。一看到梅尔乔,就像在招呼对方赶紧过来。

在小径周围的泥地上发现一个巴洛克风格的车轮印后,梅尔乔也掏出了手枪。车轮在半开的门前碾出了一大块平地。

"你进去过吗?"梅尔乔问他,身子靠到门廊的另一根侧柱上。

"没有。"马约尔回答。

"有人在里面吗?"

"我不清楚。"

梅尔乔先注意到门锁没有被撬开的痕迹,接着看到马约尔汗如雨下,双眼明显透露着恐惧。

"你到我后面来。"他对马约尔说。

梅尔乔一脚踢开了大门,进入屋子,马约尔紧随其后。他高度戒备,检查了昏暗的一楼:有衣帽架的玄关,一个大箱子,装满书的玻璃柜和扶手椅，电梯，卫生间，带有衣柜的两个卧室，完好的床，陶瓷水罐和收藏丰富的酒窖。之后，他走上石头台阶到了二楼，迎面就是一个大厅，仅靠天花板上的一盏灯照明。眼前所见，在漫长的几秒钟内，似乎让他置身在一种极不真实中。直到马约尔吐了一地，凄惨的哀叫声把他惊醒。

"我的上帝！"警员含糊地惊呼，嘴里还在冒恶心的呕吐物，混杂着胆汁和食物残渣，"这里到底发生了什么？"

这是梅尔乔到高地后，第一次目睹谋杀案现场。虽然之前他也见过无数现场，但从来没有像今天这样的。

面前是两团发红发紫的模糊血肉，分别堆积在沙发和一张扶手椅上。两处地方被鲜血、内脏、软骨和皮肤的混合物浸泡着。这些血肉的混合物还飞溅到墙壁、地面甚至烟囱的罩子上。空气中飘荡着浓重的血腥味和被踩躏、被折磨的肉体的气味，弥漫着一种奇怪的感觉，似乎四面的墙壁吸收了暴行发生时的惨叫。同时，梅尔乔认为，在空气中，他感受到一种狂喜或者幸福的气息，这是最让他困惑的地方。这是一种难以言表的气味，如果硬要描述的话，也许就是恐怖的狂欢节的节日余味，是一种癫狂的仪式，一种人类的献祭。

梅尔乔满心疑惑，朝着两堆恐怖的血肉走去，尽量避免踩到什么证据（地上有两块撕下来的、满是鲜血的布块，毫无疑问，这是用来堵住某人嘴的）。走到沙发前，看了一眼，他就清楚，这血肉模糊的两堆应该是被精心折磨并被肢解的一男和一女的尸体。他们被挖出了眼珠，挑掉了指甲，敲掉了牙齿，割掉了耳朵和乳头，开了腹，内脏被掏了出来，洒落在四周。只消看一眼花白的头发和松弛消瘦的四肢（或者说四肢仅剩的部分），就能明白这是两位老人的尸体。

在天花板吊灯微弱的光线下，梅尔乔觉得他能再欣赏这幅奇景几个小时。

"是阿德利夫妇吗？"他问。

站在几米外的马约尔走了过来，梅尔乔又重复了一遍问题。

"我认为是的。"警员回答。

梅尔乔在当地的报纸和广告上见过几次阿德利夫妇的照片，但从来没有见过真人，实在无从在这个情况下把他们认出来。

"你待在这儿，不要让任何人碰任何东西。"他对马约尔说，"布莱警长马上就到，我去其他地方看一下。"

房子很大，看上去到处都是房间。整屋都翻新改造过，仅保留了原有的结构，其余的都做了更新，让梅尔乔想起建筑装修杂志上的房屋风格。在二楼和三楼之间，有个类似储藏间的小房间。在里面，梅尔乔找到了一个操作板，上面很多监视器都被关掉了。这应该是警报设备室，但所有警报都被切断了。

上了三楼，他走进一个巨大的方形大厅，四周一共有六扇门，有两扇门敞着。其中的一间是主卧，里面已是一片狼藉：床罩、床单、枕头、床垫都被撕开，凌乱地丢弃在角落；床头柜、斗橱、衣柜都被翻了个遍；各种椅子七倒八歪；到处散落着床上用品、内衣、外衣与塑料、玻璃或者金属的碎片。检查之后，梅尔乔确认金属碎片是被砸烂的手机残骸，手机卡早已不知所踪。还有药瓶、护肤品、皮鞋、拖鞋、杂志、报纸、文稿纸、杯子的碎片、空箱子、由木头和象牙雕成的精致的耶稣受难像、一幅耶稣的油画以及众多的家人照片，都被扔在铺着历史题材花砖的地面上。那些镶嵌在银色相框里的家人合影，都被从墙上扯了下来随意丢弃。梅尔乔推测这就是老人的卧室。看着眼前的混乱，他疑惑不解，凶手是否只是简单的小偷，还是特意在寻找什么东西，至于找没找到也无从得知。

很快，他转入另一间敞着门的房间，发现了另外一具尸体。受害者是名女性，头发枯黄，皮肤白皙，骨架很大。她坐在地上，挨着被翻乱的床，背靠着墙，脑袋耷拉在肩上。死者穿着乳白色的睡衣，外面罩着蓝色的袍子，圆眼大睁，像是看到了什么恶魔。脑门上有一个十分钱硬币大小的小孔，鲜血向下淌到了鼻子和嘴巴处，已经干结成一条笔直的血线。梅尔乔又检查了另外四个房间，分别是一个起居室和三间卧室，但没有发现任何异常。之后，他又上了四层的阁楼，很快就发现凶徒没有到过这里。从阁楼的窗户探出头去，他看到庄园的门口停着五辆车。他决定下去。

梅尔乔下楼和刚到的布莱警长、萨洛姆警士会合，他们正在察看老人的尸体。鉴证科的三位同事都在安静地做准备工作，身后摆放着他们的工作设备。一看到梅尔乔，布莱就问他：

"还有其他死者吗？"

警长已经四十五岁了，但看着比实际年龄年轻一些。他身着紧身牛仔裤，上身穿的条纹短袖，把他手臂和胸部的肌肉衬托得很明显。头有点秃，蓝色而透明的眼睛直勾勾的，面对如此虐杀，眼神中透露着不可思议和恶心。

"还有一个。"梅尔乔答道,"是名女性。一枪毙命,没有被折磨的痕迹。"

"应该是他们的罗马尼亚籍女佣。"布莱猜测,"厨娘说女佣晚上在房子里陪他们过夜。"

"老人们的房间被掀了个底朝天。"梅尔乔接着说,"说是老人们的房间,但目前只是我的猜测。地上有些手机的残骸,他们很小心地把手机给砸烂了。你们注意到花园里的车轮印了吗?"

布莱警长点了点头,但视线没有从尸体上移开。

"这是唯一让我不解的。"梅尔乔说,"其他一切都是专业的手法。"

"或者说是变态狂的手法。"布莱说,"如果不是恶魔的话,还有谁会这么干?"

"我进门后的第一个想法,"梅尔乔承认,"认为这也许是一种宗教仪式。但现在我不这么想了。"

"为什么?"布莱问。

梅尔乔耸了耸肩。

"他们没有强行撞门。"他回答,"倒是切断了摄像头和警报。他们砸坏了手机,还拿走了手机卡,这样我们就看不到死者的通话记录了。而且他们是有计划地折磨死者。做的是专业的活儿。也有可能是一起盗窃案,也许他们偷走了珠宝和现金,虽然我没有看到任何保险柜。可是,偷窃需要如此虐杀吗? 或许他们在找什么东西,为了获得信息,所以折磨死者。"

"也许。"布莱警长说,"即使是职业杀手,也既不能说明他们不是变态,也不能说明不是什么神秘仪式。你怎么想,萨洛姆?"

这位警士像是被老人的尸体催眠了,似乎难以确信眼前所见。强烈的视觉冲击颠覆了他一贯的镇定自若:他脸色苍白,略有不适,大口呼吸,上嘴唇微微颤抖。满脸的胡子、发福的身体和过时的眼镜,让他看上去比布莱老很多,而实际上他仅比后者大一两岁。

"首先,我不觉得是职业杀手。"他回答,"不过,也许你说得有道理,凶手可能是一些变态狂。"

"你认识他们吗?"布莱问。

"你是指老人吗?"萨洛姆指着被肢解的尸体问,"当然认识。他们的女儿和女婿是我的朋友。我们很早就认识了。"他转向梅尔乔,又说道:"你太太也认识他们。"

之后就是一片沉寂,萨洛姆的嘴唇终于不发抖了。布莱警长无奈地叹了口气,宣布:

"我来给托尔托萨分局打电话。我们不能独立负责这个案子。"

在警长和托尔托萨属地调查中心通话的时候,梅尔乔和萨洛姆又盯着血肉模糊的尸体看了好一会儿。

"你知道我现在在想什么吗?"梅尔乔问。

萨洛姆还在一点一点恢复正常,起码看上去是那样。

"你在想什么?"他说。

"我在想,我刚到这儿的那天,你对我说的话。"

"我说了什么?"

"你说,在高地,什么大事都不会发生。"

在鉴证科两位同事的帮助下，梅尔乔发现，所有的警报和摄像头在一天半前，也就是周五晚上十点四十八分就被切断了。那间警报设备室应该是从储藏间改造而来。这时，一位警员探头进来。

"托尔托萨的戈马警督刚刚到。"他对梅尔乔说，"巴雷拉和布莱希望你下楼。"

此时是上午九点，高地的调查中心成员挤满了阿德利家的庄园。布莱警长负责指挥所有人，半个警局的人都来了，甚至他的上司巴雷拉警督也来了。几个小时内，这栋被封锁的房子里人来人往，一股狂热的暗潮涌动。警员们交头接耳，交换信息，拍照摄像，做记录，寻找指纹，在找到线索或者以为找到线索的地方摆上编好数字的纸板，试图维持犯罪现场，努力积累有效线索来破案。不久前，两位警员就封锁了庄园的大门，以杜绝越来越多的好奇人士和记者在此聚集。这是个炎热潮湿的上午，刚刚透亮的天空灰蒙蒙的，大团的乌云汇聚，预示着大雨将至。

在二楼的大厅，巴雷拉警督和布莱警长正在和一位男士说话。梅尔乔猜测此人是刚刚上任的托尔托萨属地调查中心的主管戈马警督。他边上站着一位三十多岁的女性，人很瘦，看着就不是好相处的人。她有一头棕色卷曲短发，手上拿着一个苹果平板电脑，锁骨上还有一个被箭射中的红心文身，她就是皮雷丝警长。梅尔乔是在托尔托萨的某次会上认识她的，可从来没有留意过她的文身，也许是最近才文的。四位长官察看着老人被蹂躏的尸体。同时，鉴证科的警员穿着白色连体衣，戴着蓝色的手套、鞋套和绿色的口罩，在他们周围忙碌着，一声不响地专注于他们的取证工作，或偶尔小声交谈。梅尔乔站在离四位长官几步远的地方，确信巴雷拉警督和布莱警长正在让新来的两位熟悉案情。他很好奇，他们是否也能连续几个小时地注视尸体。布莱警长开始详述阿德利夫妇尸体可能经受过的折磨细节，旁若无人，直到突然意识到梅尔乔的在场。布莱就把他介绍给了戈马警督，他们握了握手，后者对梅尔乔充满了好奇和疑问。

"您是第一个到达现场的调查人员？"

"是的。"梅尔乔答道，"他们通知我的时候，我正在值班。"

"把您知道的情况都跟我们说一下。"

他们俩一边说，一边转身走到大厅中央，其他人也跟了过去。皮蕾丝警长在边上用平板电脑记录，布莱警长时不时给梅尔乔的叙述增加一些细节或者说明，完全没有矛盾冲突的部分。梅尔乔汇报结束之后，戈马警督想了一会儿，就让巴雷拉警督和布莱警长把人员分成两组，一组去庄园的入口处，其他人和他们一起在一楼集合。

五分钟后，在一楼的大厅里，戈马和巴雷拉警督的四周已经围了一圈警员，戈马开始说话。虽然是对全员发言，但主要还是对鉴证科人员。警督承诺讲话会很短。他说这个案件的重要性已经无须强调，它将会在媒体上造成巨大影响。所有人都要投入这个案子，接下来几天肯定会很忙碌。但仅靠他们的力量还不足以破案，上午还会有托尔托萨的警员过来支援。需要最大限度地保护好犯罪现场。因此，除鉴证科警员外，越少人上楼越好。鉴证科的警员会被分组负责房子的各个部分，要把每个角落都取证，细致到毫米，不放过任何一个角落，以此保证不错过任何一条线索，即使是看上去再细小、再微不足道的。他指了指皮蕾丝警长，任命她负责统筹整个调查。鉴证科警员收集完所有证据后，统一交给她，由她起草一份案件调查文书。戈马警督转以询问的眼神，看了看布莱警长。

"是西尔文特？"布莱指着一位警员问，后者从连体服里露出了一张椭圆形的脸，脸上长着松鼠一样的眼睛，"由你负责汇总所有证据？"

西尔文特说好的。戈马警督满意地扫视了一圈，似乎想把他的下属都检查一遍。他中等身材，目光冷淡，灰白头发被精心地都梳到了左边。他穿着米色的西装，里面是白色的衬衫，打着棕色的领带，戴着一副无边框的方形小眼镜，给人一种学者的印象。

"我说完了。"戈马警督总结，"我强调不能放过任何一个细节。如果有疑问的话，就要提出来。清楚了吗？"所有人都点了点头，"那么，我们开始吧！"

警员们一边嘀咕，一边分散到房子的各处。戈马警督让梅尔乔留下来。

"请您解释一下。"等其他人都走开，只剩下他们四个长官后，戈马立刻问，"为什么您觉得这是职业杀手干的？"

"因为他们干得没什么纰漏。"梅尔乔回答，"至少第一眼看来是如此。唯一的破绽就是轮胎印了。"

"是马牌轮胎的印子。"布莱插了一句,"但我们可能很难确定到底是什么车。"

"也许这不是疏忽。"戈马提出,"我想说的是,"他赶紧澄清,"这作为疏忽,实在过于明显了。我觉得更像是有意为之,为了误导我们。"

警督的观点引起了一片沉默。布莱警长站出来说话。

"我倒不认为一定是职业杀手所为。"

"我也不觉得。"巴雷拉警督附和,"另外,到处都留下了指纹。"

"我打赌绝大部分指纹都是受害者的。"梅尔乔说,"或者是他们家人的。"

"说到家人,"戈马警督插进来说,"我们通知他们了吗?"

"还没有。"布莱回答。

"还等什么?"戈马问,"赶紧通知他们,并给他们录指纹。然后,把近期来过房子所有人的指纹都录一下。这样,我们就能区分出哪些是凶手的指纹了,如果我们能够发现他们指纹的话。"

皮蕾丝警长在她的平板电脑上记录了警督的命令。布莱警长四处张望,像是在找人,最后没有找到,就走出了大厅。戈马警督没有再多说什么就上楼了,还叫上了梅尔乔,巴雷拉和皮蕾丝也跟在后面。走进尸体所在的大厅,戈马看了看尸体,然后指着一堆把地面搞脏的污秽物。

"谁能给我解释一下,这是什么?"戈马问。

"和我一起进来的警员吐的。"梅尔乔回答。

"他不是唯一一个被恶心到的。"巴雷拉警督补充,"只不过我们其他人强忍住了。"

戈马警督一脸嘲讽地看着同事,巴雷拉已经厌恶地转过了头去。

"你们应该早点提醒我的。"巴雷拉一边摸着自己的肚子,一边抱怨,"我才吃过早饭,还没有完全消化好。"

高地警局的长官命人把呕吐物清扫干净,但想到戈马强调鉴证科结束取证工作之前不能动大厅的任何东西,他立马就收回了指示。布莱警长不知道从哪里回来,又站到了他们边上。

"我要成立一个调查小组。"戈马警督宣布,"加上皮蕾丝警长,一共五个人。你们要借给我两个人手。"

"你随便挑。"巴雷拉说。

戈马指了指梅尔乔。

"这个小伙。"他说,"然后,我需要另一个熟悉当地、在当地生活的人。"

"我推荐一个人。"布莱警长说,"他是这家人的朋友。"

"阿德利家的朋友吗?"

"是的。"

"请您让他立马过来吧!"

"我刚刚让他去通知受害者家属了。"

"那让他尽快回来。"

布莱再次走开,去打电话,然后很快回来了。一会儿,萨洛姆来了。戈马警督向他伸出了手,指着老人的尸体,问他是否认识。

"在高地，所有人都认识他们。"萨洛姆回答，"这里是个小地方。"

"我想问的是个人层面。"

"是的，我认识他们。"萨洛姆点头，"我出生在甘德萨，一辈子都生活在这里，和两位老人一样。不，是和老先生一样。老太太出生在其他地方，但一直生活在高地。不过，我最熟悉的还是他们的女儿女婿，尤其是女婿，我们是很好的朋友。"

"老人没有其他子女吗？"

"没有了。据我所知，也没有其他直系亲属了。"

戈马警督又问他，阿德利家族是不是当地最富有的。萨洛姆又点了点头。

"老先生是一流的企业家。"他说，"半个甘德萨都是他的。阿德利纸业公司只是其中之一。"

"他们生产各类纸质产品。"巴雷拉参与进来，"玛德琳蛋糕的纸杯、糕点的纸盘子、装巧克力的盒子、卡片纸、装鸡蛋和杏仁酥的纸盒等类似的产品。他们公司是高地最厉害的企业。"

"在甘德萨郊外的拉普拉纳工业园区有他们的工厂。"萨洛姆补充，"在东欧和拉美都有他们的分公司。"

"谁负责这一切？"戈马警督问。

"是问谁管理吗？"萨洛姆问，戈马点了点头。"都是老先生自己。"萨洛姆回答，"有个职业总经理跟着他，负责很多事情，基本控制所有一切。他的女婿只是行政总裁。"

"他女婿是您的朋友。"戈马确认。

"是的。"萨洛姆说,"他叫阿尔韦特·费雷尔。真正掌权的是老先生。所有的重要决定都是他做出的。"

"他多大了?"戈马问。

"不太清楚。"萨洛姆回答,"但我肯定他没有到九十岁。"

警督听到这些,有点吃惊,挑了一下眉,嘟了嘟嘴,微微点了点头。之后,他又转向了尸体,似乎要确认它仍在那里。皮蕾丝警长也转过了头,已经不在平板上做记录了,万分期待地看着戈马。不远处,巴雷拉和布莱正在交谈。梅尔乔看着女警长锁骨处的文身,发现上面还文着字,可惜看不清楚。

"我需要一份关于他们家族企业信息的完整报告。"戈马警督突然向女警长命令,她立马记了下来,"今天下午的会议上就要。会议是几点?"

"五点。"她立刻回答,甚至没有从平板电脑上抬起头。

"你觉得时间够吗?"戈马问,皮蕾丝表示没有问题。警督指了指梅尔乔和萨洛姆,又说,"我希望你们到时候也在那边。我指的是警局。"

梅尔乔和萨洛姆点了点头。

"再和您确认一件事。"戈马问萨洛姆,"阿德利家一定有很多仇家吧?"这个问题似乎让警士有点抓不住重点,警督解释,"总有人希望他们不好,也总有人恨他们吧?"

"我倒觉得他们没有什么仇家。"萨洛姆回答,"您为什么这么说呢?"

"因为富人通常都遭人恨。"戈马解释,"越有钱,敌人就越多。"

"恐怕阿德利家是例外。"萨洛姆一脸怀疑地说,"至少在高地,他们没有什么仇家。您想想,他们给当地人提供工作,这里的一半人都给他们家打工。此外,他们还是很虔诚的天主教徒,是主业会①的成员,但他们从不张扬这个身份。他们很低调、简朴,几乎认识所有人,也主动帮助他人。当地人都很喜欢他们,包括他们的家人。"

根据收集到的资料以及个人印象,巴雷拉和布莱也对萨洛姆的意见表示了赞同。皮蕾丝警长在她的平板上记录并总结了这些信息。交流各自意见之后,萨洛姆说:

"好了,我要去通知家属了。"

"好的,赶紧动起来吧!"戈马警督给大家鼓舞士气,"别忘了给他们采集指纹。布莱,您给法官打过电话了吗?"

"给您打完电话之后,我就给他打过了。"布莱回答,"他让我们准备好了就马上联系他。"

"那您现在就可以联系他了。"

布莱警长走到一处角落打电话,鉴证科已经完成了此处的证据采集。巴雷拉在听完一位警员给他的汇报后,两人就一起离开了大厅。戈马警督给皮蕾丝警长布置任务,梅尔乔想避开,去做他自己的那部分调查。可还没有迈开腿,戈马就叫住了他。

"稍等。"他说,"我和您还没有说完。"

---

① 主业会,一个隶属天主教会的自治社团,于1928年由圣若瑟玛利亚·施礼华在西班牙马德里创立。

梅尔乔等在一边。同时，托尔托萨鉴证科的两位工作人员提着箱子来到大厅。在尸体前，他们呆住了几秒钟，接着才走向西尔文特和他沟通。然后他们穿上连体衣，戴上手套、鞋套和口罩，开始工作。离梅尔乔很近的地方，鉴证科的一位女警正拿着一个探测器在寻找指纹。此时，皮蕾丝警长的手机响了起来，戈马警督示意她接通。

"就一分钟。"女警长表示抱歉，伸出食指示意，"是记者洛佩斯。"

戈马警督拽着梅尔乔的手臂，把他拉到了大厅的一个角落，这里紧挨着上楼的楼梯。

"巴雷拉和布莱已经告诉我你是谁了。"戈马毫无过渡就直接改用"你"相称了。

戈马松开了他的手臂，镜片后面，平日冷酷的眼睛更冰冷了，但不乏好奇。梅尔乔不清楚警督是什么意思，但他没有开口问，只是看着他。

"我听说了很多关于你的事。"戈马解释，"那次恐怖袭击过去多久了？四年还是五年？"

梅尔乔回答是四年。

"那次你表现得很好。"警督点了点头说，"有实力的人才能做到你那样。恭喜你。"他取下眼镜，在镜片上哈了口气，用手帕擦了擦，又补充，"但不是所有关于你的议论都是正面的。你知道的，是吗？"

梅尔乔当然知道。他知道，特别是他到高地之后，有许多关于他的传言，大部分都是假的。他想了想那些真的传言，原本想做出肯定的回答。他只是想澄清自己已经和当年不一样了。四年来，他已经变了，有了妻子和女儿。但是，他肯定警督想听的并不是这个，而且他也不想找麻烦，所以没有开口。

戈马停了几秒钟，又把眼镜戴上。

"我只是想提醒你。"警督看着梅尔乔解释，"有些人会忘掉这是团队协作。我不会。我一直都记着这一点，希望你也是，起码在和我一起工作的时候能记住这点。我选你一起调查这起案子，这就意味着我信任你。他们也告诉我可以充分信任你，我希望你不要让我失望。无论如何，我希望你是我们团队的一员。仅此而已。你明白了吗？"

梅尔乔点了点头。

"你弄清楚了，这很重要。"戈马重复，"如果你不清楚，可以告诉我。我就把你调出调查小组了事。这是最好的，对你、对我、对这个案子都是。"

梅尔乔再次点了点头。警督满意地笑了笑。

"很好。"他说，"很高兴我们达成了共识。"

皮蕾丝警长几秒钟前已经结束了通话，但她自觉地和私下对话的两个男人保持了适当的距离。现在看到他们谈话结束，她就走了过去。戈马警督此时又自然地从"你"改换到了"您"，他知道女警长又能听到他们的对话了。

"您昨晚值班的话，想必一晚上没有睡觉吧！"

"是的。"梅尔乔承认。

"您在这里等法官过来。"警督指示,"我想让您把刚刚给我汇报的内容如数告诉他。之后,您就去吃点东西,然后休息一会儿。希望您下午可以精神饱满地回到工作岗位。"

上午十一点不到的时候,法务组到了现场。得知他们的到来,戈马、巴雷拉警督以及布莱、皮蕾丝警长一起在花园里接待了他们。梅尔乔和萨洛姆站在门边上,远远地看着他们。小组里有法医、法院秘书和法官。法官是一位大胖子,脸也圆圆的,秃头,裤子用背带吊着。和戈马聊了几分钟后,他就带着大家朝犯罪现场走去。经过梅尔乔和萨洛姆身边的时候,戈马示意他们也跟上来。就这样,到了尸体所在的大厅后,这群人做出了各自不同的反应:法官因为爬楼气喘吁吁,一边用白手帕擦汗,一边面对眼前的惊骇画面目瞪口呆;法院秘书的反应也差不多;而法医,因为良好的专业素养,并没有太大反应,只是着手工作。面对如此残暴的现场,他认真察看,像是数学家面对二次方程式。

"操蛋。"法官终于爆发了,"这到底是什么鬼?"

很快,还没等彻底恢复正常,他们就开始处理尸体。他们戴上蓝色手套,穿上灰色罩衣,法医开始检查尸体,法官让戈马警督给他讲讲到底是怎么回事。

"我想还是由他来讲更好。"戈马指着梅尔乔,"他是第一个到达现场的警员。"

法官看着梅尔乔。两位在法院有过交集,但梅尔乔觉得法官不会记住他的名字,更不会认出他来。

"小伙子,快说吧。"法官说,"我洗耳恭听。"

刚把钥匙塞进锁孔,梅尔乔就听到屋内一声大叫。几秒钟后,女儿珂赛特已经在他怀里,手臂环着他的脖子,在他脸上乱亲。她气息急促,像是刚在平地上跑了百米。还没来得及打招呼,珂赛特就一个劲儿地跟他说一件事,但梅尔乔一头雾水。最后他才明白,女儿在问他,自己能不能去朋友家里。

"求求你了,爸爸。"

他们一起走进了厨房,梅尔乔用眼神询问他太太奥尔加,到底是怎么回事。

"我们在广场上碰到了埃莉萨·克利门特。"奥尔加说,"她和她妈妈邀请珂赛特去她们家玩。"

梅尔乔假装很吃惊。

"真的吗?"他问。

"是的。"珂赛特大呼,"我可以去吗,爸爸?"

这时梅尔乔又假装在犹豫。

"嗯,我不知道该怎么决定。"他回答。

"求求你了,爸爸。"珂赛特恳求,在他的怀里不停地晃动,"求求你了,拜托。"

梅尔乔都快笑出来了。

"好吧。"他最后说,珂赛特满心感激,在她爸爸脸上重重地亲了一下,"但有个条件。"

珂赛特的脸朝后退了一点,不安地看着他。

"什么条件?"

"你亲我一下。"

珂赛特笑了起来,一个灿烂的微笑让整张脸都焕发光彩。

"可是我已经亲过你了。"

"再亲一个。"

珂赛特又亲了他一下。

"再亲重一点儿。"梅尔乔说。

珂赛特使上全部力气,把嘴贴上了她爸爸的脸颊。

"再重一点儿。"梅尔乔又说。

珂赛特着急得脸都红了,几乎快哭了。

"妈妈,你看看爸爸。"她抗议。

梅尔乔把女儿放到了地板上,轻轻在她屁股上拍了一下。厨房的桌子上摆着两个盘子,里面还剩着一些意大利面,一个空杯子,一个高脚杯里还有半杯红酒,另有半瓶水。

"你们已经吃过了吗?"梅尔乔问。

"当然。"奥尔加回答,"我们不知道你什么时候回来。而且埃莉萨和她妈妈应该差不多快到了。不过,我给你留了些吃的。"

"幸好。"梅尔乔说,"如果没有食物的话……"他弯下腰,发出野兽的咆哮,露出獠牙,抬起双臂,摆出爪子,朝珂赛特扑过去,"我就吃掉你们俩。"

珂赛特一边咯咯笑,一边发出受惊吓的尖叫声,跑着躲到了她妈妈身后。梅尔乔也哈哈大笑,和女儿的玩笑让他很开心。女儿躲在妈妈身后,不时探出头来偷看。

"你肯定又饿又困。"奥尔加说。

"差不多。"梅尔乔站起身回答,"好了,让我去洗个澡吧。"

当他在冲澡,正给身子上肥皂的时候,门铃响了。等他穿好睡衣回到厨房,珂赛特已经走了。桌子上摆着热腾腾的番茄酱意大利面和一罐冰过的可口可乐。

"阿德利家的事太恐怖了。"奥尔加惊呼。

"你怎么知道了?"梅尔乔问。

"你怎么能指望我不知道!整个小镇都炸开了锅,消息传遍了。自从埃布罗河战役①之后,我从来没有听到这么多人谈论高地。你们知道凶手是谁吗?"

"没有任何头绪。"

"你们没有任何线索吗?"

"没有。但是你不要担心,我们会抓到凶手的。"

奥尔加坐在梅尔乔边上,背靠着墙,两腿交叉,一边一口接一口地喝她的红酒,一边给他讲今天上午在电台听到的内容。她穿着白衬衫和一条旧牛仔裤,棕色直发并不太长,在后颈处用发夹夹了起来。梅尔乔一边听她说,一边一口可乐一口意大利面品着,享受他的完美生活。对他来说,只要有眼前的这个女人就足够了,她美丽、有教养,又很善良。

梅尔乔快三十岁了,他时常觉得,自从认识了奥尔加,他的人生就已经彻底告别了从前。从母亲卑微地生下他,梅尔乔一直

---

① 埃布罗河战役,发生在1938年7月到11月之间,主战场在埃布罗河流域和高地附近,是西班牙内战中持续时间最长、兵力投入最多的战役。

境遇惨淡，直到他来到高地。从此，他似乎篡夺了另一个无限光明的人生，一个比他应得的人生好无数倍的人生。过去的人生时常在梦中折磨他，让他在凌晨惊醒。惊恐过后，意识到是在甘德萨的家中，太太躺在他身边，女儿躺在走道另一头不远处，他才松了口气。回到现实之后，他触摸到奥尔加真实的身体，又从床上起身走到女儿珂赛特的房间，静静地看着睡梦中的她几秒钟。之后，他走到餐厅，关上房门，来回走着，挥动双手，像是个疯子。在凌晨的静谧中，他不断无声地向自己强调：他是全世界最幸福的男人。

梅尔乔听奥尔加说着，不时表示赞同，偶尔插上几句。记者们极尽所能渲染此事，他只能试图稍稍掩饰庄园内这桩惨案的恐怖程度。在合适的时机，他问她是否认识阿德利一家。

"当然。"奥尔加答道。她手拿着高脚杯，慢慢晃动杯子，陷入回忆中，"他们一家人我都认识，尤其和他们女儿罗莎很熟。她比你大很多，和我同岁。我们是邻居，从小就一起上学。我也认识她丈夫。"

"他是萨洛姆的朋友。"梅尔乔说。

"是的，他们关系很好。"奥尔加抬起头看着梅尔乔，表示赞同，手中的酒杯也不晃动了，"他们俩就像白天和黑夜。但是，他们在巴塞罗那读书那会儿住一起，所以成了很好的朋友。我只是和罗莎关系比较好。我们双方的爸爸曾经也是朋友，当然只是在我们小时候那会儿。后来，他们就没有交集了。我爸爸说，阿德利是个孤儿。内战期间目睹他父亲被杀，之后他只能自力更生。"奥尔加把酒杯举到唇边,又喝了一口,"和我爸爸以及当地其他人一样,他小时候就在山里面捡弹壳卖钱。后来他就专职收废品。六七十年代,他花了很少的钱买下一家破产的纸品公司,从此开始了财富累积之路。当然,这不是一天两天的事,也不是全凭运气。他没日没夜地工作,像是个疯子,甚至周末和节假日都不休息。他是一个极有野心的人,一心想着飞黄腾达,想要成为大人物。我爸是这么说起他的,也说他很聪明。就这样,他把阿德利纸业公司变成了当地最有实力的企业。他完全靠自己拥有了现在的一切。"

"为什么后来你爸爸和他没有交往了呢?"

奥尔加耸了耸肩。

"我不知道,我爸爸从来没有和我说过原因。我知道阿德利有点与众不同。想必你也听说了,他是很虔诚的天主教徒。"梅尔乔点了点头,一边用叉子把通心粉堆在一块儿,奥尔加继续道,"即使如此,我爸爸告诉我,在他们俩还是朋友的时候,阿德利总是对我爸爸说:'米克尔,哪天我没操谁,我就不开心。'"

也许是因为阿德利的话,也许是勾起了关于她父亲的回忆,奥尔加淡淡地笑了,从她嘴角荡出浅浅的一道皱纹。梅尔乔嚼着通心粉,想起刚到高地认识奥尔加的时候,欲望的刺痛如一线寒意爬过后背。

"但是当地人都喜欢他们,是吗?"他问,"我是说阿德利一家。"

"谁这么说的?"

"萨洛姆。"

奥尔加歪着脑袋，眯着眼睛，一脸疑问。

"至少他们给很多人提供了工作。"梅尔乔坚持。

"没错，可是提供的是什么样的工作呢？"奥尔加问。她放下跷起的二郎腿，把酒杯挪到一边，像是要把他们俩中间的所有阻隔物都清理掉，她直视梅尔乔，"他们和当地的其他企业家达成了协议，所以给员工支付的薪水极低，他们的工厂甚至都没有工会。想留在高地的人，不得不接受他们给予的可怜待遇。关于这点，我相信你比我更清楚。在高地，当地工人和外地工人的比例是多少？"

"一比三或四。"梅尔乔回答，"大部分是罗马尼亚人和非法劳工。"

"或者可以这么说，"奥尔加解释，"这些可怜的人做相同的工作，却只能拿到当地人三分之一甚至更少的钱。"

"即便如此，当地人也没有离开这里。"

"当然不会离开。我们高地人大都很保守，我和你说过上千次了。在这里出生的人，我们都不想离开，就想一直生活在这里。就像是阿德利一家，他们完全可以去世界的任何一个地方生活，但他们依然生活在这里。他们是很有钱，可在这一点上没有区别，他们和我们都一样。这是个穷地方，挣很少的钱就可以活下去。"

奥尔加站起来，又给自己倒了点红酒，一口饮尽，背靠在冰箱门上。

"是这样的，梅尔乔，"她接着说，"阿德利家像一棵大树，的确给当地很多庇荫，但同时也限制了周围的自然生长。他们控制了一切。他们的产业遍及高地的各处，几乎半个甘德萨都是他们家的。他们的公司给当地人提供工作，然后卖房子给他们住，甚至连家具也是。你以为高地家具厂是谁家的？总之，阿德利就是当地的酋长。这不是说他的坏话，只是就事论事而已。"

"你是说会有人对发生的事感到高兴？"

"我没有这个意思，只是表达我的字面意思。而且我所说的都是事实。萨洛姆了解的情况和我一样。你去和阿德利纸业公司的工人聊一聊，就会明白我所说的。我肯定，没有人会说阿德利是个坏人，或者抱怨他虐待他们。因为他确实没有做那些。相反，所有人都会说他是一个很和蔼的老人。但我打赌大家都认定他在剥削工人。"奥尔加用她的空酒杯指了指梅尔乔的空盘子，"你还要面条吗？"

梅尔乔摇了摇头，奥尔加又问他要不要咖啡，梅尔乔再次表示不需要了。

"我要睡一会儿。"他一边说，一边指着墙上苹果形状、正指向两点半的挂钟，"五点我要到警局。"

他们俩一起收拾饭桌，把盘子、刀叉和酒杯放到洗碗池里。奥尔加弯腰把可口可乐的罐子塞进塑料袋，里面已经有一个牛奶纸盒和一些塑料瓶子。她刚直起身子，梅尔乔就搂住了她的腰，亲她的脖子，找她的嘴亲上去。奥尔加躲开了他，说：

"别闹了，你快去睡觉吧。"

梅尔乔笑了起来，抓住她的手，放到他两腿之间。

"滚个床单会睡得更好。"

"我的天，警官，"奥尔加笑着说，"你时刻准备着打一炮。"

2

当年,梅尔乔刚刚从他妈妈肚子里出来,全身还是血污,妈妈就兴奋地惊呼,觉得婴儿很像东方三博士①中的梅尔乔,所以就给他起了这个名字。妈妈名叫罗萨里奥,是个妓女。年轻的时候,她在巴塞罗那郊外的妓院工作,像是卡斯特尔德费尔斯的里维拉、西纳罗阿或者萨拉托加,或是滨海卡夫雷拉的卡吕普索。她曾经也是个美女,有一种浓烈、世俗、直白的美。但不久,在职业的摧残和年龄的侵蚀下,她姿容尽失,在梅尔乔十几岁的时候,就沦落成了站街妓女。她也因为自己的职业而感到羞耻,却从不对梅尔乔隐瞒,虽然后者更希望不知道此事。她时常会把客人带回家,但总是尽量谨小慎微,所以梅尔乔基本上没有碰见过他们。他从小就会玩一种游戏:猜一猜哪位客人是他的生父。夜晚,他躺在自己的房间,听着从其他房间传来的声音,猜测他的爸爸是这位有

---

① 东方三博士,又称东方三王。根据《圣经·新约·马太福音》的记载,在耶稣出生时,有来自东方的博士前来朝拜。

着庄园主稳重脚步的男士？是那位踮着脚尖走路、试图不让人察觉的男士？是那位在凌晨不停咳嗽的老者？他是病入膏肓的病人又或者是经年的吸烟者？是深夜啜泣，声音从妈妈的卧室一直传到他卧室的那位？是某个夜晚，他躲在厨房半掩的门后，听到讲鬼故事的那位？还是他瞥过几眼背影，穿着皮夹克，总在天亮时从他家离开的那位？在一个又一个不眠夜，梅尔乔玩着这个猜谜的游戏自娱自乐。很多年以来，只要在街上和某个男人擦肩而过，他就会自问，这个男人是不是和妈妈有过一夜情，偶然把他带到了人世，却对他的存在一无所知。

梅尔乔和妈妈生活在巴塞罗那边上一个工人聚集的城市——巴达洛纳。他们住在圣洛克区一个很小的公寓里。公寓位于城市的休闲区，因此，他童年和少年最清晰的记忆就是一片嘈杂。这是无处不在、渗透一切的噪声，完全和现实的日常声音融为一体，必不可少。这片嘈杂交织着排气管的喷突声，小汽车、公交车和摩托的喇叭声，醉汉的咆哮声，路人的骂声，坏蛋的争吵声，深夜迪厅和酒吧轰鸣的音乐声。梅尔乔的妈妈清楚，生活在这个社区对她儿子无益，但她认为自己属于这里，不想生活在其他地方（或者她甚至从来都没有设想过另外的可能）。所以，一开始她就给儿子找了一所远离社区的私立学校——主母会学校，并坚持让梅尔乔好好读书，不断向他重复一句话：

"如果你想像我这么悲惨，你就别读书了。"

梅尔乔把这句劝诫性的反讽错当成了建议。事实上，刚开始的时候，他确实是个听话害羞的学生，成绩也还说得过去。但到他十二三岁,也就是妈妈离开妓院的微弱保护,被迫流落街头谋生的时候,他变成了一个叛逆倔强的孩子,时常逃课。他从未真正融入这个私立学校,而是一直在圣洛克区徘徊。

十三岁时,他开始喝酒、抽烟、吸毒。十四岁时,因为当堂给了老师一个耳光而被赶出了学校。十五岁时,第一次被起诉,见了法官。未成年人法庭的法官是位六十多岁的老头,极有耐心,与青少年罪犯打交道了几十年,早已习以为常。他妈妈和一位专职律师努力说服这位法官不要惩罚这个少年。他们骗他,这是少年第一次犯罪,还承诺他一定会戒毒,并接受成为制陶工人的职业培训。

这位法官明知他们做假,还是善良地给了那位初犯一个机会。可是,梅尔乔依然故我,没有做任何改变。在接下来的两年,他又两次出现在相同的未成年人法庭。一次是因为与圣玻伊的一个迪厅守卫发生争斗(好在没有造成什么严重的后果),另一次是因为在巴塞罗那的兰布拉大道偷了一位女士的钱包。第一桩罪行仅仅让他在少年感化院待了三个星期。但是第二起让他被关了整整五个月。这期间,妈妈每天都去看他,他被释放的那天下午,她还去门口等。当天晚上,他们俩回到家里吃晚饭,妈妈问他未来有什么打算。梅尔乔只是耸了耸肩。

"怎么了?"

妈妈毫不犹豫地说:

"如果你还继续这样生活,那这个家从此就不欢迎你了。"

妈妈已经五十四岁了,出生在哈恩一个叫埃斯卡纽埃拉的小村子。梅尔乔时常听她说起,但只去过一次。在那里,稀疏的白房子散落在成排的橄榄林中。梅尔乔生平第一次见到外祖父母的时候,两位已是像脱水了的葡萄干一样的老人。那次,他在外祖父母家住了几天。十年后,看着眼前的母亲,他突然想起了他们。罗萨里奥穿着抽纱的长绒睡衣,也已经是一副老态:皮肤黯淡干枯,肌肉松弛,双眼无光。他为她感到悲哀,但毫无亲昵之情,就像对外祖父母一样无感。突然,这种情感让他很愤怒。之后,他一言未发,从桌前起身,走回了房间,把妈妈刚刚清空的行李箱又塞满了。妈妈站在走道里等着他,问:

"你要走了?"

"不是我要走。"梅尔乔回答,"而是你要赶我走。"

她无力地点了点头,最后大哭起来。两个人就这么隔着一段距离,僵持了一会儿,一个在哭,另一个在看着她哭。他之前从来没有见过妈妈哭,两人间的沉默似乎没有尽头。

"你不要走,梅尔乔。"最后,她终于张口说话,声音闷闷的,"你是我唯一的亲人。"

梅尔乔没有走,却也没有做任何改变。相反,通过一个在少年感化院认识的巴拿马人,梅尔乔开始给一帮哥伦比亚人工作,他们从巴塞罗那港口贩毒。刚开始,他只是负责一些次要的工作,在巴达洛纳、圣格罗玛、圣安德鲁等巴塞罗那周边的城市和区域分销毒品,也管理贩毒的小喽啰。渐渐地,他的作用越来越不可或缺,并赢得了大老板们的信任,他们开始给他安排一些特殊任务。那段时间,他挣了不少钱,每天都熬夜,每晚和不同的女人睡觉,喝威士忌，也吸毒，但从不过量。他还开始学习用枪。在哥伦比亚人的委托下，一位曾经当过雇佣兵的德国人专门教他射击。他名叫汉斯，或者仅仅是人们这么叫他而已。在他们的授意下，他连续好几周在蒙锥克山的一个射击俱乐部练习。他和教练很少说话，但也建立了一定程度的友谊。

"你打得很好。"他们告别的那天，在附近的一家酒馆喝酒时，汉斯用他带喉音的西班牙语祝贺他，"但他们是要你杀人，而不是打靶。朝人射击和打靶完全是两回事。"

梅尔乔问他是不是更难。

"是不同。"汉斯回答，"看起来，似乎是更容易的。朝人射击，你不需要特别瞄准，只要足够冷血，并靠得足够近就好了。"

在结束射击训练的不久之后，梅尔乔作为团伙两位老板的保镖，去了马赛、热那亚、阿尔赫西拉斯。他没有用到德国人教的最后一课，但是对哥伦比亚人生意的规模和业务范围有了真切的认识：他们不仅在拉美各国有分支，在欧洲的许多城市也有势力。在那次旅途的回程发生的一个意外，让哥伦比亚人对他一直毫无间隙的信任彻底崩裂了。

事情发生在2月的一个早晨，在巴塞罗那郊外的高速公路上。梅尔乔去巴塞罗那埃尔普拉特机场，接了他们其中一位叫内尔松的老板，他很早从哥伦比亚卡利机场出发，途经巴黎抵达。梅尔乔需要把他送回在塞尔达尼奥拉的家中。内尔松是回哥伦比亚探亲的，上飞机前，他刚和妻子大吵了一架。在飞跃大洋的整个航程中，他没能睡着一分钟。所以，下了飞机，他状态奇差。刚坐上梅尔乔开的奥迪车的后座,他立马就四仰八叉地睡着了。为了不扰他的清梦,梅尔乔关掉了音乐,尽可能在进出巴塞罗那的高峰时段中把车开得平稳。车外是刺骨的寒冷,城市的上空悬着团团乌云。

突然,差不多是到了鲁维或者圣库加特的时候,梅尔乔在晨雾的朦胧中,依稀看到交通信号灯下站着一群女人。那是四个妓女。她们围着一个木桶取暖,木桶里燃着篝火,红蓝色的火苗跳跃着。虽然隔着点距离,梅尔乔认为他还是认出了其中的一位:她侧着脸,金黄色的假发很亮眼(或者仅仅是他这么感觉),蹬着白色的高筒靴子,穿着紧身短裤,上身是黑色短上衣。和她周围的同伴一样,她的年龄让人猜不中。梅尔乔觉得自己喉咙发紧,双腿无力。他估摸了一下,等他开到路口的时候,信号灯恰好变红,他就不得不刹车,挨着那些女人,停留上让人焦心的几秒钟。为了避开这样的状况,他突然猛踩油门,以至于内尔松撞上了后座的靠背。汽车在车流中全速蛇形前进,迅速地驶过信号灯,把那群吓坏了的妓女抛在了远处。内尔松又惊又吓,还因为突然加速被撞疼了。他朝梅尔乔又吼又叫,不停咒骂他,让他给出合理解释。梅尔乔只能临时编了个借口,但内尔松完全不相信他的话。

事情就是这样,很小的一次意外。可是对于高度警惕、疑心甚重的哥伦比亚人来说,这件事对他们有警示作用。梅尔乔从来都没有搞清楚他在信号灯下看到的妓女是不是他妈妈,他也从来没有问过她。但这件事让哥伦比亚人不再信任他,甚至还想过要杀掉他灭口。他们为了保护整个组织、杜绝卧底的渗透,极力避免任何一点微小的错误,谨慎到了偏执的地步。

3月初的时候,警察把他们的组织一举瓦解。警方的这次行动安排周密,多点同时突破。梅尔乔在行动之初就被捕了。那是一个清晨,在弗朗卡区的一处仓库,团伙组织把那里当作毒品的集散地。警方就在那里布置了大量全副武装的警力守株待兔。几分钟后就爆发了枪战。梅尔乔拼命想救出两个哥伦比亚人。其中年纪较大的一位——曾经的民族解放军的老游击队员,名叫奥斯卡·普恩特——眼睛中了一枪,当场身亡。而另一位被同伴的血溅了一身后,立马吓呆了,拼命大叫,让梅尔乔和他一起投降。就这样,他们逃跑的企图被终止了。

第二天,所有报纸、电视和广播媒体都报道:警方在巴塞罗那和阿尔赫西拉斯的港口截获超过一吨的可卡因。这些毒品分别来自巴拿马、哥伦比亚和玻利维亚,被伪装成合法商品,分三个集装箱进入西班牙。新闻还报道,警方在四个城市分别逮捕了二十六个犯罪嫌疑人,其中有巴塞罗那港口货运部主管、阿尔赫西拉斯港口货运部副主管以及港务运输协会的一位企业家,他被指控利用名下的公司,给这些毒品进入西班牙提供了合法庇护。

很快,警方就把梅尔乔以及他不幸的同伴都移交到了马德里。梅尔乔在雷卡尼多斯街的警局睡了好几晚。作为羁押候审的罪犯,先是国家法院的法官审问了他。之后,他被送到索托德尔雷亚尔监狱,又在那里待了几个月等待审判。入狱的第一天,他就被哥伦比亚人或者他们手下的人暴打了一顿。梅尔乔从来没有搞清楚他们为什么要打他,但他把这理解为一种警告:他们怀疑集团被警方一网打尽可能和他有关(梅尔乔也清楚,如果他真的被怀疑,那就不仅仅是被打,早就被棍子给戳死了)。当妈妈去监狱看望他的时候,他刚刚从医务室里出来,满脸青紫,一只眼睛贴着纱布,一条腿瘸了,他不得不借助一根拐杖行动。看到儿子出现在探视间,罗萨里奥心想,他还是个孩子,很快又担心他已经被毁了。她猜到儿子不会对她说真话,也就没有问到底发生了什么事,只是问他身体怎么样。梅尔乔依然撒了谎,说他很好。

"那就好。"妈妈回答。这些年,她把反讽的修辞练得炉火纯青,深信至少在他们母子之间,反讽是儿子唯一理解的沟通方式,"这样很好。我们要看到事情好的一面。"

"我从来不知道,监狱还有它好的一面。"梅尔乔竭尽所能地讽刺。

"当然有了。"妈妈说,"至少他们没一枪打死你。这还没有算上你在这里能戒酒戒毒。"

"你不要这么有把握。"梅尔乔纠正她,"就我目前看到的,这里什么都有。"

"那就好。"妈妈重复道。那会儿她意识到,刚刚对儿子的两个印象都是错误的——他不是孩子了;无论是审问、监狱还是被打,都没有毁掉他,"继续这样,你不出几年就会送命。或者死得更早。"

他们俩又聊了点其他话题。某个时刻,妈妈告诉他,她找了个律师帮他辩护。梅尔乔拒绝供认是哥伦比亚人强迫他做了所有的一切。理论上,这样辩护就能帮到他,表明他所有的罪行都是被迫的,实际就可以帮他洗脱罪名。

"谁来付律师费呢?"梅尔乔问,"我一分钱都没有,他们把我的账户冻结了。"

"我来付。"妈妈说。

两天后在探视间里，梅尔乔见到了律师，第一次听到了他的名字：多明戈·比瓦雷斯。当时，他们俩隔着铁栏杆和双层玻璃墙。他觉得找这人打官司肯定是他妈疯了，或者是开他玩笑。比瓦雷斯身材高大魁梧，像个货车司机，坚硬的脸像被石头捶打过。头发乱糟糟的，胡子拉碴，穿着一件灰色的风衣、发皱的西装和满是污点的衬衫，领带松松的。这副相貌打扮，让梅尔乔觉得眼前只是一个三流的律师，实在对他没什么信心，但还是决定好好听律师说些什么。

"我不喜欢浪费时间，也不喜欢浪费我客户的时间。"比瓦雷斯说，"我们就直奔主题吧。"

律师一开始就向梅尔乔明确，他的案子走向很不明朗。然后，他把检察院会起诉他的罪行，以及会判决的罪名一一讲清楚，大概会判十二到十五年的监禁。对于这些，梅尔乔都没有丝毫的惊讶。但是后面的解释让他颇为震惊。比瓦雷斯说，他已经细致地研究了梅尔乔的案子，如果他接受自己作为律师，并完全按照他的指示来做，他保证法官最后会把检察院申请的刑罚减半，甚至更少。如果再加上教化的减刑——也就是说，在监狱内，可以通过良好的劳动和行为表现获得减刑——最后的结果就是，在监禁两到三年后，梅尔乔就可以重获自由。

"就这些。"比瓦雷斯总结，"万事都在我的掌控中。不过，一切的前提是你要信任我。如果做不到的话，那你还是另找一个律师吧。"

"我想让你帮我另外找一个律师。"下一次见到妈妈的时候,梅尔乔这么说,"他就是个骗子,会骗光你的钱。"

"不是这样的。"妈妈很肯定地反驳,"他是个好律师,也是个好人。我向你保证,他没有拿我任何东西。"

梅尔乔拼命看着他妈,突然,他从她的眼睛里读懂了两层意思。第一点,比瓦雷斯给他辩护,没有收任何钱。他自问,为什么这个律师要这么做? 从前或者现在他到底和他妈妈存在什么关系? 他是她的客人吗? 一瞬间,他脑子里闪过各种男人的形象:在他家走道踏着沉稳庄园主步子的男人、像身患绝症或是积年烟民一般干咳的男人、在墙壁后泣不成声的男人、讲鬼故事的男人、穿着皮夹克总在天亮时离开的男人,以及所有那些在他童年的夜晚让他夜不能寐的闯入者。可是,这位律师的脸对不上任何一个记忆中的人。他从妈妈眼中确认的第二点是,除了接受比瓦雷斯做辩护律师,他别无选择,因为罗萨里奥没有足够的钱去请一个还说得过去的律师。在后面的探视时间里,梅尔乔没有再向妈妈提出心里的这些疑问。直到最后道别的时候,他让妈妈转告比瓦雷斯,一切就靠他了。

判决(或者用媒体的话说是大型判决,他们总是倾向用夸张的口吻来描述这对三十六人的审判)比预期更早进行了。检察官起诉梅尔乔多项罪名——组织集团犯罪、贩毒、非法持有枪械。庭审的前几周,比瓦雷斯几乎每天都去牢里和他一起准备辩护细节。就这样,他一点一点赢得了梅尔乔的信任。最后,他也确实兑现了他们第一次见面时说过的话：检察官要求判二十二年监禁，但是最后只判了四年，是所有人中刑罚最轻的了。比瓦雷斯还设法让他调到巴塞罗那附近的关塔卡明斯监狱服刑。

判决后，梅尔乔毫无保留地向律师表达了他的谢意。

"我早就和你说过，万事都在我的掌控之中。"比瓦雷斯不以为然，似乎官司输了，他也是相同的表现，"但是，你不要谢我。你要谢的人是你妈妈。"大约也是想借着官司成功的效力，他没好气地说了一句，"你要不要听我一个建议？"

梅尔乔微微笑了笑，坚决地回答：

"不要。"

关塔卡明斯监狱比索托德尔雷亚尔监狱陈旧，也更小。梅尔乔一入狱，就坚定了要尽早离开的决心。妈妈每周都去看他，有时候一周去两三次。比瓦雷斯也定期去看他，一并去探视另外两到三个（不会更多了）同样在关塔卡明斯监狱服刑的客户。就这样，梅尔乔慢慢断了和外界的联系，主要是时间渐渐消磨了他从前社区里那些朋友的痕迹。在监狱里，他很快就意识到哥伦比亚人的势力还没有辐射到此地，又或者是那些背后的大老板消除了对他的怀疑。可即使如此，在关塔卡明斯监狱最初的日子，他也和其他犯人摩擦不断。

刚进监狱的一天晚上，大家都在食堂吃晚饭。两个坐他对面的人就开始盘问他。一个瘦子，脸上一道疤痕从颧骨延伸到下巴。另外一个矮个儿，人很壮，眼睛细长。刚开始，梅尔乔还小心翼翼地回答他们的问题。但很快他发现，他们只是有意找碴，就彻底不搭理他们了。这下，两个人就假装被他的沉默激怒了。他们责怪他不礼貌、太无理、太高傲。他们自顾自评价起他来，完全不把梅尔乔放在眼里，就想嘲弄他。突然，一个不耐烦又冷漠的声音打断了他们俩的自说自话。

"胡利安、马诺利多，"这声音带着浓重的法语口音，"如果你们俩还不闭嘴，我就把你们的蛋给割了。"

声音来自在梅尔乔左边吃饭的男人。他看上去大约五十多岁，有白化病，秃头。他穿着休闲裤和无袖背心，弥勒般的大肚腩和女人般的大胸被勾勒得更突出，两个松垮垮的大膀子就露在外面。他皮肤很白，像是一头抹香鲸。两个聒声的人看向声音的来处，而这位闯入者甚至都没有从饭碗里抬起头。一会儿后，这两人不自在地笑了笑，说了点缓和气氛的话，匆匆吃完饭就离开了桌子。

"您没必要维护我。"当那两个人离开后，梅尔乔说，"我自己能处理。"

"小伙子，我没有维护你。"他一边回答，一边专心地剥橘子，"我只是想安静吃饭而已。安静地吃晚饭，才能安静地睡好觉。我是个瞌睡虫。"

法国佬吃完水果，没有自我介绍，也没有伸出手给对方握，就兀自离开了。他叫吉尔，但监狱里的人都叫他法国佬，只有狱警会叫他吉耶。他已经在关塔卡明斯监狱待了五年，虽然一个朋友都没有，却获得了众人的尊敬。他不做运动，不在任何部门劳动，也不参加任何监狱给服刑人员举办的活动。但众所周知，他和量化减刑的法官、狱警以及管教员关系最好。此外，他还享有一些特权：住一个单人间，有一台电脑，他唯一的工作就是管理图书馆。他读很多书。一天早上，他一个人坐在庭院的板凳上，晒着太阳，手里拿着一本书，梅尔乔听到有人喊：

"法国佬，不要读书了，你的脑子都要被榨干了。"

当事人听了这话，从书本上抬起了眼睛。他看清了开玩笑的人，问：

"你知道我为什么读这么多书吗，克萨达？"

"为什么呢？"那人挑衅地问，很是兴奋。

"为了无视你这个混蛋屁眼。"

几天后发生的一件事让梅尔乔想到了那次对骂。那天下午，有个小说家到监狱举行座谈。平时，监狱里的生活乏味至极，所以大家都喜欢参加这些新鲜的活动。虽然梅尔乔对读书没什么兴趣，但还是和其他同伴一起参加了。

活动在图书馆举行。发言的小说家在监狱长、狱警、管教员和一位女士的陪同下一起出现。他们坐成一排，面朝着另外几排的服刑人员，梅尔乔坐在其中第二排。小说家名叫阿图罗·本托萨。虽然已经五十多岁了，可打扮得像个二十多岁的年轻人：条纹短袖，低腰牛仔裤的膝盖处有破洞，运动鞋，棒球帽倒扣在头上。唯一的女士很苗条，红发，比他年轻很多，穿着紧身蓝色连衣裙和细高跟鞋。监狱长首先发言。他表示很荣幸能邀请到这位作家，评价他是西班牙当代最伟大的小说家之一，并强调他是一个很有社会责任感的知识分子，"而不是生活在象牙塔内"。之后，他给大家介绍那位女士——老师和文学评论员，并请她发言。这位女评论员在监狱长发言的过程中,一直和小说家窃窃私语,现在道了谢,就展开准备好的稿子,开始发言。

她是一位很迷人的女人,所以即使谁也听不懂她说什么,大家还是听得很认真。然后,轮到小说家发言了。他先是感谢了监狱长的邀请和女评论员的发言,又开了个玩笑,可惜只有前面两位刚发言的人笑了。接下来他说,每个作家都有义务关心被剥夺了权利的群体。就是出于这样的目的,他来到这里。他说,他认为作家就是一个普通人,不会更好,也不会更坏。要意识到文学的局限,要抛弃自己拥有特殊才能的自负,这也是过时的执念。因为说到底,文学就是一场智力游戏,一种消遣娱乐,不能教育任何人也不能改变任何事。最后,他总结道,他要从在座的人身上学习的,远多过他们要向自己学习的。

"也因此,我来到这里,"他补充,"是来学习的,不是来教育的。是来聆听的,不是来发言的。"

最后的这些话有显而易见的虚假,就像梅尔乔无数次听过的毒贩拿来骗他的话一样,激起了他的好奇。小说家旁边的女评论员露出了共犯一般的笑容。梅尔乔用余光观察周围其他人,并没有看到任何怀疑、讥诮或是不屑;大家只是对小说家虚假的谦虚表示了无所谓。最后,小说家用简短的一句话结束了他的发言:

"你们说吧!"

那会儿,他注意到了法国佬。他仿佛置身事外地看着小说家表演,庞大的身子从图书管理员的桌子里溢出来,右手托着他的肉脸。在他身后,一个名叫莫拉莱斯的犯人,用手口模仿口交的动作，拼命想要吸引女评论员的注意。监狱长让管教员组织来访者和服刑人员对话，以摆脱小说家造成的困局。可是这临时的努力也失败了。不过，犯人们总算是发言了，只是借着小说家在场，把他们一贯在私底下发泄的对于监狱管理的不满和对个人条件的抱怨公开化了而已。他们乱糟糟地发言，还不断地被其他人打断。

活动濒临失败之时，法国佬礼貌地举起了手，监狱长迫不及待地平息了混乱。

"好了，好了。"他终于松了口气，衬衫渗出了好几块汗渍，"终于，我们可以聊聊文学了。"他转向小说家，指着法国佬，"吉耶是我们的图书管理员，是狂热的阅读爱好者，同时也是位作家，刚刚在法国一家重要的出版社出版了他的回忆录。是不是，吉耶？"

"我能说话吗？"法国佬问。

"当然。"监狱长殷勤地回答。

法国佬扫视了全图书馆，直到大家都安静下来，然后开始说话：

"首先，我要感谢小说家先生莅临此地。"作家用一个凡尔赛式的手势回应，"接下来我要说，我非常赞同他说的话。"

"在哪个意义上赞同呢，吉耶？"监狱长鼓励地问。

法国佬完全无视他的问题，径自说下去。

"这周我读了他的两本书。很感谢他的出版社，寄了两本给我们。"接下来，他就单独朝着小说家说话了，"我就跟您说说我的读后感吧。第一本是叫……《众神的休憩》，对吗？"

"是的。"监狱长肯定道。

"这本书就是坨屎。"法国佬评价。

评论让众人哈哈大笑。坐在小说家左边的女评论员开始变得僵硬,但还保持着微笑。监狱长无奈地再次干预:

"吉耶,请注意措辞。"

"没关系,没关系。"小说家一边说,一边用手拉着监狱长的胳膊,好似阻止他不让法国佬发言的行为。看似宽宏大量,可似乎又不是他的真实意图,"言论自由先于一切。"

法国佬等不及大家都安静下来,就接着说。

"真是一坨屎。"他一字一顿地重复,"这是第一本小说,那第二本呢?叫什么来着?"这次,无论是小说家本人,女评论员,还是监狱长,谁都没有接话,"无所谓叫什么了,都一样。第二本更糟。如此说来,您说的极有道理:您的书没有什么可以教给读者的。屁都没有。但这并不意味着您就和其他人一样普通。相反,您和您的书一样烂。小说家先生,您就是他妈的一个伪君子。"

监狱长满脸怒色,在椅子上不断变换姿势。但他作为东道主的外交辞令也枯竭了,所以什么话都没有说;狱警在一旁面无表情,好像一切都与他无关;管教员左右互看,不知道该做出什么表情。而莫拉莱斯还在法国佬后面盯着女评论员,朝她挤弄左眼,舔上嘴唇。其他听众,大约因为经历了前一波混乱,现在个个都好奇,安静地等待他们的同伴接下来要说什么。

"您知道为什么说您是伪君子吗?"他紧咬不放,"那是因为您尽说假话。您来我们这儿,不是来聆听我们,也不是来关心我们,全不是您说的那套狗屁。您来这里看我们,就像去动物园看动物一样,看完后就高高兴兴地回家,带着一目了然的左派的良好意愿。是这么说吗?"还没有人回答问题,他又加了一句,"哦,对了,还顺便为了勾搭女人上床。"

莫拉莱斯又从法国佬身后探出脑袋来,笑得露出了满口牙。监狱长完全泄气了,耷拉着脑袋。小说家握住了女评论员的手,朝她低声耳语了几句,大概是安慰她。法国佬又补充了一句:

"小姐,我和您感同身受。"

监狱长再也忍不住了:

"够了,吉耶。"

底下的人对监狱长的干预嘘声一片。只有莫拉莱斯还保持着他色眯眯的微笑,在法国佬后面摇头,但谁也不知道他是不赞同监狱长的话,还是反对法国佬的话,或者不认同小说家或女评论员的意见。他一直朝后者挤弄左眼,舔上嘴唇。管教员终于让众人安静了下来。

"我只想再说一件事,监狱长先生。"法国佬毫不退让地说,"如果您允许的话。"监狱长挥了挥手,放弃一般,却不失傲慢地让他说下去,"我要补充说明小说家先生说的另外一点。您看,六年前,在进监狱之前,我是一家拥有一百五十号员工公司的老板。您听好了:一百五十。您觉得不可思议,是不是? 想必就是这样的,您知道为什么不可思议吗? 因为现在您看我就像看一个野兽,一个动物,一个和您没有任何相似之处的人,而六年前我和您一样。我怎么会和您一样呢? 您甚至连说得过去的小说都写不好,当时的我比您好二十倍。有一百五十人靠我生活,这就是一百五十个家庭。这您大概很难想象。您大概也很难相信，六年前，我也有妻子，有家庭，拥有和其他人一样的生活，是更好的生活……您很难相信，是吗？可这就是事实。"法国佬停顿了一下，整个两到三秒，图书馆里一片寂静，"突然有一天，船就翻了，我把一切都搞砸了。"他接着说，"总之，我现在就在这里了，被囚禁在牢房里直到腐烂。可您知道吗？最可笑的是您自认为聪明、独一无二，可实际上您并不是什么例外。您就是芸芸众生中的普通一人。我想说的是，您的想法也就是监狱外每个人的想法，甚至也就是这里面我们每个人的想法。难道我们和您不一样？我们是另外一个物种？我们比诸位差很多？这不是真的。我们和诸位一样，您可能某一天到我今天的位置，而我也可能到您的位置。因此，我很赞同您之前说的观点：我们可以教给您的，远远多过您可以教给我们的。"

最后一句话激起了众人的欢呼，整场活动不得不结束。小说家和女评论员悄悄地从大厅里消失了，其他人围着监狱长、狱警和管教员，接着说他们的抱怨和请求。在一片混乱中，梅尔乔静静地观察法国佬。他开始收拾桌子上的书，好像什么也没有发生过，完全置身在他引发的骚乱之外。

这件事让梅尔乔体会到一种难以说清的胜利感，也让他开始亲近法国佬。

两天后，梅尔乔去了图书馆。法国佬正在日光灯下读书，看到梅尔乔进来，他从书本中抬起头来，看了看他，但很快又埋头读书。这个时候，图书馆里除了图书管理员，没有其他人。梅尔乔漫无目的地看了看书架，大部分都没有放满，然后他走向法国佬的桌子。

"我想读你的书。"他直截了当地说。

这只是梅尔乔第二次和法国佬说话，可就像他们已经认识了一辈子。法国佬重新看了看他，一脸疑问。

"什么书？"他问。

"你写的书。你的回忆录。监狱长前天说的……"

"你为什么想读那本书？"

梅尔乔耸了耸肩。法国佬眼中的疑问变成了好奇。突然，他打开了一个大盒子，从里面拿出一本书，放在了桌子上。梅尔乔读了一下书的标题，翻了翻。

"这是法语的。"他说。

"那你希望是什么样的？"

"我不会法语。"

"不会也没关系。"法国人说，"你认真读，自然就会懂。从根本上来说，法语和西班牙语是同一种语言——没说好的拉丁语。"

梅尔乔没有听懂，但知道是个玩笑，同一天他就开始读这本书了。很快他发现，法国佬说的话不对，但也没有全错。梅尔乔不会法语，但有些词认识，有些词能在上下文中猜出意思。他很喜欢这个游戏，虽然没能读懂全书，但足够对法国佬的生平有个大概的了解，尤其对他那段人生翻船的故事，已经了解很多。当时，法国佬撞见了他太太和一个熟人偷情，他怒不可遏，把他们俩给锤死了。这个故事在他的书中被反复讲述。读者从作者激情的叙述中，深刻地感觉到法国佬脑中不断在重演这段经历。

当梅尔乔读完这本书后，去还书给法国佬。

"这是你的了。"法国佬拒绝了，"你留着它吧！"

梅尔乔接受了礼物，接着问：

"所有都是事实吗？"

"什么？"

"你书里写的。"

"所有都是真实的。"法国佬说，"我没有想象力。"

梅尔乔点了点头。原本他想说很喜欢那本书，至少很喜欢书中读懂的那部分。但是看似法国佬对他的看法也没有兴趣，而且他的评价也不合时宜。

"我想读其他书。"他说。

"是有想象力的还是没有的？"

梅尔乔觉得他是在开他玩笑，但好在他没有觉得困扰。一秒钟后，法国佬指了指整个图书馆。

"这里的书，你可以随便挑。"

他随机抽了几本小书借回去，但都读不下去，觉得百般无聊。去还书的那天，法国佬正在登记存档一本很厚的书，分成上下两册，名为《悲惨世界》。自然地，梅尔乔想起他妈妈反复的劝诫："如果你想像我这么悲惨，你就别读书了。"

"你读过这本书吗？"他问。

"当然。"法国佬回答，"这是本名著。"

"很好吗？"

"看情况了。"

"看什么情况？"

"看你自己了。"法国佬回答，"一本书的意义，一半是作者给的，一半是你给的。"

那天早上，梅尔乔就开始读那本小说了。虽然没有被法国佬完全说服，但多少也被他的话影响了。似乎并不是他在读小说，而是小说读给他听。读完一百页，读到冉阿让在迪涅城流浪，需要安身之处，却没有任何人收留他。冉阿让刚刚从监牢里出来，饥寒交迫，衣衫褴褛，精疲力竭。读到这里，他发现自己满脸泪水。他慌了起来，不知道发生了什么事。他放下书，擦干眼泪。一会儿，又接着读下去：

"这个世界只给了他悲惨。周围的人从来没有善待过他，他唯一得到的只是伤害。从小到大，除了他妈妈，从来没有听到友善的声音、看到善意的眼神，只是不断的苦难又苦难。最后他深信，生活就是一场战争，而他是这场战争里的败兵。除了仇恨，他没有其他武器。他在监狱里磨砺了这个武器，出狱时随身携带。"

这些句子让他消沉，让他奋起，又让他激动万分，最终他理解了冉阿让，理解了那个永不言笑、阴沉着脸、命运多舛但异常坚定的、被流放的囚徒。他"似乎永远在经历不幸的事情"。梅尔乔完全和冉阿让融为一体：冉阿让的愤怒就是他的愤怒，他们共享伤痛和仇恨。可是，他们的融合没有持续很长时间。几页之后，冉阿让就改换了名字，变成了马德兰先生。梅尔乔觉得马德兰已经是另外一个人物了，令人讨厌。就在那个时候，幸运地（至少对梅尔乔来说是幸运地），小说里出现了沙威。这是一位警察，有鹰的眼睛、木头的心、狼狗的脸，是没有希望、没有未来的浮萍之人，囚犯和女巫的儿子。终于，在对法律的执着热爱中，沙威找到了他的根、他的未来和他的希望。从此，他成为冉阿让永不停歇的跟踪者，成为死敌，成为他的涅墨西斯①。

沙威让梅尔乔着迷，他对这个边缘的、被排斥的人物的感情，远比对冉阿让的复杂和微妙。沙威是小说中的反派角色，作者创作这个人物，就是让读者厌恶他。他的冷酷、他对法律的狂热、他如恶魔般的执着，都是让读者厌恶的理由。这些都是显而易见的。但是梅尔乔认为，把作者的态度放一边，也许沙威还有另外一面。在他固执地捍卫规则，在他偏执地对抗恶、坚持正义中，有一种慷慨，一种珍贵的纯粹，一种去维护那些只能靠法律保护自己的人的理想主义、骑士般的狂热，一种舍弃个人福祉去成全社会全体利益的英雄主义气概。相对马德兰先生令人讨厌的公共美德，沙威拥有一种个性化的、被人误以为是恶习的美德，是隐秘的美德，真正的美德。

读完小说，梅尔乔激动万分，确信自己已经焕然一新，已不是从前的那个自己，也再也不会回去了。这一次，他去图书馆还书的时候，法国佬问他怎么样。他还处在刚刚读完的迷醉中，只是脱口而出他的感受：

"太他妈爽了。"

---

① 涅墨西斯，古希腊神话中冷酷无情的复仇女神。

法国佬听后狂笑，梅尔乔从来没有见过他笑，看到他无底的大嘴和掠夺者的黄牙，很是震惊。梅尔乔觉得关于小说，自己实在无力再多说点什么，就补充了一句：

"我还想读和这一样的书。"

"没有和这一样的书。"法国佬回答。

接下来，法国佬开始给他讲小说。他确信十九世纪的小说是最好的，后面写的小说都意义不大。最后，他给梅尔乔介绍了巴尔扎克的《幻灭》和狄更斯的《双城记》。梅尔乔几周就都读完了。

"这些书不错。"还书的时候，他对法国佬说，"但没有《悲惨世界》好。"

"我早就和你说了，没有和《悲惨世界》一样的小说。"法国佬提醒他，"事实上，没有两部一样的小说，也没有两个人会读到同一本小说。甚至，《悲惨世界》和《悲惨世界》也是不一样的。你再读一遍，就会明白了。"

梅尔乔想验证一下法国佬的话，就再次埋进了那本小说中。一天下午，当他在牢房读下册的时候，一名狱警来通知，说监狱长要在办公室里见他。梅尔乔很好奇是什么事，就问了狱警，他也表示不清楚。他跟在狱警身后，走在楼道里，心里有不祥的预感。走进办公室，看到比瓦雷斯和监狱长站在一块儿，脸色不佳，他确信肯定有什么不好的事情发生了。

比瓦雷斯亲口告诉了他妈妈去世的消息。一开始，梅尔乔没有任何反应，没有提问，连嘴都没有张开。事后，监狱长和律师回忆，他们猜测那会儿梅尔乔的脑子瞬间宕机了，魂灵暂时逸出了身体。即使见他如此，比瓦雷斯还是把他知道的所有情况都告诉了梅尔乔：凌晨，他妈妈的尸体在圣安德鲁的拉萨格雷拉的一处露天空地被人发现。所有证据都表明，他妈妈应该是死于那天晚上。截至目前，警察没有掌握更多的信息，他们已经开始多方调查，但是似乎罪犯没有留下很多线索。比瓦雷斯话还没有说完，梅尔乔的脸上就显出奇怪的表情，像是吃了个虫子或者全身抽搐了一下。瞬间，他发出混合了抽泣、吼叫和嘶鸣的声音，然后拳打脚踢办公室里所有触碰到的东西。最后，是监狱长和律师，加上三个狱警的协助，才制止了他愤怒的爆发。给他打过一针氟哌啶醇，他才安静地躺在了医务室的单人床上。

对于梅尔乔来说，接下来两天发生的事始终都蒙着一层薄雾，不太清晰。当他回忆起来，那些都是模糊的记忆。他记得在医务室，他们给他的一个手打上了石膏，把他带出监狱之后，比瓦雷斯和两个警察时刻都对他寸步不离。虽然比瓦雷斯自己看了尸体，但梅尔乔记得律师想阻止他看。即使殡葬人员做了些处理，清洗了尸体，帮她化了妆，可是妈妈的尸体依然很吓人，几乎难以辨认出原来的样子：头骨和鼻子都塌陷了，全身都是青紫。他记得，除了两个警察和比瓦雷斯，只有妈妈生前的很少的几位同事和一些圣洛克区的邻居参加了葬礼。大部分邻居他都不认识，或者见都没见过。他记得葬礼结束的那晚回到监狱，在走道碰到的狱友都向他致哀。法国佬第一次来到他的牢房，对他妈妈的去世表示遗憾，然后静静地陪他坐了一会儿。

"现在你是一个大人了，孩子。"离开的时候，他说，"欢迎你来到成人的世界。"

因为妈妈的死,梅尔乔不再参加从前的活动,也不去监狱的操场做运动。他把自己关了起来,人也胖了。他难以控制自己的思想,完全被病态的、执着的胡思乱想所控制,不断地回想,准确地说,不断地想象他妈妈如何被杀。这段时间,仅有两件事可以从表面上转移他的注意力:和比瓦雷斯聊天,以及读《悲惨世界》。这本书对他来说已经不仅仅是一本小说,而是变成了另外一种没有名字或者可以拥有无数不同名字的东西。它是一本关于生存或哲学的手册,一本记录神谕或者人间智慧的大书,一个让人不断反思、像是永不重复的万花筒般的物件,一面镜子,一把斧头。梅尔乔时常会想起米里哀主教,他让冉阿让变成了马德兰先生。主教深信,世界就是一个巨大的毒瘤,上帝的爱是唯一的疗法。梅尔乔一直想着主教,也认同主教的说法,世界就是一个毒瘤,可不同的是,他生活在一个没有上帝的世界,这个世界的恶疾没有疗法。当然,他也想到冉阿让,想到他关于生活就是一场战争的观点,想到他是这场战争的败兵,除了憎怒和怨恨,他没有其他的武器。他觉得冉阿让就是他自己,他们俩没有任何根本性的差别。但他想得最多的还是沙威,想他虚幻的公正,想他的正直,以及他对邪恶的蔑视,思考沙威定义的正义,他想沙威一定不会允许谋杀他妈妈的凶手逍遥法外。

比瓦雷斯在梅尔乔的妈妈死后,开始频繁探视他。一开始他们交谈的话题还很多样化,后来就越来越私人,到最后只有一个主题:妈妈的谋杀案,准确地说,是警察调查这件谋杀案的细节。

关于这个话题，比瓦雷斯总是每次拿捏着分寸给他透露相关信息，似乎他觉得梅尔乔不能一下子消化太多内容，或者他自己也是一点一点从警察和法官那里套出的这些信息。一天下午，比瓦雷斯告诉他，尸检报告已经出来了，他妈妈是被石块打死的，死前没有被性侵。又一天下午，他确认，他妈妈被杀的那晚，她在巴萨球场附近晃荡等客人，似乎那段时间她都在那边转悠。另一天下午，他说，警察已经找到了那晚的三名目击证人，两女一男。多亏他们的证词，警察开始弄明白那晚的经过：看来，他妈妈那晚的确在巴萨球场附近活动，但一直都没有找到客人。直到深夜一点半，她上了一辆有四个男人的汽车。之前他们还进行了一番讨价还价，上车之后，再也没有人见过她，直到第二天她的尸体出现。另一个下午，他遗憾地告诉梅尔乔，三个目击证人谁都没有记住他妈妈上的那辆汽车的牌照，而且三个人对于汽车的颜色和牌子意见不一：一个女人记得是棕色的宝马，另一个记得是深色的大众，而男人记得是黑色的斯柯达。再一天下午，他解释道，警察又查出那晚，在他妈妈和汽车上的人商量价格的时候，身边还有一个女伴，但是这个女人在那晚之后也彻底消失了，谁也不知道她的下落。这点新进展持续了好几周，直到又一个下午比瓦雷斯来看他，但没有带来任何新消息。几天后，比瓦雷斯承认，关于谋杀案没有任何有用的线索。再一段时间后，调查走到了死胡同，警察决定就此结案。

这个结果就像给梅尔乔泼了盆冷水，好几个星期，他都拒绝和比瓦雷斯说话。他不是责怪律师，也不是让他负责什么，只是不想看到他而已。事实上，他谁也不想见。这段时间，只有在迫不得已的时候他才离开自己的牢房；其他时间，他就像个苦行僧，光着身子背靠墙壁，坐在地上阅读《悲惨世界》。

一个月后，他要求见律师。比瓦雷斯第二天就来了，坐在探视间等他。梅尔乔一脸营养不良，衣衫破烂不堪，像是集市上的卖艺人。一看到律师，他迫不及待地说出自己撼天动地的决心：

"我要读书。"他说，"我要成为警察。"

3

"各位下午好,相信我们大家都互相认识了。"戈马警督一边说话,一边哈气用手帕擦眼镜镜片,"这样,我们就能节省相互介绍的时间了。另外,请大家把手机静音,除非万不得已,请不要接听电话。"

警督坐在长方形桌子的一头,梅尔乔坐在他的左边,看着他把眼镜擦干净,又把手帕收好。还有另外九个人,一起围坐在高地警察局的会议室里。他和这三女六男,共同组成了上午刚刚由戈马警督成立的阿德利庄园谋杀案调查小组。巴雷拉警督和布莱警长也出席了。在这个临时组成的小组里,只有萨洛姆和梅尔乔是属于高地警局的,受布莱警长管辖,其他人都是托尔托萨警局的。一整晚的值班后,经下午小小的午觉,梅尔乔稍稍恢复了精力。会议室里的人,他几乎都不认识,更不要说一起工作过了。所有人都把手机调到静音状态。这是周日下午五点一刻,由于戈马警督和皮蕾丝警长刚刚才赶到警局,所以会议开始晚了。

"我想,没有必要再给大家强调这个案子的重要性了。"戈马开口说话,声音铿锵,语调专业。他没有脱掉西装外套,领带看上去是才打的,头发整齐地梳到左边。他面前摆着一个文件夹,里面有蓝色的卡纸,还有一本打开的记事本,翻开的那一页有手写的记录。旁边坐着皮蕾丝,她把手机放在一大沓纸上,边上是她的苹果平板电脑。"我想,这个案子引起的社会反响,大家都看到了,也都明白破案压力很大。上头都坐不住了,局长刚刚给我打了电话,让我们随时和他汇报进展。大家都知道记者们就爱追热点,后面的新闻来了,下一周就没有人记得这个案子了。什么来得快也去得快。但是,目前所有电视、广播和报纸的焦点都集中在我们身上。另外,"警督在继续讲话前,稍事停顿了一下,"大家也都知道,阿德利两位老人被虐杀的消息已经传得沸沸扬扬,虽然照我看到的,这流言没什么失真的,可是引起了太多臆测。我觉得这也是难以避免的。我不知道是谁把这事儿说出去的,我也不准备调查了。目前,我希望大家可以远离这些媒体的声音。不要出面肯定或者辟谣各种说法,也不要被他们影响。不管媒体说什么,不管他们是不是在我们中间有渗透,也不要管记者们找到了什么证人、证词以及任何其他线索。我希望,所有人就专注在我们自己的调查中,不要和任何人说起调查的细节。我这边说的是任何人,请大家注意,连家人也不能说。我不清楚大家是不是都听明白了?"

戈马警督严厉地扫视了大家一圈,以确定他这番话的效果。除去高地警局的警督巴雷拉,在场的其他人都不超过五十岁,很多人三十岁都不到,梅尔乔就是。此外,也只有巴雷拉穿着警服,其他人都穿得很随意：牛仔裤、衬衫或者短袖，加运动鞋。戈马的身后是一面大窗，午后浅灰色的光线透进来。从大窗看出去是空无一人的儿童乐园，再远一点是一片长满野草的空地，能看到镇上的房子是一排新建的别墅。正是初夏时节，天上乌云密布，一直灰蒙蒙的，却没有下一滴雨。只是几个小时前就开始刮起大风，把警局入口的两面旗子——西班牙国旗和加泰罗尼亚区旗——吹得噼啪作响，不时在儿童乐园的空地上扬起灰尘。

"我相信大家也都知道，法官已经颁布保密法令。"戈马接着说，"这也能避免走漏线索。另外，皮蕾丝和我会把所有信息汇总。我负责和法官保持联系，她负责整个调查工作，并起草调查报告。所有信息一律交给她，先从今天上午鉴证科警员在庄园收集到的线索开始。而洛佩斯警长留在托尔托萨接待媒体，负责所有的外联工作。萨洛姆负责把案件通知给阿德利家人，他是被害人女婿的好朋友。老人只有一个女儿，这位女婿目前担任阿德利纸业的行政总裁。我说得对吗，警士？"警督看着萨洛姆寻求确认，后者点了点头，"他们家人听到消息后如何？"

"非常糟糕。"萨洛姆说，"尤其是他们的女儿罗莎。全家人都处在震惊之中。"

"已经采过她的 DNA 了吗？"戈马警督问。

"我不知道要做这个。"萨洛姆回答。

"也许没有必要。"戈马说，"但是我们也许需要以此来确定尸体的身份。"

"那就今天下午，我和梅尔乔去给他们做笔录的时候给她采样。"

戈马表示同意，又补充说，让他们夫妻俩尽快过来检查一下整个阿德利庄园。这个时候，梅尔乔听到他左边有手机的震动声，是比尼亚斯的手机。她三十多岁，怀孕的肚子已经难以掩饰地突出来。她瞟一眼手机就拒绝了来电。

"无须我再强调调查头几天的重要性了吧？"戈马警督又说，"我们一定要全力以赴，如果错过了最佳时机，后面就没机会了。所以，我请求你们二十四小时待命。我已经命令鉴证科警员这几天都在庄园采集证物和线索，并封锁整个房子，直到有新的命令下来。我也请在座的各位做好各项工作，从萨洛姆警士和马林① 警员开始，两位都是高地本地的警力。"警督指了指两位，接着向其他人说，"他们俩是调查的关键，是我们在高地的眼睛和耳朵。所以，请务必尽心尽力。以及，"戈马警督又朝向巴雷拉警督和布莱警长，他们正对着他，坐在桌子的另一头，"也要麻烦两位协助。"

"我们听候你的安排。"巴雷拉警督立马接话，"你来指挥整个调查。"

"谢谢，托马斯②。"戈马警督又补充，"我需要麻烦你们两位离开会议室。"

两人互相看了看，一脸茫然，巴雷拉警督半张着嘴，布莱警长丝毫没有掩饰他的不悦。除了皮蕾丝警长，现场其他人也都不解地面面相觑。

---

① 马林，梅尔乔的姓。
② 托马斯，巴雷拉警督的名字，下文中的米克尔是戈马警督的名字。

"很抱歉。"戈马警督说，"这也是出于调查需要。请你们理解一下我的工作。并不是不信任你们，只是希望能够严格执行我前面定下的规矩：任何与调查无关的人都不能参与这个案件。既然你们不承担具体的调查工作，那你们最好就不要知道更多了。"

高地警局的两位领导快速对望了一下，还没有搞清楚状况。梅尔乔在布莱手底下工作了四年，清楚他肯定把这当作了羞辱。巴雷拉还是追问了一句：

"你确定吗，米克尔？"

"我百分百确定。"戈马警督回答，"我也不想再多解释了，我们时间不多。如果你愿意的话，我们稍后可以谈一谈。"

"请原谅，警督先生。"布莱警长抗议，他满眼焦灼，努力想要明白戈马的意图，"我不同意。"

布莱还没能说完，巴雷拉就打断了他：

"不要说了，警长。"

巴雷拉的话让布莱的身体僵住了。他紧握双拳，小臂微微发抖，下巴似乎都要掉下来了。即使如此，他还是忍住没有说话。巴雷拉站起身来，对布莱命令道：

"我们走。"转过头，他又对戈马警督说："需要我的话，我就在办公室。"

戈马向他致谢，布莱垂头丧气地跟在巴雷拉后面，走出了会议室。皮蕾丝警长开始给每个人发打印材料，稍稍打破了沉默不安的气氛。戈马警督也从自己的文件夹取出了和刚刚发下去一样的材料，又看了看他记事本上的记录。

"那么,"两秒钟后他说,"我们就直入主题了。我们目前掌握了哪些线索?"他看了看记事本,开始总结,"今天早上,大约六点一刻,阿德利家的厨娘在家里的客厅发现了两个人的尸体。厨娘是厄瓜多尔人,她的名字是玛丽亚·费尔南达·桑布拉诺。她说,昨晚是在做完晚饭后,大约八点半时离开房子的。离开前,她没有发现任何异常,一切如常,只有一个女佣陪着老夫妻在家里,也就是我们发现的另外一具尸体,脑门中弹。她叫赫妮卡·阿尔瓦。桑布拉诺和她的丈夫儿子生活在甘德萨,已经给阿德利家工作了八年。阿尔瓦是罗马尼亚人,在他们家工作了一年半,一个人住在埃尔皮内利德夫赖镇。但似乎她在自己的国家还有一个女儿,和她爸妈生活在一起,女佣定期会给他们寄钱。这两个女人和谋杀案有关系吗? 她们中会有人和罪犯串通吗?"警督停了一会儿,在本子上找了找,又继续说,"房子里所有的警报和摄像头在周五晚上十点四十八分被切断。在这个时间,房子里还有很多人。因为每周五,弗朗西斯科·阿德利都会和妻子、女儿,以及阿德利纸业的主要管理人员在家里吃饭。他们请了专门的公司提供厨师、服务生以及相关的全套服务。我们需要给所有这些人录口供,当然也包括晚宴的客人。前面提到的两个料理家务的女性当时也在房子里,她们对房子非常了解,可以随意走动,刚好可以利用人多的时机来切断警报。不过,当时在房子里的其他人也都有相同的嫌疑。"警督看向坐在他左边的一名警员。这人满脸坑坑洼洼,长发,山羊胡,穿着鲜亮颜色的衬衫,"拉莫斯,您有什么想法?"

"我会排除厄瓜多尔厨娘的嫌疑。"被点名的警员说,"我和比尼亚斯今天中午问过她和她的丈夫。他们完全被吓坏了，胆小得连苍蝇都不敢弄死。"

"是的，他们不敢。"比尼亚斯表示了赞同，一边看了看她的同事，一边摸着她怀孕的大肚子。

"相反，我不排除罗马尼亚人的嫌疑。"克拉韦尔参与进来。他理着军人的板寸，整张脸几乎都被三天没有打理的络腮胡子侵占了，一边摇着头，一边在刚刚拿到的材料上潦草地写着什么，"我没能找到她的爸妈，好像他们住在蒂米什瓦拉附近的一个小村子。我和她在埃尔皮内利德夫赖的邻居聊过，他们都说她是个好人，不做什么奇怪的事，也不带男人回家，但是……"

"但是什么？"戈马催促。

"她在这里待腻了。"克拉韦尔解释道，不在纸上乱写了，"她想回罗马尼亚，也需要钱。需要钱的人，就会相对容易被收买。无论是谁来找，即使有风险，也会尝试。所以，我不排除她的嫌疑。"

"那我们排除了厨娘，但是保留女佣的嫌疑。"警督同意了他的意见，"有可能是她给凶手开的门。无论是院子的大门，还是屋子的门都没有被撞开的痕迹。可是，如果真是罗马尼亚女人给他们开的门，那为什么她又被杀了呢？是不想留下任何证人吗？为什么在她的卧室里枪杀她，而不是像杀两个老人那样在大厅里呢？或者不是她开的门，而是其中一个老人开的门？难道凶手认识老人？这样才能合理解释门的问题，可还是解释不了警报和摄像头被切断的难题。你们觉得呢？"

梅尔乔认同警督的分析，可是他什么都没有说，在座的其他人也没有说话。对于大家的默认，戈马警督并没有很高兴，他还在一边苦思，一边翻看他的记事本，仿佛希望能在其中找到疑问的答案，或者等待其他人的评论或反对，或者只是不知道该如何继续。会议室里所有人都看着他，除了坐在梅尔乔对面的萨洛姆，他偷偷在看自己的手机。

"我朋友在给我打电话。"他打破了沉默，"是阿尔韦特·费雷尔，阿德利家的女婿。"

警督从沉思中回过神来，示意他接电话，萨洛姆就走出了会议室。

"我们继续。"戈马说，"我们对阿德利这家人了解多少？"他又看了看记事本上的记录，这下似乎迅速找到了他想要的内容，"我们都知道，两位受害者，弗朗西斯科和罗莎是阿德利纸业的所有者，也是唯一的股东。这家公司是高地最大的企业。他们在西班牙有两家工厂，都在高地。另外还有四家在海外，分别在波兰、罗马尼亚、墨西哥和阿根廷。西班牙的这两家工厂提供了近六百个工作岗位，海外的也提供了超过四百个岗位。我们谈论的这家企业，年效益达七千万欧元。但这还只是阿德利家产业的一部分而已。事实上，这个区的一半都是他们家的。他们还有其他的小公司，无数的产业、商铺、农场、别墅和公寓。可以说是一个帝国。"警督挥了挥一沓从文件夹里拿出来的材料，和皮蕾丝刚刚分发的一样，接着说，"关于这个，大家手上都有一份临时报告，请大家认真阅读。我需要两个人详细查阅阿德利家和他们公司的账目。"

皮蕾丝警长建议由里乌斯和戈麦斯两人来承担这项任务。前者是个三十多岁的男人，运动员身材，有贴着头皮的短发，兔唇。后者是个小个子的女生，大胸，眼睛外凸，戴着黑框眼镜。两个人都有调查经济犯罪的经验，所以戈马没有表示异议，只是嘱咐他们查证在最近几周账户重要的进出款项、流水和异常操作。

"我们已经拿到了法院的授权。"他告诉两人，"这样，明天上午银行一开门，你们就可以开始调查了。我再给你们重复一遍：一定不能放过任何细节，没有无用的细节，任何细枝末节都可能是重要的。"

里乌斯和戈麦斯差不多是面对面坐着的，他们先是朝警督点了点头，然后彼此也示意了一下。戈马警督不安地看着会议室的门，透明门外就是人来人往的走道，可是没有看到萨洛姆的身影。

"我们再等一会儿。"他说，"看看萨洛姆警士是不是会回来。"

梅尔乔认真阅读拿到的材料，就这样过了几分钟。其他同事有的也和他一样读材料，有的借机去上个卫生间，活动一下腿脚，顺便低声聊上几句。戈马警督还在看他记事本上的记录，皮蕾丝在她的平板上写东西。一会儿，萨洛姆回来了。

"罗莎·阿德利不太好。"他回答着警督无声的疑问，"我朋友请求我们把录口供延后到明天下午，安排在他们去房子之后。"萨洛姆又在梅尔乔的对面坐了下来，刚好在皮蕾丝边上，"我已经同意了。我觉得还是不要把受害者家属逼太紧了。"

警督无奈地闭了下眼睛，也只能同意。皮蕾丝把萨洛姆出去接电话时的会议内容简单地说了一下。戈马警督又接着说阿德利家的情况,说之前还请求萨洛姆注意是否有错误的地方,并让他及时指出。

"他们只有一个女儿。"他说,"名叫罗莎,已婚,有四个女儿。住在科尔韦拉德夫雷,距离她父母家开车十五分钟。虽然她不是公司的股东,可一切都显示她是唯一继承人。至于她丈夫的职位——阿德利纸业行政总裁,这只是个挂名而已。对吗,萨洛姆?"

"原本理论上不是。"警士答道,"但操作上,所有重要决定都是老头自己做的。我说的是阿德利先生。实际上,每天在管理工厂的是总经理。"

"约瑟·戈拉乌。"戈马记下了他的名字。

"是的。"萨洛姆确认,"我个人并不认识戈拉乌,只是听其他人经常说起他。他一辈子都给阿德利公司干活。而阿尔韦特只是从和罗莎结婚之后才进入公司的。他是学经济的。明天我们也会给戈拉乌录口供。"

"我希望你们可以和公司的其他领导都谈一下。"戈马补充,"如果有必要的话,和工厂员工也聊一聊。阿德利夫妇生活很简朴,也是虔诚的天主教徒,平时没有什么社交生活。但是老先生出生在伯特,肯定在当地有些朋友。"

"据我所知非常少。"萨洛姆说,"无论是在当地,还是在其他地方,他的朋友都很少。仅有的朋友大部分也过世了。最亲近的人就是戈拉乌总经理了。不过,如果他还有其他朋友的话,我们一定找到,并和他聊一聊。"

"好的。"警督说,"关于老太太,有什么了解的?"

"对她,我了解不多。"萨洛姆承认,"她不是高地人,是雷乌斯人。但她几乎一辈子都生活在高地这里。其他的我会尽快都弄清楚。"

警督同意了。

"目前,我希望您和马林负责他们家人和公司管理层的调查。"他对着萨洛姆说。"你们三位的话,"警督指了指拉莫斯、比尼亚斯和克拉韦尔,"我想给你们安排另一项工作。皮蕾丝警长?"

女警长用手梳了梳自己的卷发,眼睛盯着平板电脑,清了清嗓子准备说话。梅尔乔从自己的座位能依稀看到她锁骨处文身的一角,但大部分都被短袖的领子给挡住了。

"大家都知道,我们目前没有任何线索。"女警长解释道,终于从平板电脑上抬起了头,"除了入口处的汽车轮胎印,如果可以算作线索的话。我们已经证实了轮胎是马牌的,但很明显很多车都用这个牌子的轮胎。离阿德利家最近的邻居也在两公里外,是一对医生夫妇和他们的两个儿子。"她转向里乌斯,他坐在她的右边,在萨洛姆和克拉韦尔之间:"你已经和他们谈过了,有什么发现吗?"

"完全没有。"里乌斯边说边摇头,"他们昨晚都在家里,但没有发现任何异常。现在因为这个案件,倒是很恐慌。"

女警长挑起了眉,但只有一小会儿,她的神情就稍有缓和,立马又恢复了职业的冷淡面孔。

"庄园里有很多指纹。"她解释,"这也很自然,大部分指纹都是两位老人、女佣和厨娘的。"

"你们给罗莎·阿德利和她家人采集指纹了吗?"戈马问。

"我已经采过了。"萨洛姆回答。

"我们也给厨娘采过了。"比尼亚斯说。

"这些信息都登记在调查系统里了。"皮蕾丝说。

"你刚刚说是大部分的指纹。"戈麦斯提醒,"那其他的呢?"

"还要深入调查比对。"皮蕾丝警长回答,"目前看来,只有少量待比对的指纹。有可能是家人的,或者是周五晚上在房子里吃晚饭的公司高层的,或者是准备晚宴的工作人员的。看上去大部分指纹都很完整,也有少量模糊的,可能我们难以确认是谁的指纹。"她转向戈马警督,提醒道:"我也说过,鉴证科警员已经是超负荷工作了。"

"我们这边的事情一结束,我就可以去帮他们。"萨洛姆自告奋勇,"我和他们一起工作过很多年。"

"好的。"戈马同意了,"您也去帮帮他们。谁负责证据的收集?"

"西尔文特。"皮蕾丝警长说。

"那您去和他说一声。"戈马指示萨洛姆,"顺便请您告诉他,明天我们从托尔托萨派更多的人手来。如果有需要,我们也会向巴塞罗那申请援助。"

停顿一会儿后,戈马示意皮蕾丝继续。她的目光又回到了平板电脑上,一个手指在屏幕上滑动着。

"警督已经解释过,"她这才抬起头,看向同事,"房子里的摄像头和警报是周五晚上被切断的。这是有人蓄意干的。这样凶杀案发生的时候，就不能录像了。除此之外，离房子最近的摄像头就在甘德萨，对我们的调查也就没有用。现在我们只有一个途径可以搞清楚当天晚上附近有什么人。"

"手机。"比尼亚斯猜道。

"对的。"皮蕾丝赞同，又快速地看了一眼她的同事，比尼亚斯的左手仍然放在她的肚子上，"他们向我保证，今天下午就把昨晚连接过离房子最近的两个基站的电话名单发给我，也包括一些停止使用的手机。我们有了这个名单，就可以向运营商查询号码拥有者的姓名和住址。"

"应该也要拿到法官的授权书。"拉莫斯提醒。

"不需要。"皮蕾丝警长纠正他，"只有获取电话内容和信息的时候，才需要法官的授权。只是获取机主信息是不需要的。一切顺利的话，明天我们就可以拿到机主的姓名和地址了。"

"那明天你们就开始联系他们。"戈马又转向拉莫斯、比尼亚斯和克拉韦尔，"要一个一个地询问。"

"可能会有几百人。"比尼亚斯提醒。她的眼睛睁得老大，手也从肚子上抬了起来，一脸被吓到的样子。

"即使上千也要一个一个询问。"警督不为所动地回答，"当我们锁定犯罪嫌疑人的时候，再向法官申请许可查看他的手机内容。可以肯定的是，凶手就在这些手机用户中，或者是一个人，也有可能是两个甚至更多。不过，这个前提是他们在进入阿德利庄园前随身携带了手机，而且没有采取预防措施。如果他们没有携带手机，也侧面证明了他们是职业杀手。"

"说他们是职业杀手,我丝毫不意外。"里乌斯说。

"我也同意。"戈麦斯支持,"如果是职业杀手的话,事情就复杂了。"

在场的很多人都同意是职业杀手的假设,另外一些人则表示质疑。戈马看着梅尔乔,好像在问他怎么不和同事说说他的看法。但是梅尔乔从头到尾只是听,没有开口。后来,克拉韦尔又回到了电话的问题上。

"很明显,凶手们知道手机风险很大,所以把老人和女佣的手机都砸烂了。"他察觉了这一点,"这些一般都是专业人士才知道的。"

"确实。"戈马警督承认,"但也有部分业余感兴趣的人了解这点。而且,难道专业人士就不会有失误,留下线索吗?总之,我们一步一步来,不要现在就做最坏的打算。"

戈马不说话了,似乎在犹豫。皮蕾丝警长侧身转向他,把平板电脑拿给他看,给他指出屏幕上的一点信息。这样,梅尔乔快速地看到她锁骨处的完整文身:一支黑色的箭穿过一颗红心,只不过还是没能看清楚文身上的字。

"好的。"警督接着说,"还有另外一件事,法医承诺后天就会出完整的验尸报告,最晚可能是周三。但我们已经掌握了几个关键信息。第一,受害者的死亡时间是在晚上十点到清晨五点之间。当然,这个时间段我们大概也能推测出来。如果厨娘桑布拉诺是在晚上八点半离开,早晨六点半回来的话,凶案发生的时间肯定就在这个时间段。法医说,解剖结束后,可以把案发时间确定得稍微再准一点儿,但不可能很精确。第二点是对我们调查至关重要的：阿德利夫妇不是立马被杀的。我想表达的是，凶手不是先杀他们再分尸的。相反，是先折磨他们，最后再杀人。法医认为，凶手折磨了他们很长时间，是最大限度折磨他们至死。你们大概会和我问相同的问题：为什么？是纯粹的虐待狂吗？凶手只是小偷吗？他们丧心病狂地虐待老人致死，只是因为纯粹的恶？还是因为愤怒？还是简单觉得好玩？我们看到他们把整个房间翻了个底朝天，但不清楚他们是不是拿走了什么。这一点需要他们的女儿女婿帮我们确认。或者凶手在找具体的什么东西，虐待他们只是为了问出东西在哪里？如果是这样的话，那他们在找什么呢？最终，老人告诉他们东西在哪里了吗？他们最后找到东西、拿走东西了吗？还是他们没有找到，最后空手而回？他们要找的东西在房子里还是在外面？还有，他们是同时折磨两个老人，还是一个一个处理的？如果是后面那种情况，他们是在其中一个人的面前折磨另外一个直到弄死，然后再折磨第二个？关于折磨的细节过于恐怖了，实在让人不解。"

"有什么不解的？"拉莫斯问，"假如凶手是在寻找什么东西，而老人不想给，折磨是让他们开口的最佳手段。至少一般罪犯都是这么认为的。"

"倒不是我不认同您说的。"警督承认，"但是，请注意一下他们折磨人的方式。受害者在死前遭到了难以描述的折磨。如果仅仅是拷问的话，这样的折磨合理吗？"

拉莫斯看着戈马，耸了耸肩，翻了翻眼皮，像是在反问：怎么不合理了？

"这事非同一般。"戈马坚持,"我们大家都知道,阿德利一家在高地是受人爱戴的,看上去并没有什么敌人。当然,凶手有可能不是当地的,但是……"

"也许当地人并没有那么喜欢他们。"梅尔乔插话,"尤其是对阿德利先生。"

这是梅尔乔第一次在会上发言,更准确地说,只是嘀咕,似乎他只是想让戈马听到。所有人都看着他。警督让他多说一点儿。梅尔乔就把他刚刚的话大声重复了一遍。

"有人觉得阿德利就像个专权的酋长。"他补充,"他独占了一切。有人认为他剥削工人,认为他的势力太大,不给其他人生存空间。"

"他独霸一方,这是毫无疑问的。"里乌斯把手里的材料立在桌子上,然后松手,材料就四散在桌面上。

"谁觉得他是酋长?"戈马问,"给他打工的人吗?"

"我是听当地人说的。"梅尔乔回答,他不想说出自己太太的名字,"是在这里土生土长的人。但我不认为这只是个别人的意见。"

警督想起几个小时前,萨洛姆在阿德利庄园说过("当地人都很喜欢他们"),就转头问他的意见。萨洛姆一直在听他们说话,不时地摸着自己的络腮胡子。说话前,他斜靠在椅子上,用食指推了推鼻梁上的眼镜架。

"梅尔乔说的是事实。"萨洛姆看着戈马,表示了同意,"在高地,肯定有一两个甚至更多的人不喜欢阿德利。这也是很自然的事,你们不觉得吗?警督先生,您今天上午也说过,富人总是遭人恨的。阿德利很有钱,同时,成功会招来妒忌。一开始,阿德利先生可以说是一无所有,很小就是孤儿,他爸爸大概是个短工……他是我们常说的白手起家。这样的人在其他国家会令人敬佩,可是在我们国家不会。事实就是这样的,我们也没有必要自欺欺人。我唯一想强调的是,积累像阿德利家这样的财富而没有树敌是不可能的,某个被击败的竞争者或是被解雇怀恨在心的人都有可能成为他的敌人,但当地人对阿德利先生总体还是尊敬和感激的。无论如何,他发展了当地经济,并给许多家庭提供了工作。不过,谁知道呢,也许是我搞错了。"

"这也就是我们要调查清楚的。"警督立刻对所有人补充,"如果阿德利家有仇人,那么是什么样的仇人? 如果这些仇人就是凶手,很明显是很恐怖的仇敌。而阿德利家有这样的仇人吗? 是众所周知明里的仇人? 还是从朋友因为积年怨恨而变成暗地的仇人,但一直都没有表露,直到逮着机会? 所以,案发当晚,阿德利他们给凶手开了门? 是他们自己动手杀了阿德利夫妇还是他们找了其他人? 无论是谁杀了他们或者找人杀了他们,他们的目的是偷东西吗? 是为了抢走什么? 还是仅仅为了酬金? 总之,这就是我想到的一些可能性。当然,我还有其他推测。"

警督戏剧性地停顿了一下。坐在他旁边的梅尔乔觉得自己猜到了他的想法,但什么也没有说。周围其他人都疑惑地看着警督,梅尔乔则看向了另一边的窗外,太阳像是害羞一般,时不时从乌云中露一下脸,狂风似乎也平息了下来。西班牙国旗和加泰罗尼亚区旗在旗杆上消沉了下来,几乎不怎么动了。突然,狂风又起,把旗子都快吹烂了，还卷起儿童乐园的一片尘土。

"一起宗教仪式谋杀案。"警督最后还是揭晓了，"其实，这是我看到现场被肢解的尸体的第一印象。我相信你们中有人也有同感。当然，宗教仪式的说法听起来像是电影里才有的。可我们也知道，现实往往就是电影化的。有人会专门模仿电影。阿德利夫妇是天主教徒，并且是主业会的成员。当然，这不说明什么，但是……"他想了想，终于摆出了一个类似微笑的表情，"我不记得谁说过，上帝和恶魔就是一个硬币的两面。那些和上帝有很多联系的人，必然也会和恶魔扯上关系……总之，"大约他的话也让自己有点不自在，脸上微笑的痕迹都消失了，他补充，"这也只是猜测，我们需要肯定或是否定这种可能性。"

戈马警督的假设没有得到大家的任何回应，谁也没有说话，大家只是互相看了看。梅尔乔不知道他们的眼神到底是什么意思。几秒钟后，戈马又检查了一遍他的记录，翻看他的记事本，才转头问女警长：

"还有其他的吗，皮蕾丝？"

她只是挑了挑眉，摊了摊手，梅尔乔理解为：我这边没有什么可说的了。戈马就转向所有人说：

"有什么疑问和想法吗？"他期待地看了大家一圈，然后说，"很好，那我再强调一下最根本的事。我们要随时候命，彼此多交流、多互通信息。这个很重要，人多力量大，三个臭皮匠顶个诸葛亮。我们要好好利用最初这几个小时，最初这几天，集中调查他们的财务状况，给案发时段经过庄园附近的手机机主们以及阿德利的家人和相关人员做笔录。我知道明天才能全力开始调查,但我们要利用好今天下午和晚上,好好了解阿德利家的情况。除了已经拿到的材料,网上也有很多资料可以查询了解。请大家不要泄露调查信息。你们要知道,全国都看着我们,警察的名声就在我们手上了。好,没有其他了。大家着手干吧。"

会议结束后,梅尔乔和萨洛姆站在走道里聊了一会儿,讨论了一下刚刚会议的内容,又分配了一下彼此的任务。他们四周涌动着一股不同寻常的暗潮,尤其是对于周日的一个下午而言。发生在阿德利庄园的三重谋杀案,不仅让托尔托萨警局进入了战时状态,也让整个警察系统发生了变化。梅尔乔从来没有在这栋楼里见过类似的骚动。

"好的。"萨洛姆说,"我现在开警车去阿德利庄园。"

"需要我和你一起去吗?"

"不用了,你没有采集指纹的经验,而且,我们明天要给阿德利纸业公司的高层录口供,你最好多读一下他们公司的业务报表。"

他们俩在楼梯口分开,萨洛姆去地下车库拿车,梅尔乔走回办公室。这个办公室很大,摆了五张桌子、五台电脑和无数文件夹。梅尔乔和萨洛姆以及高地的另外九名调查中心成员平时都在这里工作,布莱警长作为中心负责人有他单独的办公室。梅尔乔碰到了鉴证科的两位同事科罗米纳斯和费利乌,他们正在喝咖啡聊天。一看到他,就立刻问有没有什么新消息。梅尔乔回答没有,他知道他们原本应该还在阿德利庄园收集证据,就问他们是不是有新进展。科罗米纳斯有圆圆的脑袋,拳击手的鼻子,是个胖胖的男生,他告诉梅尔乔他们也没有什么进展,他们回警局是为了把目前收集到的证据存放到库里。

"我们刚好偷个闲。"费利乌说着亮了亮手里的咖啡。她是一个金发女生,垮垮的样子,穿着紧身衣,头发梳得像是朋克的鸡冠头,"这肯定会持续很久。"

科罗米纳斯对同事的预见表示了赞同,他问梅尔乔,是不是也认为这是一起宗教仪式犯罪。

"我不清楚。"梅尔乔坐在桌前回答,"你为什么会这么问?"

"因为到处都有这种说法。据说死者是天主教徒。我是说那两位老人。"

"的确是这么说的。"梅尔乔认同。

"我告诉你啊!"科罗米纳斯对费利乌宣称,"如果是这样的话,我丝毫不会怀疑这是一起宗教仪式犯罪。你知道为什么吗?"

"为什么?"她问。

"因为近来时有发生宗教让正常人发疯的事情。"科罗米纳斯说,"我来告诉你。"

接下来,他讲了一个朋友——安波斯塔的一个园丁去年夏天去圣地的经历。梅尔乔犹豫是不是要下楼去买一杯咖啡。可是回味起机器里冲出来的咖啡的那股白开水味,他就决定不喝了。他开电脑等待的时候,刚好听了一下科罗米纳斯的讲述。

"他原本不是信徒。"科罗米纳斯靠在椅子上,双腿架在桌子上,徐徐道来,"虽然他上过培养神父的专门学校,却是个反教会的人。他做那次旅行纯粹是因为好奇，而不是什么朝圣。"

科罗米纳斯说，他朋友到耶路撒冷后，就在市中心的一个便宜小旅馆住了下来。三天之后，有一晚，他披着旅馆的床单在老城里游荡，还背诵着《申命记》①第二部分的片段。两个警卫把他抓了起来，但幸运的是，他们很快就把他放了。他让当局相信，他是正在游学的神学院学生。这原本只是一个无足轻重的玩笑，可是第二天，他租了辆自行车后就消失了。一个星期后，人们才在内盖夫沙漠②的一块岩石上找到他。他坚信自己是先知以利亚，一辆火焰烈马拉着的火焰两轮车在龙卷风中要把他带上天。当地人把他送进了耶路撒冷的精神病院，剩下的假期他都躺在病床上。身边的病友，一个是美国男人，自诩大力士参孙，试图把哭墙推倒；还有一个波兰女人，确信自己已经怀孕了，即将要分娩摩西。过了一段时间，园丁才回到家。

"他现在仍在老家，若无其事。"科罗米纳斯总结道，"你们哪天去安波斯塔，我给你们介绍认识，他自己会跟你们说那个故事。当然，他说的故事并不是真实发生的，因为他自己什么都不记得了，只是其他人告诉他发生了什么事。这就是我对你们说的宗教让人发疯。"

费利乌正捧着肚子，为安波斯塔园丁的故事大笑。（"奇怪的是，他那张挨饿的脸，满脸的胡子，确实让我联想到先知。"科罗

---

① 《申命记》，《圣经·旧约》中的一卷。
② 内盖夫沙漠，位于以色列南部，是当地著名景区。

米纳斯还想再发掘一下故事的效果,又说了一句。)布莱警长走了进来,女人立刻停止了大笑,男人也把脚从桌子上放了下来。但是,布莱什么也没有问,神情不安地问梅尔乔,和戈马警督的会议是不是结束了。梅尔乔肯定地回答了他,布莱接着又问他萨洛姆去哪里了。

"他刚刚出发去阿德利庄园了。"梅尔乔回答,"他去帮忙采集证据。"

"那边确实很需要人手。"费利乌说道,随手把她喝完咖啡的空纸杯扔到了纸篓里,"那边差不多有一周的工作量。我们回那边吧,科罗?"

"走吧!"科罗米纳斯站起身来,关节稍稍发出声响,"今晚大概别想睡了。"

布莱听了他们的话,什么也没只是叫梅尔乔到他的办公室去。穿过一道玻璃门就是警长的办公室了。布莱靠在堆满文件的桌子上,满脸愤怒,等着梅尔乔。

"这个狗娘养的。"梅尔乔刚关上门,警长就爆发了。

"谁?"梅尔乔佯装问了一下,虽然早就知道答案。

"戈马。还能有谁!"布莱回答,"你刚刚没看到吗?他在所有人面前,把我和巴雷拉他妈的赶出来!甚至都没想到单独和我们说一下。操他妈的!"

布莱像是刚被关进笼子的困兽,恼得呼吸都急促了。他绕到桌子后面,终于坐了下来,让梅尔乔也坐下来。

"巴雷拉是个孬种。还有几个月就要退休了,他不想找麻烦。"

布莱说着，没留意梅尔乔还站着没有坐下，"要是我的话，一定会留下来和他硬碰硬。你知道吗？当年戈马刚到托尔托萨，大家就提醒我：'你可要当心他。他就想往上爬。出身很好，一心想做警察局局长。'他就是一混蛋。一来到我们高地，就像个上帝颐指气使。他把我赶出来，就是他这个操蛋的花花公子想自己独占所有的好处。坏家伙！你看到皮蕾丝像个大头苍蝇围着他团团转吗？看上去就像戈马忠实的走狗。我肯定他们俩有一腿。"

梅尔乔想到了女警长的文身，不知道布莱说这些是不是只是想出气。他耐心地听布莱发泄不满，咒骂戈马，抱怨皮蕾丝，除了他自己，怨天怨地。在他左边的玻璃门后面，梅尔乔看到他们的大办公室里一个人也没有，他的电脑仍然开着。他的面前、警长的背后是一面大窗，位于警局的侧面。窗外是一片郊区的景象，一个6月周日的凄凉黄昏，和他不久前从会议室看出去的差别不大：成排的房子，修建中的大楼，空地上北风卷起尘雾；远山与天际相接，山脊两侧都是随风涌动的翠绿林海，巨大的风车矗立其中，远远望去，就像一个个巨大的机械昆虫，全速挥动着触角。他的右边，一块软木板挂在墙上，随意钉着各种提醒、照片、便条和广告。其中的一角很显眼地贴着面旗子，上面写着"加泰罗尼亚不是西班牙"①。梅尔乔想起之前警长对他的嘲讽，今天布莱受到的羞辱多少让他感到解气。他本还想着如何掩饰这种感受，布莱突然毫无预警地问他话。

---

① 原文是英语。

"你要帮我个忙。"他说。

就在这个时候,手机信息的提示音打破了办公室的安静,是梅尔乔收到短信了。

"是萨洛姆发的。"他解释。

短信里包含两个电话号码,一个是固定电话,一个是手机,还有一段没有大写也没有重音符号的文字:

"这是阿德利纸业总经理——约瑟·戈拉乌的电话号码。请你给他打个电话,我太忙了。请你和他确认明天上午录口供,地点随意,但一定要上午第一时间,后面我就没有时间了。好吗?"

梅尔乔回了"OK"。

"他说什么?"布莱问。

"没什么。"梅尔乔回答。

"你看,这就是我要请你帮的忙。"

"什么事?"

"希望你能把阿德利案子的所有情况都汇报给我。"

"不可能。你也听到戈马警督说的,一律不能泄露任何信息给调查小组以外的人。"

布莱在椅子上动了动身子,脸上显出绝望的表情,他摇了摇头。

"你别耍我,大西班牙人。"他很不满,"你也要这样,是吗?你把调查信息透露给我到底有什么关系?你知道我口风很紧的。"

"抱歉,警长。我什么都不能说。请你还是和警督说吧。"

"去他妈的警督。"布莱吼道,在满是文件的桌子上重重拍了一掌,"我告诉你,你知道的,我在高地认识很多人,我可以出力破案。你也知道,这个混蛋摆了我一道。你就帮帮我,小子。你想想,从你到这里后,我帮过你多少忙,多少忙啊!"

梅尔乔记起他帮过的忙,但都是些小事,远没有现在求的这事这么重要。可是不管怎么说,布莱的话也是有道理的。他在高地很有人脉,很少有人像他这么了解当地,又经验丰富。戈马把他踢出调查小组,的确是带有偏见的独断。他们迟早会发现布莱很有用,到时候就会后悔把他踢出去了。而且,起码在这件事上,谁也不会比布莱更谨慎了。

"好吧。"梅尔乔让步了,"你让我好好想想。"

这下,布莱警长的脸瞬时就变好看了。

"谢谢,大西班牙人。"他激动地站起身向梅尔乔张开双臂,"我就知道可以信任你。"

"我只是说,我要再想想。"他提醒道,想让他不要高兴得太早。

"好的,好的。"布莱警长道歉。但他像是已经有十足把握,左手抓着梅尔乔的肩膀,右手紧握他的手,看着他的双眼说,"我向你保证,你不会后悔的。"话里洋溢着感激,他又补充,"今天你帮我,明天就是我帮你。"

回到办公室后,梅尔乔给萨洛姆发的手机号码打电话,但是没有接通;之后,他又给固定电话打,铃声响了很久,可就是没有人接。他坐在电脑前,开始查看邮箱,确认了没有新邮件。此时,布莱警长用指节敲了敲分隔两个办公室的玻璃门和他道别。他先是用食指画了几个圈,表示明天再聊,最后又朝他竖起了大拇指。

梅尔乔还没有拿定主意到底要不要向警长让步。不过，他把这个难题暂时放到了一边，全身心地研读皮蕾丝警长发给大家的材料。下午所有的时间，他都用来阅读阿德利公司的生意往来和报表，在网上查找相关信息。然后，时不时地给萨洛姆发的两个号码打电话，可始终都没人接听。到晚上九点半，他的肚子开始咕噜咕噜叫，眼皮也有点往下耷拉了，这四十八小时他几乎都没怎么睡觉。他又试着打电话，终于，在尝试了一下午之后，有人接电话了。

梅尔乔向电话那头询问是否是阿德利纸业的总经理——约瑟·戈拉乌先生。电话那头，一个苍老、无力、粗糙的声音回答，他就是戈拉乌。梅尔乔自我介绍后，就问明天早上能不能找他聊一聊。

"是为了阿德利夫妇的谋杀案。"他说明。

"我猜到了。"戈拉乌说，"可以的，我没有任何问题。请您到我办公室来吧。"

"我会和一位同事一同前往。"

"您和谁一起来都行。我们的公司和工厂都在拉普拉纳工业园区的尽头，我的办公室就在那里。你们肯定能找到。我八点之后就会在办公室。"

"明天工厂也开工吗？"梅尔乔问。

"当然。"戈拉乌回答，"难道我们有什么不开工的理由吗？"

梅尔乔知道这只是一个反问句，并不需要他回答。他刚准备道别挂电话的时候，戈拉乌又说：

"您能告诉我,关于谋杀案,你们有什么线索吗?"

"没有。"梅尔乔承认,"不过即使有线索,我也不能告诉您。"

"起码,您能不能告诉我电视和广播里说的那些是不是真的?"

"关于什么?"

"阿德利夫妇在死前被折磨了?"

梅尔乔认为,无论是在这个老人还是任何其他人面前,他都没有必要回避或者隐瞒这一点。

"差不多是的。"他回答。

电话的那头突然陷入凝重的无声中,有一刻,梅尔乔以为戈拉乌已经挂了电话。之后,他听到一阵声响,刚开始以为是抽泣,之后又像是拖拉椅子的刺耳声。

"我明白了。"老人声音冷酷,毫无情感,"那么,就请你们明天过来吧。我会尽我所能协助你们。"

梅尔乔挂了电话,转头就给萨洛姆打过去,那边立马接了。

"太好了。"听到梅尔乔说已经和阿德利纸业的总经理约好会面的时间,萨洛姆在电话那头说,"我们明天九点在那家公司的门口见。"

"没问题。你们那边进展如何?"

"挺好的。不过,今晚我们还要再忙一会儿。"

梅尔乔又提出可以去帮忙,这次萨洛姆依然拒绝了。

"你回去休息吧。"他建议,"你肯定困死了。"

"我睡午觉了。"

"没用的。你听我的,回家睡觉吧。我们明天早上在阿德利纸业公司见。也问候你们家的母女俩啊。"

梅尔乔在电脑前坐了一会儿，揉了揉疲劳的眼睛，听着空无一人的警局渐渐安静下来。之后，他关上电脑，把办公室的灯也一一关了。走出办公楼的时候，和门卫打了招呼，道了晚安。郊外的街道路灯昏暗，风还在强劲地吹着，他独自朝小镇中心走去。

4

在母亲被杀几个月后,关塔卡明斯监狱的探视间里,梅尔乔对多明戈·比瓦雷斯说,他要做警察。律师一脸难以置信地看着梅尔乔,像在说,别开玩笑了。

"我已经了解过了,我可以的。"面对律师复杂的表情,梅尔乔解释,"首先,我先完成中学课程。这在监狱里就可以学习。我和管教员谈过这个问题,她会帮我。出狱后,我要等上两三年销掉我的犯罪记录,之后我就可以参加警察考试了,并不难。我肯定能考上。"

比瓦雷斯睁大了眼睛,看着他。

"你觉得如何?"梅尔乔问他。

"很好。"律师眨了眨眼睛,"太棒了。"

"我很高兴你认可,另外,还需要你帮我交一下注册费。"梅尔乔接下去说,像是要用坚定的决心来弥补这几个月的懈怠,"我还需要一台电脑。你算算我在监狱大概还要待多久?"

"如果一切照目前发展的话,还有一年半。"比瓦雷斯算了一下,"或许更短。"

"出狱后,我会找一份工作。"梅尔乔承诺,"我会把所有的钱还给你。"

即使比瓦雷斯很想问他为什么会做这个不可思议的决定,可直到会面时间结束也没有搞清楚,但他已经相当了解梅尔乔了,知道他下定决心就一定会做到。梅尔乔没有和他提起《悲惨世界》。那个星期,他就在自己的牢房里收到了一台笔记本电脑。然后他在加泰罗尼亚开放学院的义务教育中学二年级注册了,开始上网络课程。出乎意料,他发现自己很喜欢那些科目,很喜欢学习,很喜欢独自学习的这套体系。他停止了监狱的其他活动,全身心地投入学习中。三个月后,在监狱管教员和他在教育学院的老师的一致同意下,他注册了中学三年级。他的目标是在一年内修完中学的所有科目。这样,出狱的时候,他就有毕业证书了。虽然他的管教员和中学老师都不感觉意外,但当梅尔乔真正做到的时候,比瓦雷斯还是大大震惊了。在年满二十一岁的前一天,他拿到了所有的成绩。第二天,比瓦雷斯就去看他。

"你妈妈一定会为你感到骄傲的。"他说。

梅尔乔只是浅浅地咧了咧嘴。

"我妈妈已经死了。"他回答,"我一定会找到那些杀了她的混蛋。"

在狱中的最后几个月,梅尔乔专心读十九世纪的小说,尽情运动。比瓦雷斯依然经常来看他。自从妈妈死后,他是唯一来探视梅尔乔的人。虽然他经常来探视,可是梅尔乔对于律师仍然所知甚少,因为他很少谈论自己,而梅尔乔也从来不问。他只知道,比瓦雷斯是刑事辩护律师,人人都说他很奸诈(很久之后他才知道,他真实的姓不是比瓦雷斯,而是佩拉莱斯。只是所有人都那么叫他,他也经常用比瓦雷斯签名,给他法律上的小诡计提供了一些便利);他住在巴塞罗那扩展区①卡塔赫纳大道拐角的马略卡街,喜欢哈瓦那雪茄和爱尔兰威士忌,离过三次婚,没有婚生子。梅尔乔很感谢他做事的高效,以及他只提供力所能及的帮助,从不夸夸其谈。但是他越来越好奇,律师为什么要帮自己?他还想搞清楚律师和妈妈到底是什么关系:只是她的一位客人,还是她的情人?他不确定妈妈是否为自己的法律辩护给比瓦雷斯付过钱(虽然他也没法证实没付过钱)。他尤其不能理解的是,为什么在妈妈死后,律师依然负责自己的诉讼,还经常来看望他。一天,在探视间令人窒息的谈话中,梅尔乔直截了当地问了为什么。

"你是想听真话还是假话?"比瓦雷斯也直接问他,"我提醒你,真相并不是你会喜欢的。"

瞬间,梅尔乔为自己的莽撞后悔,但他没有勇气收回已经问出的话,也不知道该怎么收回。他能感觉到胃里不停翻滚,但还是咬牙到底,表示想听真话。比瓦雷斯洞悉一切,怜悯地看着他。

"因为你是落水狗,梅尔乔。"他回答,"如果我不帮你,就没有人会帮你了。"

---

① 指巴塞罗那老城区向外扩建的区域,兴建于19世纪中到20世纪初,是如今巴塞罗那的市中心。

好在这不加掩饰的残酷事实没有伤害到梅尔乔,倒让他觉得比瓦雷斯是个很诚实的人。不多久,比瓦雷斯设法把他转到了市中心的巴塞罗那模范监狱。在那里,梅尔乔开始第三阶段教化管理。也就是说,他只要在监狱过夜就行了。他在恩典区的里耶拉德圣米克尔街的复印店里找了份工作。这样,从那会儿开始,梅尔乔每天上午离开监狱,到复印店工作一天,晚上再回去。这段半自由的状态只持续很短的时间。三个半月之后,衡量了他的良好表现,教化监管法官给了他彻底自由。

出狱那天,比瓦雷斯早早在恩登萨街的门口等他。他倚靠在墙上,抽着上好的哈瓦那雪茄,刚刚理过发,风衣挂在手臂上,穿着一套干净、笔挺的西服,衬衫崭新,领带也打得很方正。

"我带你回家吗?"他问,满脸笑意,像是凯旋。梅尔乔把袋子放在地上,和他握了握手。"我给你准备了欢迎礼物。"比瓦雷斯又说。

两个人坐在比瓦雷斯的车上一声不吭,静静地在巴塞罗那城内行驶。梅尔乔细心感受着不受限的自由的最初几分钟。巴达洛纳的圣洛克区看上去没有太大变化,他家所在的街道和公寓楼也一样。不过,他家看起来像是彻底变样了。梅尔乔百感交集地看着曾经居住过的房间,他死去的妈妈的房间。在这里,他度过了没有爸爸的童年和叛逆的青少年时期。他发现,比瓦雷斯添置了新家具,新刷了墙,还在冰箱里塞满了食物。

看完一圈后,梅尔乔张开双臂,作势拥抱了这个只等他入住的房子。

"这就是礼物吗？"他问。

比瓦雷斯没有答话，他从西装里掏出一张纸递给他。梅尔乔打开纸读起来。

"这是你的案底记录消除证明。"律师解释，"你现在焕然一新了。"

梅尔乔从纸上抬起头来，还有点恍惚。比瓦雷斯吸了一口哈瓦那雪茄，吐出了一阵浓浓的烟。梅尔乔又看了看手里的那张纸：这张纸意味着他可以立马报考警察了，原本按照法律，他出狱之后要等三年后才能报考。他看着比瓦雷斯。

"这是真的证明吗？"他问。

"当然。"比瓦雷斯回答，"我就是约瑟夫·卡拉桑斯①，我会骗你？放心，一切都在掌控之中。没有人会发现这是个假证明。而且，你的犯罪记录已经在警察系统的档案里面消失了。也就是说，对于警察来说，你就像是从来没有在监狱待过一样。"

梅尔乔一脸惊愕，摇了摇手里的纸：

"那这是从哪里……"

比瓦雷斯没有让他把话说完。

"还有一件事。"他接着说，"自治政府刚刚发布通告，要新招三十名巴塞罗那警察。考试在三个月后举行。如果我是你的话，今天就撸起袖子开始准备了。"

---

① 约瑟夫·卡拉桑斯（1557—1648），西班牙天主教神父、教育家，是欧洲第一所教会学校的创始人，给穷人和教徒子女提供最早的免费教育。

梅尔乔呆呆看着比瓦雷斯,不知道该说什么。律师又吸了一口雪茄,吐了口浓烟。

"好了,我想说的都说完了,小伙子。"他说,"恭喜你重获自由。"

等律师离开后,梅尔乔一个人在家。他第一次真正怀疑比瓦雷斯是不是他的父亲。

接下来的三个月,梅尔乔认真准备警察学校公共安全学院的入学考试。他学习基本法律法规、交通安全法规、民法和刑法,以及加泰罗尼亚宪法和西班牙宪法。他还尝试以前从未做过的每天读报,因为有人告诉他,考试中还会出现关于当下新闻热点的问题。最后,他顺利通过了考试,虽然不是什么高分,但学校录取了他。他开始去巴萨罗那边上的莫列特－德尔巴列斯上课,为期九个月。他的很多同学都来自外地,所以,不是住在学校的宿舍就是在当地与人合租。而他每天开车半个多小时往返于学校和家之间。因为白天有课,他不得不放弃了打印店的工作。但很快,他在巴达洛纳一个名叫"天蝎座"的夜店找到了一份夜间的门卫工作,一周工作四个晚上。虽然睡眠时间少了很多,但他很喜欢那些课程,把所有零散的时间都用来学习。他这么努力,一方面是因为他的同学大多数都比他年轻,他没时间和他们一起出去玩;另一方面也是因为他孤僻的性格,他在学校没有任何朋友。除了写作格调高雅、射击精准之外,他在学校没有其他突出的表现了。第一年学业结束之后,他的指导老师找他谈话。

"你在哪里学的射击?"他问。

"就是在这里。"

"你打过猎?"

"差不多。"

"你以后想专事哪个领域?"

"我想做专案调查。"

"如果你愿意的话,我可以推荐你去特种警察部门。会有风险,但工作很有意思,而且报酬不错。"

梅尔乔完全没有考虑他的建议。

"谢谢。我还是想做调查员。"

九个月之后,学校的训练期结束,准备结业的时候,射击的指导老师再次提出了他的建议,可梅尔乔依然拒绝了。

"你将来会后悔的。"他很遗憾地说,"无论如何,请你听我的,好好珍惜你的射击天赋。这是难能可贵的。"

很快,梅尔乔开始了他的实习生涯。他被分配到巴塞罗那自治区的另外一座工人城市——略夫雷加特河畔科内利亚①。他工作的警局就在特拉维色拉街上,离埃斯普卢加斯公路很近。给他安排的巡逻同伴,可以说是他职业生涯的导师和顾问。他名叫比森特·毕加拉,比梅尔乔大了整整三十岁,是一位老警察,之前是国民卫队的宪兵,后来才改到地方警局工作。他没有什么职业崇高感,还经常嘲讽规章制度。同时,他是个酒鬼,经常逛妓院,

---

① 略夫雷加特河畔科内利亚,巴塞罗那省下属镇。

烟不离手，是个大烟囱。

"专注于自己的生活，不要管他人的生活"是毕加拉的人生信条，在任何时候都会说，并且一丝不苟地在生活中执行。不仅对他的上司和同事说，也和罪犯说。关于如何和罪犯打交道，梅尔乔刚到的第一天，他就传授："如果你不为难他们的话，他们就会为难你。那样，他们可不会手下留情的，听明白了吗？"

对于他说的话，梅尔乔一律回答"好的"。毕加拉还时常嘲笑他的教条主义，他从来没有叫过梅尔乔的名字，总是叫他"土包子"。虽然他们俩毫无共同之处（或者恰恰因为这点），但相处得很好，组成了很好的专业巡逻组，从没有闹过任何不快。所以，等到实习结束，他为没能留在科内利亚而很不开心。他被调去了努巴里斯——位于巴萨罗那北部的一个移民聚集区。因为不满工作安排，很快他就报名参加了一个罪案调查的考试。他毫不费力就通过了，重新回到了警察学校，参加为期三个月的课程。这次学习他很有针对性，尽可能地多学东西。课程刚一结束，他就约好和毕加拉见面，表示需要他帮忙。

"你有什么要帮忙的，随便说。"曾经的国民卫队宪兵说。

"你有朋友在圣安德鲁警局工作吗？"

"我在所有地方都有朋友，小伙子。"

"我需要你帮我搞一份谋杀案的卷宗复印件。这起案子四年前发生在圣安德鲁。"

"你为什么不向你的上司要呢？"

"因为不可以。我不能让任何人知道这件事，尤其是我的上司。

我要自己调查这个案子。"

毕加拉隔着香烟的烟雾审视着他。他们俩坐在巴卡拉的吧台前,这是当地的一家脱衣舞女俱乐部,就在图罗公园附近,这位老国民卫队宪兵经常来这里。毕加拉喝威士忌,梅尔乔喝可口可乐。他们互相说了说彼此近期的生活,毕加拉恭喜他升为调查员。接着,他问:

"你调查这个案子是为了升职,还是什么?"

这下,梅尔乔对毕加拉说出了他从未和其他人分享过的秘密:关于他妈妈的谋杀案,详细讲了何时、何地以及发生经过。而他需要的卷宗就是这个案子的。等梅尔乔说完,老国民卫队宪兵什么都没有说,只是在自己的转椅上转了一整圈,然后看着俱乐部中央聚光灯底下的舞台上全裸或者半裸的脱衣舞女。几秒钟后,似乎他还在专心地看脱衣舞表演,却突然转向了吧台,一口喝完了威士忌,又要了一杯。

"没问题。"他对梅尔乔说。

一个星期后,他们俩再次在那个俱乐部见面。毕加拉交给他一个文件夹,里面有五页电脑打印的材料,上面还盖着圣安德鲁警局的章。

"可以说没有费太大劲。"毕加拉手拿着一杯威士忌,梅尔乔迫不及待地翻看着卷宗,他又问,"你准备做什么?"

"找到那些杀了我妈的凶手。"他头也没抬地回答。

"然后呢?"

"再看了。"

老国民卫队宪兵点了点头,下嘴唇咬着上嘴唇,威士忌酒杯搁在大肚腩上。与其说是胖,更准确地说是水肿。在晃动的红蓝灯光下,他苍白的脸加上肉肉的双下巴,让人想起默不作声的蟾蜍。

"你要多当心,土包子。"毕加拉提醒。

从那会儿开始,梅尔乔就开始调查他妈妈的谋杀案。因为是私下查案,而且案子还涉及至亲,所以他只能在自己空余的时间调查,避开他的同事和上司。调查很不规律。("你要合群,小伙子,"毕加拉多次提醒他,"一旦他们发现你在查私案,到时候你就倒霉了。")毕加拉给他的卷宗里,包含一份尸体解剖报告。读过之后,他第一反应是比瓦雷斯骗了他。妈妈死后,他们在关塔卡明斯监狱里无数次谈论了这个案件,比瓦雷斯把很多细节都美化了。虽然验尸报告表明妈妈直接死于重度颅脑损伤,这和比瓦雷斯说的一样,但他有意回避了很多细节。报告里说,受害者在死前被多次性侵,阴道和肛门都有多重撕裂。除去验尸报告外,卷宗里只有三个目击证人很少的供词。梅尔乔更为吃惊的是,这么少的信息,比瓦雷斯竟然给他慢慢讲了那么长时间,而且让他在多年内一直心怀错误的破案期望。

读完卷宗后,梅尔乔去找了法医以及三个目击证人。法医已经忘掉了这个案子,但是读过验尸报告后想了起来。他唯一补充的是,这起案件中的被害者死状极惨。三个目击证人,两个是妓女,一个是拉皮条的,他们说的和卷宗上多年前的记录一模一样。梅尔乔明白,他们的记忆僵住了,他们跟他说的不是他们真实记得的，而是已经说过很多次的版本。即使如此，两个女人还是提供了一条重要的有效信息：当他妈妈和客人谈价钱的时候，在一旁的妓女名叫卡门·卢卡斯。而警察局的报告里没有记录这一点，这让梅尔乔非常吃惊。

这个发现改变了一切。一旦决定之后，梅尔乔就百分百地投入调查中，他工作外的空余时间都用来寻找这位卡门·卢卡斯了。他深信，这个女人对他妈妈的死肯定知道点什么，不然怎么会刚好在谋杀案后就完全消失了。

无论是警察局的档案里还是网上，梅尔桥都没有找到一丁点儿关于卡门的信息，但他没有被挫折挡住脚步。他开始寻找和他妈妈同时期在巴萨球场附近转悠的妓女、所有的老鸨、妓院的老板，以及同时期从事卖淫或者类似谋生手段的女性。当然，他也没有漏掉那些在巴塞罗那夜间游荡的各行各业的人，包括他的同事们，所有可能和他妈妈的死相关和可能知晓卡门·卢卡斯下落的人。

为了完成这项不可能完成的任务，梅尔乔经常和比瓦雷斯一起吃饭，时不时需要他提供帮助和信息，后者也知道他的目的。律师已经明确拒绝接受当初辩护的诉讼费，并把钱都还给了他，让他等经济完全独立后再谈这件事。那段时间，在努巴里斯的警局里，流传着关于梅尔乔矛盾混合的名声：文人屠夫。大家都知道他的三件事，前面两点是公开的，而且大家都为此赞扬他：他善于把报告写得简洁、清晰、准确，他有很高超的审问技巧，能让最顽固的犯罪嫌疑人开口。（"那不是技巧问题，"梅尔乔说，"主要在于能否站在嫌犯的立场想问题。"）而第三点是隐秘的，并没有被认可,大家只是假装忽视,其实从他的直属上司到所有的同事都知道。每次在警局出现针对女性使用暴力的案子时,施暴者都会被打一顿。虽然被打的罪犯从来没有起诉过梅尔乔,但所有人都知道是他打的。一个周五的凌晨,他刚刚从外面回到家。一晚上他都在加瓦的各大夜店询问卡门·卢卡斯的下落,却依然没有任何进展。此时,他接到一个电话,被告知在城市另一头的蒙卡达夜总会发现了比森特·毕加拉的尸体。当梅尔乔到那儿的时候,已经有两辆警车停在了门口。夜总会的灯都关了,音乐也停了,一群女孩围在吧台周围窃窃私语,没有一个服务生。毕加拉的尸体在其中的一个房间里,仰面躺在一张凌乱的床上,姿势极不自然。眼睛圆睁着,嘴巴也大张着,生殖器露在外面。房间里和走道上站了很多人,其中一个年轻女孩在一个女士的怀里哭着,三名警察和一名法医还在检查尸体。

"他是心梗猝死了。"检查一结束,医生就给出了结论,"长期患病,加上过量的古柯,过量的威士忌。"

梅尔乔一直陪在尸体的旁边,不忍心让他就么孤零零地躺在那里,一直到法官命令把尸体抬走。第二天,他才慢慢想明白,为什么毕加拉死后,他们会给他打电话。在殡葬的全部过程中,无论是他离异很久的妻子,还是谁也找不到的子女,一个都没有出现。梅尔乔也明白,如果他不负责办理这些死亡的行政手续,就没有人会做了。体面的葬礼就更谈不上了。参加火化的只有四个人——梅尔乔和毕加拉的三个老乡同事。其中一个是从索里亚省的梅迪纳塞利坐公交车过来的,刚好赶上观礼。他问梅尔乔,他朋友的死因到底是什么。梅尔乔把法医的结论重复了一遍，三重因素终结了老国民卫队宪兵的心脏。当时，那位索里亚的警察说了一句话，梅尔乔一直念念不忘。

"是的。"他说，"还有，他太寂寞了。"

比森特·毕加拉死后没过多久，梅尔乔在警局接受了一位内务警长的拜访。他是那种年龄就写在脸上的人，高瘦、苍白、长脸。他自称叫伊萨亚斯·卡夫雷拉，问梅尔乔能不能和他单独在一个安静的地方聊一聊。当时，他们在调查组的大办公室里，周围都是警察，但很快大伙儿就清楚或是猜到或是想到这位外来者是谁了，虽然不知道他要在那里做什么。梅尔乔把他带到了一间审问室。他们俩隔着一张桌子面对面地坐下来。刚坐定，这位警长就开始说话了，但只是漫无边际地随意说着。梅尔乔听了一会儿后，就直接发问，他到底要什么。卡夫雷拉不自在地笑了笑，似乎要好好想想该如何回答，又好像在四周找答案。他扫视了这个简洁的房间，空无一物的墙壁，家具只有一张桌子和三把椅子，地面上隐隐有氨草的气味。

"关于你的一些信息传到我们这里了。"卡夫雷拉解释，他的双手放在膝盖上，梅尔乔隔着桌子看不到，"一些流言。"

"啊，是吗？"梅尔乔问，"都有哪些流言？"

"举例来说，你到处查问本不是你责任范围内的内容。"卡夫雷拉停顿了一下，接着说，"这不是事实，对吗？"

梅尔乔看了他一会儿：警长的眼睛细长、明亮，像在追问。

"不是的。"他撒谎了。

"当然不是了。"卡夫雷拉瞬时松了一口气,"这是毫无疑问的。如果是事实的话,会是极其严重的。你知道的,是吗?"

梅尔乔点了点头。

"会严重到我们需要给你做一份调查报告。"卡夫雷拉接着说,"如果是调查报告的话,谁都不知道会调查出什么来。我凭经验告诉你,每个人的过去都是充满意外的魔盒。你应该懂我在说什么,是吗?"

像是惯性作用,梅尔乔还是点了点头。这下,卡夫雷拉才又笑了起来,把他的手从膝盖上拿上来。

"太好了。"他说,"很高兴我们达成了共识。我对你是很真诚的,但愿你也一样。"

警长看上去很满意的样子。他站了起来,伸出一只手和梅尔乔道别。但在走出房间之前,他突然停住了,把刚开了一半的门又关上了,朝梅尔乔走回来。

"提到过去,"他说话的表情又变了,这次是有点费劲的样子,甚至有点痛苦,"你在监狱待过几年,是吗?"

梅尔乔像是钉在了座位上,感觉地下全都空了,他正坠入虚空。卡夫雷拉又笑了起来,第一次展示真挚的微笑。

"你不要这副表情,年轻人。"他揶揄地说,"你给警察学校提供的无犯罪记录证明是假的。是个以假乱真的假证书,这个我们不得不承认,但终究还是假的。你的案底在我们警察的档案系统里是消失了,但是在法院的档案系统里没有,依然还在那里。关于这一点,你还不知道,是吗?"

卡夫雷拉没能捕捉到梅尔乔的任何反应,他眼中更多的是好奇,而不是指责:要看好戏了。

"现在你明白什么叫过去是个充满意外的魔盒了吧?"他的语调没有变换,"你不用担心。让这成为你我之间的秘密,你觉得如何?"

梅尔乔在心里衡量了一下他的提议。他依然坐着,从下往上看着卡夫雷拉,丝毫没有掩饰对他的不信任。

"交换的条件是什么?"

这次,卡夫雷拉哈哈大笑。

"你不要太多疑了,小伙子。"他边说边打开门,要结束对话,"什么都不需要。"

卡夫雷拉离开之后,梅尔乔一个人在审问室里又待了一会儿。他混乱不安,倒不是奇怪对方知道他私底下调查妈妈的谋杀案,这段时间他多方打听询问,多少会让不相关的人知道。真正让他吃惊的是,他居然知道自己之前坐过牢,而且知道他为了报考警察学院,提交了假的无犯罪记录证明。他是怎么调查到的? 按理只有比瓦雷斯和帮他做假证明的人才会知道这个事,如果梅尔乔自己没有对其他人说过,那到底是谁告诉他的呢? 难道他们是偶然调查到的? 现在,很多事让梅尔乔不安:提到可能要对他开展的调查,以及相关的后果;而且,从现在开始,他的未来就完全取决于内务部是否要揭露他为了进入警察学校而提供假证明的事。因为这件事一旦曝光,他就会立马被清除出警察系统。而最让梅尔乔不安的是,前面的两个风险都取决于内务部——或者说是那个刚刚直白威胁他的阴险男人。这让梅尔乔处在一个很微妙、不确定的位置,尤其是他还想接着调查他妈妈的谋杀案。

在和比瓦雷斯每周的饭局上,梅尔乔说起了卡夫雷拉的拜访。律师也不知道是谁泄露了这桩多年前伪造文书的事,但他建议梅尔乔在一段时间内就专注于自己的本职工作,不要有任何偏离,看看事情的后续发展。梅尔乔听从了他的建议,不过只坚持了很短的时间。一个半月后,他没有再听到卡夫雷拉和内务部的消息,就又重新开始他全凭运气的调查了。

从一开始,比瓦雷斯就试图劝梅尔乔放弃调查他妈妈的案子。他认为,这只是浪费时间,同时也会慢慢变成一种导致自我毁灭的执念。可是,梅尔乔一直没有丧失信心。无数个夜晚,他不断地穿街走巷,走访酒吧、迪斯科舞厅、按摩屋、妓院、夜总会、舞蹈沙龙、各种妓女会出入的场所和街道马路,有时他能遇到认识他妈妈的人,可是从来都没有听人提到过卡门·卢卡斯。他脑子偶尔也会浮现这个词语:大海捞针,大概只有出现奇迹,他才能找到那个神秘消失的女人。

最后,真的出现了奇迹,他觉得是上天的恩赐。

那是在2017年8月中旬,还有几天梅尔乔就可以去休假一周了。那天下午,他突然冒出念头,去蒙锥克山墓地附近转一圈,那边每天都聚集了三四十个妓女。墓地在山腰上,面朝大海,在城市的东侧,离努巴里斯很远。梅尔乔还是多年前在给哥伦比亚人跑腿的时候知道这个地方的。从他那里拿货的毒贩不失怀念地告诉他,二十世纪初,在墓地附近的弗朗卡区最后的便宜房子里,集中了西班牙最大的毒品市场，也许是全欧洲最大的。事实上，今天还在墓地附近转悠的妓女，全部或者绝大部分都是瘾君子。她们也成了这个昔日的毒品集散中心衰败消亡的唯一例证。她们以极其低廉的价格提供服务——四五欧、几根香烟或是几口毒品。

梅尔乔开车上山，看到第一个女人，就停车向她打听。女人的大半个身子都从打开的汽车车窗伸了进来，把各种性服务的价格都报了一遍，在确认眼前的男人一个都不会接受后，她又开始把他从车里拽出来。梅尔乔没有办法，只能从车里出来。瞬间，他就被不知从哪里冒出来的一群女人给围住了。她们化浓妆，嚷嚷着，穿很少的衣服以展示她们的肉体，身上挂满了各种廉价的玻璃珠串，就像战争落败后作为纪念，展示她们耗尽的、被弃的、遭屠戮的躯体。这群女人闹哄哄的，或是向他要东西，或是彼此争吵。梅尔乔看到一个女人和她的客人从一个小坡上下来。坡上有几条火车道，仅用于弗朗卡和港口地区的货物运输。那个男人低着头，快速地跑向他的汽车。那个女人朝人群走来，走到梅尔乔边上问：

"卡门·卢卡斯怎么了？"

她很胖，黑眼睛，黑头发，戴大框架眼镜和锚状的大耳环，一个大圆牌项链挂坠垂在她双乳之间。所有人都回头看她，梅尔乔正为这刚刚找到的"针"而高兴不已。

"你知道她？"人群中的一个人问，很明显是一个跨性别者。

"这个帅小伙儿正在找她呢。"另一个女人操着一口浓重的安达卢西亚口音说。她是人群中最年轻的，蹬着很高的高跟鞋，只穿一件自行车车手的背带裤。

那个胖女人走到人群中，看着梅尔乔。

"你是谁，小子？"她问，"条子吗？"

梅尔乔回答是的，但又补充，他不是因为工作原因来找卡门·卢卡斯的，而是私人原因——她是他妈妈的朋友。

"你认识她？"梅尔乔问，他指的是卡门·卢卡斯。

女人们知道梅尔乔是警察后，也没有态度上的改变。也就是说她们所有人早就知道或者猜到了。

"我认识她。"女人回答，"但已经很久没有看到她了。大家都叫她妮娜姐。"

"你知道在哪里能找到她吗？或者，你有她的地址或电话号码吗？"

女人看着他，不动声色。不难想象，梅尔乔猜这具破碎的身体曾经也年轻貌美过。

"我不知道。"女人说，"但你需要的话，我能让你爽一把，小毛孩。"

她的话引起了一阵混乱，其他人也纷纷发出自己的邀约，有大叫的，有骂人的，有大笑的，有推搡的。一瞬间，梅尔乔觉得自己好像无意中误入了一场全女性的家庭争吵中，这是一个破落的家庭，而且本质是偏离主流的（但不偏离他的生活环境）。这时，女人大声宣布一天的工作结束了，她问梅尔乔能不能送她回家，他再次重复了之前的问题。

女人自称萨拉，她让梅尔乔送她到国会街。开车的路上，女人就聊起她自己。之前，她在巴萨球场附近和拉瓦尔小街上揽客，五年前,她开始到墓地的坡上找活儿。每天早上,她赶早班车再换乘一次车到那里,下午坐末班车倒一次车回去。她的确有毒瘾,但已经很久没有吸毒了。有个基金会专门帮助那些瘾君子,给他们提供安全套,帮他们做一些健康管理。她每周都会去基金会,和那里的工作人员聊聊。

"你就停在那儿吧。"她指了指平行线大道的一处人行道,刚好有辆车开走,"我家就在旁边。"

梅尔乔停好了车,什么也没有问,只是跟着她走。他们走进一栋发臭的老楼,爬上黑咕隆咚的楼梯,到三楼,走进萨拉租的房子,里面却那么干净整洁,让梅尔乔很吃惊。她租的房子只有一个房间,一个厨房,还有一个临街的阳台,没有卫生间。梅尔乔也不知道他为什么要陪她回家,但心中隐隐有所期待。确实,女人开始在床边角落一大堆整理得很好的纸片中翻找什么。黄昏的阳光从开着的阳台门透进屋子,街上的杂音也飘进来。

"就是这个了。"一会儿后萨拉晃了晃一个信封,"我就知道在这里。"

她从信封里拿出一封信,边读边点头。

"她给我写信,是为了还钱给我。"她一边说一边把信封递给梅尔乔,有点骄傲地看着他,"卡门就是这样的。"

梅尔乔接过信封。他确认了一下,寄信人的确是卡门·卢卡斯,她的地址是埃尔亚诺德莫利纳的贝拉达街95号。

"这对你有用吗?"萨拉问。

梅尔乔点了点头:信拿在手上,就像手握千万财富。他默记下了寄信人地址，然后把信还给萨拉。之后，他掏出钱包，拿出二十欧给她，女人没有拒绝。

"你确定不要爽一把吗，小毛孩？"她一脸母亲般的笑容，"如果你不满意，我把钱还给你。"

埃尔亚诺德莫利纳是莫利纳德塞古拉的一个区，距离穆尔西亚十五公里，距离巴塞罗那开车六个小时的路程。梅尔乔沿着地中海边的高速公路一路南下，驶过塔拉戈纳、卡斯特利翁和巴伦西亚，沿途的景色越来越干旱。在莫利纳德塞古拉附近下了高速，随着离城市越来越近，开始看到被塞古拉河水滋养的菜园的绿色。梅尔乔到那儿的时候是下午六点半，8月的太阳依然像一个火球挂在天上。很快他就找到了埃尔亚诺的方向，在小村子里逛了几分钟，在小巷子里了转几个来回，一个人都没有碰到，似乎大家都还在午睡中没有醒来。他朝寻找的地址开去，几乎开到了农田边上，那里立着一个牌子：自住房道路。梅尔乔下了车，在一户简朴的房子前停下敲门。房子是新建的，只有一层，墙才刷过。一个女人给他开了门，梅尔乔向她打听卡门·卢卡斯。

"我就是。"她回答。

她棕色头发、棕色皮肤，目光平静，穿着宽大的条纹蓝色睡衣，完全看不出底下的身材如何，脚上穿着橡胶拖鞋。光看一眼，梅尔乔很难猜出她的年纪。太不可思议了，他又问了一遍，她是不是就是卡门·卢卡斯。女人也再次坚定地确认她是。梅尔乔自我介绍了一下，也提到了他妈妈的名字。一听到名字，她立马就防备起来,眼神不再平静,而是充满疑问。

"您不需要害怕。"梅尔乔急忙说,"我从巴塞罗那来,只想和您聊一聊。"

女人一声不吭地看了他一会儿。他突然明白,就像他寻觅她很久一样,她也等了他很久。她内心一直都清楚那件事没有完全过去,早晚都会再找上她。所以,一刹那的担心过去后,女人就让他进了屋。梅尔乔在黑暗中跟着她走过门廊和厨房,最后走到一个满是植物的庭院,高高的大树形成了天然的阴凉。铺砖的地方刚刚清洗过,散发着潮湿的气味。女人给他指了指芦苇编的椅子,然后问他要不要喝点什么。梅尔乔表示要喝点水,但依然站着,没有坐下去。女人走进里屋,消失了一会儿,转身拿着一杯水出来了。水很凉,梅尔乔一口气就喝光了。

"你是怎么找到我的?"卡门·卢卡斯问。

赶路的一身暑气还没消散,梅尔乔就给她讲事情的经过。刚说完,卡门·卢卡斯拿走他手中的空杯子,问他是不是还要一杯。梅尔乔说不要了。之后两人谁都没有说话。

"你难以想象我对你妈妈的死感觉多遗憾。"卡门·卢卡斯说,"我们是很好的朋友。"

梅尔乔做了个认同的表情。

"我不想打扰您。"他保证,"我花这么多时间找您,就因为您是最后看到我妈的人,之后她就被谋杀了。我想了解一下,您是否知道谁是凶手,或者有没有怀疑的对象,能不能给我点儿线索。无论是什么,都会对我有帮助。"

女人坐在了原本指给梅尔乔的椅子上,他面对着她坐在了另外一张椅子上。不远处,在依然没有减弱的黄昏的太阳底下,庭院角落的一处有个鸡笼,一只公鸡和七八只母鸡在地上啄着。

"那晚,我到处兜了好多圈。"卡门·卢卡斯回忆着,把空杯子放到了被洗得发亮的铺砖地面上,"后来,我经常想,原本我是可以阻止事情发生的,因为我有不好的预感,却没有当回事儿。但有时候我也会觉得,那不祥的预感是后来我自己臆想的,让我觉得自己也有责任。我不知道。"

女人告诉梅尔乔,她很清楚地记得他妈妈死的那晚。据她说,一开始,那晚就和平常一样,唯一不同的是,平素他妈妈很容易就找到客人,但那晚她一无所获。

"她很生气。"卡门·卢卡斯说,"如果不是这样的话,她就不会上那辆车。"

"您还记得车牌号吗?"梅尔乔打断她。

"不记得了。"

"记得车型吗?看到车里面的人吗?"

卡门·卢卡斯回答,除了记得是深色的豪车,车窗玻璃也有颜色,车里坐着好几个男的,其他什么都不记得了。她们妓女一般坚持不随便上别人的车,除非确保安全,或者是熟人的车子。卡门·卢卡斯知道他妈妈那天上车前也犹豫了。事实上,那晚早些时候,他妈妈已经拒绝过一次他们的生意。但是当他们再次出现的时候,已经是凌晨三点半或者四点,一天的工作要接近尾声了,此时的生意就相对吸引人,他妈妈几乎快放弃了,于是就接了这单生意。那晚她第一次拒绝他们的时候，她对卡门·卢卡斯说过的话，后者还记得很清楚。

"所以，她再次和他们谈起来的时候，我就问他们是谁。"卡门·卢卡斯解释，"'不认识'，她对我说，'就是一群开着老爸的车出来找乐子的男孩。我不相信他们。'这就是她当时对我说的话。我记得特别清楚，就像她刚刚和我说一样。所以后来她又上了他们的车，让我很惊讶。我想大概就是因为这个，我会有不祥的预感。"

这就是女人关于谋杀案那晚的所有记忆了。梅尔乔又缠着她问了好多问题，关于他妈妈，关于她自己，关于那个时候在巴萨球场附近的妓女同伴和客人们。他不停地问她问题，这个时候他们听到开门的声音。

"是佩佩回来了。"女人说，"是我的丈夫。"

卡门·卢卡斯的丈夫是个比她矮比她年轻的男人，很结实，虽然秃了头，胡子却长了满脸。他穿着涤纶的裤子，短袖的腋下都是汗。卡门·卢卡斯介绍梅尔乔是她巴塞罗那老朋友的儿子，他们俩握了握手。梅尔乔看了看手表，九点了。

"你不是要走了吧，小伙子？"佩佩说。

他们坚持留他吃晚饭并过夜。梅尔乔也毫不犹豫地接受了邀请，他确信还有很多可以和卡门·卢卡斯聊的。但是，他考虑到没有必要让佩佩知道他女人十年前在巴塞罗那靠什么谋生，所以还是准备和她单独的时候再接着聊。吃晚饭的时候，他知道卡门和佩佩已经一起生活了四年，没有孩子。佩佩在莫利纳德塞古拉的拉塞雷塔工业园区里一个运输公司的后勤部门工作,卡门就管家务和一个菜园。菜园在房子旁边,他们俩一起种了点东西。

"明天我给你看看菜园。"卡门承诺。

那晚他们谈论最多的反而是关于梅尔乔。佩佩得知他是警察,还在巴塞罗那刑事调查中心后,就不断地问他各种问题,大概是对梅尔乔问了他妻子那么多问题的礼尚往来,也终于可以满足他看了那么多刑侦电视剧的好奇心了。他们一直聊到十二点才各自上床睡觉,但梅尔乔花了很久很久才睡着。先是夫妻俩在隔壁的房间做爱,又说又笑,薄薄的墙壁完全没有隔音效果。他们似乎也完全不介意他在隔壁会听见,或者他们完全没有意识到他会听见。后来终于安静下来了,乡村的宁静又让他失眠了。

临近天亮,佩佩起床去上班的时候,他才睡着,一直睡到中午才醒。卡门出门采购去了,但她在厨房给他准备好了早餐。梅尔乔喝了咖啡,一边等她,一边好奇地在房子和庭院里转了转。

卡门两点的时候回来了,提着好几包采购的东西,她让梅尔乔帮她一起准备午饭。只有他们俩吃午饭,卡门解释,佩佩要去穆尔西亚,到晚上才能回家。吃过饭后,他们俩又开始聊梅尔乔的妈妈,他再次要求她讲讲他妈妈遇害那晚的事情。卡门又跟他说了一遍,她告诉他,她们俩是在巴塞罗那华人区的一个妓院认识的,之后就成了朋友,还聊到她们在巴塞罗那的生活。当年,她是跟着一个在莫利纳德塞古拉的迪斯科舞厅认识的男人一起去巴塞罗那的。梅尔乔问她,为什么在他妈妈死后,她就消失了。

"我昨天和你说过了。"卡门回答,"因为我害怕。不是有人威胁我，只是我觉得，如果她发生了什么事，那相同的事也会发生在我身上。"停顿之后，她又说，"当然，也是因为我厌倦了。我半辈子都在从事让我恶心、让我羞愧的职业，只是苦于不知道该如何停下来，你妈妈的死让我下决心放弃那种生活。"

在饭厅的阴暗中，他们注视着对方，拉下来的铁百叶窗阻挡着夏日的炎热。梅尔乔交握的两手放在小圆桌子上，卡门伸出了一只手，握住了他的手。

"你妈妈救了我，梅尔乔。"她看着他说，"如果不是因为她，我现在还在那里。"

梅尔乔知道卡门在骗她，但他很喜欢她的谎言。他不由得想起萨拉和她在墓地的那些同伴，心中不禁升腾起对她们深深的感恩，似乎那些没有未来的失败者，都是因为他妈妈的死而得以幸存在地球上的。

卡门·卢卡斯还在说，梅尔乔却不再听了。过了一会儿，卡门站起身来说：

"好了，现在该带你看看我的菜园了。"

他们走入五点半的烈日下，从自住房道路右拐，开始远离村庄，走进蔬菜、橙子树、水渠交错的区域。一穿过杨树林，他们就到了卡门的菜园。园子方方小小的。一头有个木棚子，里面摆着一些种菜的工具。无论是谁都能看出这一小块菜地被悉心地照顾，主人是个经验极丰富的农人。

梅尔乔还没有留意，卡门就开始干活了，不断给他看番茄、黄瓜、茄子、青椒和西葫芦的秧苗。梅尔乔最后都忘了自己为什么在距离巴塞罗那六百公里的地方。看着卡门在田里劳作,他感受到纯粹的乐趣。她一边劳作,一边说话:她出生在埃尔亚诺,还说起她的爸妈,他们一辈子以养蚕为生,说起她和佩佩在村子里的生活,四周有很多带着孩子生活的青年夫妇,他们在这里定居,希望可以享受乡村生活的乐趣。

当天色渐渐暗下来的时候,他们才回到村子。回家的路上,他们两人都提着一篮子蔬菜。卡门又和他聊起他妈妈,以及她自己在巴塞罗那的生活。从她的话中,梅尔乔推断,和他昨晚设想的不一样,佩佩对他妻子那些年在巴塞罗那的谋生之道是清楚的。

"他当然知道。"当梅尔乔问起的时候,卡门笑起来,"佩佩了解我的一切。"

她说,佩佩也出生在埃尔亚诺,他们的爸妈是邻居,也是朋友。他们俩从懂事起就认识,几乎是一起长大的。佩佩从小就喜欢她,而她因为很多原因,老是躲着他。其中一点是因为她比佩佩大六岁。在做了二十多年的妓女后,她离开巴塞罗那回到村子时,已经苍老、破败、心力交瘁,而佩佩依然在那里等着她。

"一切都很神奇,是不是?"卡门笑了笑,有点落寞地说,"当初,我自以为找到了生命中的男人,跟着他到了西班牙的另一头,却没有发现真正的他就在我身边。"

回到家,梅尔乔发现手机有五个未接电话,都是从努巴里斯警局打来的。他立刻打回去。

"什么? 发生什么事了?"电话那头说,"你大概是全国唯一不知道发生了什么事的人。"

那天下午,在巴塞罗那发生了恐怖袭击,死了好多人。警察们好几个小时都在追捕那些恐怖分子。

"你在哪里?"电话那头问。

梅尔乔说了自己的所在。

"你赶紧开车赶过去。"

梅尔乔和卡门道别,也拜托她向佩佩道别。卡门在一张纸上写下了她的电话号码。

"记得给我们打电话。"递给他之后她说,"记得过来看我们,佩佩会很高兴的。"

梅尔乔一上车就打开广播,但关于恐怖袭击的新闻很少,已有的报道很多也是自相矛盾。袭击发生在下午五点不到的样子,在兰布拉大道上,一辆货车全速驶上这条步行街,撞向人群,造成十多人死亡,多人受伤。虽然报道的伤亡人数在不断增加,可是嫌犯始终没有被抓住。他们其中一人跑进老城的一个饭店,劫持了很多人质。警察已经封锁了城市的进出口,因此导致了几公里的拥堵。这就是基本情况。到了晚上,播音员也只是在不断重复相同的新闻,梅尔乔终于听腻了,关掉了广播。

他又开始想卡门·卢卡斯和他妈妈,想着想着,他觉得糟透了。他明白,一切都结束了。虽然他找到了卡门·卢卡斯,但没有找到任何关于杀害妈妈的凶手的线索,今后也不会找到了。他明白,卡门·卢卡斯是他唯一的希望,现在他完全没有希望了。回想起来,他的追寻从开始就注定是失败的。其实,他内心从一开始就知道,但他只是埋头向前。他明白,他永远也找不到杀害妈妈的凶手了,不能为她伸张正义了。想到沙威,他感到一种仇恨,一种冷冷的、无具体对象的仇恨,只有冉阿让对世界的仇恨才能与之相比。同时,他也感到一种想要破坏的欲望,一种不知名的愤怒。他觉得快窒息了,仇恨、愤怒和想要破坏的欲望让他透不过气来。他开了好几公里,一路感觉嗓子被堵住了,几乎喘不过气,他拼命在车内寻找空气,几乎难以呼吸。

凌晨一点过后,警局又给他打来电话,问他在哪里。他回答,在距离塔拉戈纳二十公里处。

"太好了。"电话里说,"你现在朝坎布里尔斯开去,那边似乎有另一起恐怖袭击。"

"我不用先去警局?"

"没时间了。你直接开去议会大道,很快就会到那儿了,在海滩边上。他们会在那里拉警戒线,你去看看是不是能帮上忙。目前来看,有一半人都在休假中。"

从此刻开始,后面的事发展迅猛。梅尔乔艰难地呼吸着,从坎布里尔斯出口下了高速。当他到达议会大道的时候,警察们还在布置警戒线。他向穿着制服、指挥现场的女警长报到,被分配去帮忙摆放串起来的锥形路障,并拉上警戒线。还没弄完,突然不知道从哪里冲出来一辆奥迪车,撞上了停在路边充当路障的两辆警车中的一辆,把女警长撞倒了,然后就全速朝滨海人行道冲了过去。在一片混乱中,梅尔乔先去查看了女警长,确认她没有大碍。顿时,他肾上腺素飙升,心怦怦跳,就像只小鸟要飞出来了。他跟着奥迪车跑了出去,把手枪掏出来拿在手里,朝四周的人大喊躲起来或者扑倒在地。

几米外,梅尔乔看到奥迪车撞倒了两个路人,最后在航海俱乐部的一个圆形建筑处翻了车。他慢慢靠近汽车,车里面的人开始出来。其中两个人跑向附近围观事故发生的路人,人群开始大叫逃散。另外一个人朝梅尔乔跑过来,他发现那几乎还是一个孩子,手里拿着一把屠夫刀,腰上绑着一圈看上去像是炸药的东西。霎时,梅尔乔脑子里像闪电一般闪过一句话——"朝人射击你不需要特别瞄准,只要足够冷血,并靠得足够近就好了。"他没有后退,反而迎上了那个男孩。在他们还相距几米时,他停住,在柏油路上站稳,瞄准男孩的脑袋扣动了扳机。枪声加剧了人群的尖叫,同时也吸引了另外两个恐怖分子的注意力。他们同时向他跑过来,挥着手中的大刀,还冲锋陷阵般地大叫,含着胸,腰上也绑着爆炸物。梅尔乔也朝他们走去,几米后停住,再次在柏油路上站定,瞄准第一个恐怖分子的脑袋,开枪,之后又瞄准第二个。当时人已经离他很近了,足以让梅尔乔看清楚这同样也是个青少年,他再次扣动了扳机。他的腿还弯着,没站起身来,就发现第四个男孩从奥迪车里出来,大叫着朝他扑过来。他几乎没怎么瞄准,在男孩扑上来之前就开枪了。

就这样结束了一切。

接下来的几秒钟,梅尔乔一动不动站在马路上喘着气。几具恐怖分子的尸体就倒在他身旁的柏油路上。圆形建筑和人行道都浸没在寂静中,什么也听不到,一种让人耳聋的沉寂,充斥着恐惧的尖叫,尖厉的警笛声,以及在头顶盘旋的直升机螺旋桨的轰鸣声。他感觉自己的心脏要爆炸了，但是终于能呼吸了。

接下来的几天，恐怖袭击事件始终都是混乱的飓风中心。几起恐怖袭击的结果是毁灭性的：在巴塞罗那造成了十六人死亡，上百人受伤；在坎布里尔斯造成了一人死亡，六人受伤。总共击毙了六名恐怖分子，其中四名被梅尔乔击毙（组织并实施这几起袭击的恐怖分子还有十二名，都被击毙或逮捕）。但对于梅尔乔来说，结局是不同的。虽然从一开始大家就努力掩盖他的身份，以防止可能的极端分子的报复，但一夜之间他成了警界的英雄：同事、警界领导、政界领导的嘉奖如雨点般涌来，所有人都想方设法地发掘他的壮举。同时，媒体也试图参与进来，他们把他叫作"坎布里尔斯的英雄"。很快，关于他的各种流言开始散播：有人说他是女的，有人说他以前是士兵，因此能熟练使用武器，能迅速做出相应的反应，自然也有说他是坎布里尔斯警局的。

对于发生的事，梅尔乔没有觉得特别自豪，却日益不安。混乱让他麻痹，也阻碍了他的思考，脑子里只是不断响起《悲惨世界》中的一句话："他是一个用枪来行使正义的人。"最后是比瓦雷斯接管了此事，他要求警察工会向内政理事会发出一份书面抗议，谴责加泰罗尼亚政府可能向媒体泄露了梅尔乔的部分个人信息和一张背面侧脸的照片，这种行为和他们要保护梅尔乔免于恐怖分子追随者报复的初衷背道而驰。此举得到了他的同事、上司乃至加泰罗尼亚政府主席卡莱斯·普伊格德蒙特的声援。工会的信件要求内政理事会采取恰当措施确保梅尔乔完全匿名，以及他的安全。

信件产生了效果。相关部门收到信件几天后，加泰罗尼亚警察局的领导就把梅尔乔叫去参加在他们总部的会议。总部位于厄加拉综合体里，离萨瓦德尔很近。出席那次会议的人包括一个分管信息的局长，名叫恩里克·福斯特，还有他的两名助手——一名督察和一名警督。对他的壮举表示赞扬之后，福斯特——一位四十多岁的男士，红发、魁梧、方脸、山羊胡、态度亲切——表示梅尔乔已经是警界的重要人物，领导们会坚决保护他的个人安全，促进他的职业发展。因此，眼下最好就是先把他调离原岗位，把他调去一个远离巴塞罗那、偏远、安静的小地方，在那里只有很少的人知道他的身份，知道他因为什么原因被调过去。福斯特反复强调这只是权宜之计。等这件事慢慢过去了，人们都淡忘之后，梅尔乔就可以回到巴塞罗那恢复原职，或者可以选择更适合他的岗位。

"我们认为这是对您最好的。"福斯特总结，"不过，没有您的同意，我们不会擅自做主。"他补充，"您可以好好考虑一下，再告诉我们您的答复。"

梅尔乔当初是带着不信任去参加会议的。福斯特的提议（或者说领导通过福斯特转达的提议）确实让他很意外，一开始他觉得一无是处；后来，他意识到能重新成为普通人，好过继续在这个旋涡里打转，成为全世界的焦点或者所有吹嘘奉承的主人公（或者受害者）。他从来没有在巴塞罗那以外的地方生活过，虽然目睹了卡门和佩佩田园生活的美好，但他知道乡村不适合他，或者是他不适合乡村。他确信，在乡村他会有一种不适感。但他想到，福斯特保证，这只是过渡的方式。而且，在妈妈的谋杀案调查失败后，支撑他多年的东西都消失了，他的生活没有了方向和目标。如此看来，无论如何，他们的提议比他眼下现有的都更好。况且，这只是暂时的变化，可以看作是段悠长假期，没什么坏处。

"没有什么可想的。"他回答，"我什么时候出发？"

就在那次会议上，他们直接给了梅尔乔很多可去的地方以供选择。他就一摸黑地选择了高地——他之前从来没有去过那里，甚至都没有听说过那个地方。

第二天，梅尔乔去警局通知同事和领导，他要调去其他地方了，要和后面的同事交接一下手上的工作。在他收拾桌上东西时，伊萨亚斯·卡夫雷拉出现了。已经是晚上九点，调查中心的办公室里只有两个同事在。梅尔乔冷冷地看向这个内务部的警长。

"你不要担心，我只是来和你道别的。"卡夫雷拉试图安抚他，"你明天就离开了，是吗？"

梅尔乔点了点头，停了一会儿，又接着收拾东西。卡夫雷拉不声不响地自己找了张椅子坐下来，跷起了二郎腿，看了梅尔乔一会儿，开始说话：

"他们告诉我，你要去高地。"梅尔乔什么也没有说，接着清理桌子，把他的东西都装到一个箱子里。"那是个好地方，当地产很好的葡萄酒。夏天，沿河能看到他们再现埃布罗河战役。他们饮酒作乐，你肯定会喜欢的。虽然，照我目前看起来，你只喝可乐，对历史也没有一点儿兴趣。说真的，马林，我不明白你怎么会喜欢读小说。"

卡夫雷拉看着他，面无表情，一句话也不说，直到梅尔乔把他的东西都装进箱子，准备要走。警长也松开交叉的两腿，站起来，从他西装的内袋里掏出一张纸，然后递给了梅尔乔。后者看着纸，似乎那是什么放射性物质。

"这是什么？"他问。

"是你的监禁文书。"卡夫雷拉晃了晃纸，"我要说，这是法院系统里的那份，你现在彻底没有案底了。"

梅尔乔一脸困惑。他把箱子放在了桌上，接过那张纸读了起来。确认了警长没有骗他，然后在对方的脸上寻找对这一切的解释。

"报纸上是怎么叫你的？"卡夫雷拉问，狡黠地笑了笑，"是不是叫你'坎布里尔斯的英雄'？"他耸了耸肩，"那就是了。"

梅尔乔点了好几下头，稍后谢了他。

"你不用谢我。"卡夫雷拉最后说，"如果是我决定的话，肯定会起诉你。但命令就是命令。无论如何，你依然还是那个你。我相信，我们还会再见的。你说呢？"

梅尔乔把纸叠好放进了纸箱子里，拿着箱子就走，没有和警长握手道别，只是扬长而去，留下了四个字：

"去你妈的。"

5

阿德利纸业公司的院子里有停车位,但梅尔乔还是把他的车停在了街道上。按照昨天戈拉乌在电话里说的,在拉普拉纳工业园区的尽头就找到了他们公司。再过去是开阔的农田,远处能看到绵延的山头上耸立着一架风车,在清晨初升的太阳下,风车一动不动。

工厂的办公室就在庭院的入口处。穿过一道铁栅栏,就能走到这处灰色石头砌成的八边形的建筑。这栋楼后面排列着漆成白色的厂房,没有窗户。楼梯的左边有一块石碑,也被漆成白色,上面雕着公司的标志:一只展翅的黑鹰,边上用红色和黑色的字母拼出"阿德利纸业有限公司"。

梅尔乔刚从车上下来,后面又来了一辆加泰罗尼亚电视台的采访车,技术人员和报道人员陆续从车上下来。入口处的前台有两个接待员,梅尔乔向其中的一个女生自报家门,并说明是来找总经理的。女接待员长得壮壮的,但很有魅力,化着浓妆,头发染成栗色。她好奇地看着梅尔乔,告诉他,戈拉乌先生已经在他办公室等着了,然后递给他一张塑料的访客卡,刷卡就可以通过自动门禁进到楼里面了。梅尔乔谢了她,又说他要等同伴来了一起进去。之后,他就从门厅的窗户看出去,以此打发时间。电视台的工作人员拿着摄像机和麦克风,在院子里采访一群群工人。除此之外,完全看不出公司的老板在一天前刚刚被谋杀了。就像普通的工作日一样,人来人往,汽车、摩托、卡车和拖车都从工厂的大门进出。出于职业习惯,梅尔乔注意到他们的安保设施真的极少:哪里都没有看到摄像头,也没有警报器,而立在厂房四周的广告牌有一人高,也就是说,如果有人想强行从那里进入工厂,是相当容易的事。

萨洛姆直到九点半才到。

"很抱歉,我迟到了。"他对梅尔乔说。刚到大厅,他们就一起爬上楼梯,"昨天,我很晚才离开警局。今天我不能耽搁很久。我已经和罗莎·阿德利、阿尔韦特约好十一点半见面。我要给罗莎采集DNA,之后还要和他们一起去庄园,戈马会在那里等我们。"

"需要我和你一起去吗?"

"不用了,你留在这里更好,看看能不能和谁聊一聊。然后,我们俩之后在高地一起吃饭的时候,你再和我说说。"

按照前台女接待员的指示,到了二楼之后,左拐走到一处走道的宽阔处,也是个等待大厅,他们看到两扇洞开的大门。从第一道门隐约看到一个女人在哭,身边陪着两个男人,其中一个紧挨着她,在试图安慰她。第二扇门后,有位上了年纪的女人,穿着灰色连衣裙,有修女的风格,后来知道她是总经理的秘书。互相确认身份后,秘书让他们在外面等一会儿。

这一会儿没有持续很久。他们刚走出总经理办公室的前厅,秘书就叫住他们,让他们进去了。

"两位迟到了。"戈拉乌和他们握手打招呼,让他们坐下来,"你们要知道,这种迟到是不尊重他人的表现。这样的行为会让原本对某件事很感兴趣的人也失去兴趣。但是,两位也不用道歉了,这个国家的所有人都在迟到。这就是一个习惯了。不是吗?你们要喝咖啡吗?"

戈拉乌向秘书要了三杯咖啡,两位警察在一张黑色真皮沙发上坐了下来。办公室的一角,一大块方形的区域杂乱无章地摆放着很多东西,像是被反复擦拭过的字迹。有崭新的家具,也有旧的;有结满蜘蛛网的灯,也有超现代的灯;有名贵的木材,老旧的皮革,也有闪亮的金属。朝工厂庭院敞开的窗户透进早晨明亮的阳光,所有这一切都在阳光下闪闪发光。

"发生在帕科①和罗莎身上的事太可怕了。"戈拉乌感叹着,可无论从他专横的语调,还是从金属眼镜后面锐利的目光,梅尔乔丝毫感受不到一点儿恐怖,"我现在还没有理清头绪,一个人到了一定年龄,是会知道终点临近的。但是,以这种方式死去?实在太恐怖了。你们知道我给帕科和罗莎工作了多少年吗?已经五十多年了。五十多年啊!说起来很快,但就是一辈子啊。"老人靠在椅背上,叹了口气,两条如麦秆的瘦腿搭在了一起,接着说,"好

---

① 帕科,弗朗西斯科的昵称。

吧,你们跟我说说目前知道的情况吧。"

萨洛姆只是把这二十四小时里,电视、广播和报纸上报道的内容跟他说了说,完全没有想着因为他的迟到要做点补偿,多透露点什么。他在说的时候,梅尔乔在一边观察总经理。这是个矮小的老人,背有点驼,毛发都花白了,皮肤皱皱的,身子骨看起来也很脆弱的样子。整个人像是被丧服裹得严严实实,但实际上,他的一切服饰都很宽松:西装裤、背心、领带、白衬衫和擦得亮锃锃的皮鞋。他脖子上挂着眼镜绳,红色的树脂眼镜在胸前晃动着。梅尔乔还没有观察完总经理,秘书就端着咖啡进来了。她把白铜的咖啡壶摆放到他们面前的玻璃茶几上,咖啡杯是装饰了花卉的陶瓷杯。她放下咖啡就走出去了。

"这和我知道的情况差不多。"戈拉乌总结了萨洛姆即兴的发言报告,一边用小勺搅动着咖啡,"那有什么我可以效劳的呢?"

这个时候,梅尔乔的手机有电话打进来,他提前把手机设置成静音震动。他看了看是多明戈·比瓦雷斯的电话,决定暂时先不接。

"你们想知道案发当晚我在哪里,就像电影里演的那样?那我告诉你们,我在自己家里听歌剧。你们想知道我听的是什么歌剧?大师瓦格纳的《众神的黄昏》。天啊,现在看来这就是一种征兆。是不是?但遗憾的是,没有任何人可以帮我提供不在场证明,这样我就不能从嫌疑人名单上被剔除了。总之,你们随便向我提问吧,任何你们想知道的都可以问。我要先声明,我对于嫌犯是谁没有任何头绪。我实在想不到有谁会做出这样野蛮的事。"

"阿德利先生有仇敌吗？"梅尔乔接过话，稍稍对他自然大方的嘲讽口吻生出困惑，"就是恨他的人。譬如说，竞争对手。某些企业家可能因为阿德利的成功而利益受损，或者那些光看到阿德利好就自己感觉不好的人。"

"怎么会没有仇敌呢？"总经理把咖啡勺放在了盘子上，喝了一口咖啡，继续往下说，"一个人的价值就是以他敌人的数量来衡量的。毫无疑问，帕科·阿德利的身家是很庞大的。我们加泰罗尼亚人，像是那些政客，是很坏的；但是作为企业家，我们是很好的。他就是这方面的典范。但是，现在要说起在高地，他有没有敌人的话……"

戈拉乌似乎在思考，一只手开始梳理起头发，从前额发际线开始，一点一点慢慢往后梳，手指先开始并拢，后来整个张开，一直梳到后颈才结束。梅尔乔看着他，想起昨晚读过关于他不多的内容。他似乎很注意保护个人隐私，比阿德利夫妇更甚；或者只是没有人对他感兴趣，他一直生活在他老板的阴影下。事实上，梅尔乔对于戈拉乌的所有了解都是和阿德利相关的，他被看作是阿德利的得力助手，完全信任的人。他最常被人提到的特点是像狗一般忠诚，他的聪明，他的狡猾，还有他的无所顾忌。

戈拉乌喝光了他的咖啡，把杯子放在桌上。突然他笑了起来。

"你们记得纳尔瓦埃斯将军吗？"他问。

梅尔乔和萨洛姆都没有回答。戈拉乌摇了摇头，似乎对两位警察的无知表示遗憾。

"他名声不好，但是个好军人、好政客。"他评价，"如果我没有记错的话，他在1868年4月23日死于肺炎。在他临终的时候，牧师让他宽恕他的敌人。'我不能，神父。'那位将军回答，'我已经把他们都杀了。'"经理咯咯笑起来，就像一个老烟枪的最后一咳，两个警察互相对望了一秒，"我的意思是，如果帕科处在纳尔瓦埃斯相同的情况，他也会做出相同的回答。在他建立这家公司的时候，高地差不多同时有好几家类似的企业。现在他们都不值一提了，和我们的规模比起来，实在太小了。他们也不会对我们生出敌视，就像一只蚂蚁不会去仇恨一头大象。"

"那高地以外呢？"

"那是不一样的。"戈拉乌回答，"问题是，在我们的行业，大家互相仇恨，而且人人都有理。我想在其他的行业大概也是一样，这就是资本主义的弊病了。在人与人之间掀起一场战争，人人互相为敌，唯有最强的生存下来。这么说来，你们要找阿德利纸业的仇敌，就可以从西班牙同一行业的优秀企业找起，然后在和我们有合作的那些国家接着找。所有的这些企业，我们都痛击过他们，同样，他们也痛击过我们。你们就从那儿开始，慢慢追踪。"

"这些企业中，有哪一家和阿德利先生有必杀之仇吗？"梅尔乔问。

"这个我就不清楚了。"戈拉乌耸了耸肩，沉默了一会儿后，又重复，"我不清楚。我时常有种感觉，随着我年龄越大，我越来越不理解人类了。"他松开了两腿，身子向桌子倾了倾，问，"还要咖啡吗？"

戈拉乌把三个杯子都倒满了。

"如果我的理解没错，"萨洛姆假设，"您想说的是，在高地以外，阿德利先生的仇敌多不胜数，已经很难指出具体哪一个了。"

"您把我的话理解得很好。当一个人有相当多的仇敌后，就等于没有任何敌人了。"

"但是在高地内也可能有仇敌，不是吗？"梅尔乔坚持问。老人的手指又开始搅动咖啡杯里的勺子，他的手指细长但有关节炎，指甲保养得很好。"我想说的是在高地内，有人说阿德利纸业就像一棵大树，巨大的树荫让他四周寸草难生。"然后梅尔乔迟疑了一会儿，又说，"还有人说阿德利先生剥削他的工人。"

"相同的话适用于所有的企业，不是吗？"萨洛姆插进来，试图缓解肯定的答复会造成的严肃气氛，"也适用于所有的企业家。"

"这是事实。"戈拉乌说，"这就是我之前给你们解释的资本主义运行的方式。"经理又把小勺放在了盘子里，重新拿起杯子，好奇地看着梅尔乔。在眼镜镜片后面，他苍白褶皱的眼皮眯着，眼睛就只剩下一条缝，"您不是这儿的人，对吗？"

"不是。"梅尔乔回答。

"嗯，的确不是。"戈拉乌赞同，他又转向萨洛姆，脸带同谋般的笑容，有点不怀好意，"因为您说话的口音不是这里的。"

萨洛姆没有回应。瞬间，梅尔乔几乎就要开口解释了：虽然他不是出生在高地，但已经在这里生活了四年。可是最后他什么都没有说。戈拉乌喝了一口咖啡，慢慢品尝，然后把杯子放在盘子上，又把杯盘一起放到了桌子上。早晨的太阳一点点在蓄力，从办公室的大窗户射进来，渐渐把整个办公室晒热。

"您看,"老人对梅尔乔说,开始教科书似的宣讲,"这是一块荒凉、贫瘠的土地,而且向来如此。对于大部分人来说,都只会是过客,只有那些没有其他地方可去、没有其他办法的人才会留下来。这是一块失败者的聚集地,没人喜欢这儿,这是事实。只有战争轰炸的时候才想到我们,外面的人是怎么认识我们这个地方的?是通过发生在这里的史上最惨烈的战役认识的。那是类似天惩的战火风暴,近似末日景象,当时一大半的年轻人都死了。当然,我们在其中无足轻重。但战争让这块土地更加荒芜。八十年后的今天,仍能在山上捡到弹片。如果没有找到,只是因为这些年我们不断在捡这些战争遗物并变卖掉,以此来维持我们的生活,让我们活下去。这就是高地。而在这样的地方,我们的公司就像是一种恩赐,像是个奇迹。"他停了一会儿,看着梅尔乔,"有很多人不喜欢帕科,说他的坏话?当然了,怎么会没有!人们总是振振有词地抱怨掌权者。就是这样,所以掌权者的存在,就是为了让那些没有发言权的人拥有抱怨的对象。但我建议您可以做一个小小的实验。今天,您在甘德萨的街上对随便一个人说,阿德利纸业要离开高地了。您看看他会怎么回答。您知道我们在这里创造了多少直接或间接的工作岗位吗?您知道有多少家庭靠我们生活吗?"他又停顿了一下,嘴角的微笑慢慢消失了,取而代之的是一种报复的奸笑,"请相信我,要不是因为帕科·阿德利,高地早就是块死地了,这是无可辩驳的事实,其他的就都是流言了。"

听着戈拉乌说话,梅尔乔不由自主地纳闷这个清瘦的老人哪来的那些精力,也很好奇他和阿德利先生的关系是怎么样的,谋杀案对他到底有多大的影响？他如此不形于色，到底是无动于衷还是他的自负不容许他表露太多？当戈拉乌做完了他的辩护后，萨洛姆问他是怎么认识阿德利，并且是怎么开始和他一起工作的。

"啊，那就是一段有趣的故事了。"戈拉乌回答，又跷起了二郎腿，脸上也恢复了轻松的笑容，"让我跟你们说说。"

戈拉乌开始慢慢道来。六十年代中期，在巴塞罗那的经济腾飞没多久，他在信德斯纸业工作，当时是高地纸业公司中最大的一家。那时候，阿德利刚刚以低价购买了一家破产企业，叫普伊格纸业。很快，他就将它更名为阿德利纸业。他无视经商的那一套，却很快就让企业稳步发展，可以和当地的其他企业叫板，只有信德斯除外。一天，阿德利得知戈拉乌和他的上司有了冲突，就去他的办公室见他。他们俩都出生在高地——阿德利在伯特，戈拉乌在阿内斯，但他们彼此并不认识。阿德利比戈拉乌大十一岁，他们俩聊起来就像是久违的老朋友。"这家公司配不上你，"他开门见山地说，"而且它不久就要破产了，你是要和它一起倒霉，还是要和我一起走？你自己选。"戈拉乌早就听说过阿德利了，但阿德利十足的沉着自信和散发出的权威感实在让他印象深刻。尽管如此，戈拉乌还是感谢了阿德利，最后没有接受他的邀约。"我付你现在薪水的双倍。"阿德利加大了筹码。"你不可能付我那么多。"戈拉乌压了他的气焰，他很清楚阿德利纸业的财务状况。"你说得没错。"阿德利让步，"我付你我自己薪水的两倍，从现在开始，只要你在我这里干，永远都是这个待遇。"戈拉乌大笑了起来，但再次谢绝了阿德利的盛情邀请。但阿德利没有放弃，在接下来的几周几个月内,他尝试了一次又一次,给他打电话、拜访他、创造各种机会偶遇,直到戈拉乌再次和他的上司闹矛盾。最后,他终于去了阿德利纸业。

"我从来没有搞清楚,我和信德斯先生的冲突是不是也是帕科设计的。"戈拉乌笑了起来,"我要说,他严格地兑现了他的诺言:直到今天,我的收入还是他薪水的两倍。但这还不是最有意思的。"他补充,"最有趣的是,他后来告诉我,当初他去信德斯纸业找我的时候,并不知道那家企业有问题。当然,它确实有问题,证据就是四年后它停发工资了。这也就是做生意另外需要的一点——运气,帕科拥有满满的好运。"

他又接着讲第二个故事来说明阿德利的好运。这个故事是和他们在阿根廷科尔多瓦的分公司有关。当他准备要讲第三个故事的时候,突然停住了。

"你们不要误解我了。"他恳切地说,"我的意思并不是说帕科完全是靠运气才有今天的。我是说,没有运气的话,他的确做不到现在这样。没有运气,没有胆识,没有百分百的自信,他不可能获得这么大的成功。"

戈拉乌沉默了。后来,他的目光转到了左边,那边是他的办公桌和电脑,电脑屏幕上的屏保是一片沐浴在金色阳光下的湖泊,他面无表情。梅尔乔和萨洛姆快速地互看了一下,但是没有说话。

"昨天一天,我都在小罗莎·阿德利家看电视、听广播、读报纸。"沉思之后,戈拉乌接着说,"你们知道吗? 最令我吃惊的是,那么多人不能理解像帕科·阿德利那种又穷又没有学历的人可以从无到有地创建阿德利纸业以及其他产业。"他的目光不安地从梅尔乔跳到萨洛姆，一会儿又跳回来，然后他放平了腿，在椅子上坐直了身子，把小臂放在了腿上，"有什么奇怪的呢？帕科做这一切，恰恰是因为他穷，没有学历。穷人就是比富人坚强，尤其还像帕科这种——自小没了爸妈，在童年经历了战争。而富人对拥有的一切太习以为常，拥有太多可以失去的，这一点让他们软弱、不堪一击。穷人就不是这样的，帕科知道什么叫穷困，那就是饥寒交迫，因为他是那么生活的。他无所畏惧，事实上，我从不认识谁比他还更无所畏惧的了，一个无所畏惧的人就可以做成一切。另外，帕科一辈子都是每周工作七天，每天工作十五个小时，节假日也是如此。你们认识其他这样的人吗？还有关于学历，我不知道你们的感受，我见过很多学习成绩优异的人却满脑子草包。我可以向你们保证一件事：帕科·阿德利刚好是相反的。"

梅尔乔和萨洛姆毫无争议地接受了戈拉乌的见解，大概因为这个原因，后者很快就回答了他们针对阿德利纸业财务状况的提问。经理和他们讲了投资、财务报表、在海外的分公司，以及阿德利纸业和家族其他企业的关系。他精确且充满激情地讲解这一切，似乎在他脑子里藏着一台电脑。但到后面他似乎累了，或者是对话题感觉无聊了，要求换个话题，借口他们公司的所有数据都是公开的，如果梅尔乔和萨洛姆感兴趣，可以去商业部查询。

"另外，"他一边说，一边毫不掩饰地看了一下手表，那是一个金色表盘、皮表带的玩意儿，梅尔乔一瞬间觉得那是趴在他细瘦手腕上的寄生虫，"抱歉，我只有几分钟了，我已经和记者约好了。

现在你们意识到迟到的问题了吗？行，你们赶紧提问。"

"今天下午我们会和阿德利先生的女儿录口供。"梅尔乔接过了话，"我想了解一下，阿德利先生和他家人的关系如何？"

"正常，很好。"戈拉乌说。

"那您呢？"梅尔乔追问。

"我和帕科的家人吗？"

梅尔乔点了点头。

"关系也很好。"戈拉乌肯定，"总之，罗莎①是个天真幼稚的人，可怜的人啊，她从没有伤害过任何人，我们相处得也很好。她爸爸是公证员，从根本上讲，她就是雷乌斯一个娇生惯养的小姐。我相信，帕科就是因为这个才爱上她的。当然，只是我猜测他爱上了她。当他五十多岁正是全心忙事业的时候，他突然意识到要有后代。因此，他就设法物色到好人家的女孩，整整比他年轻十五岁。他的女儿，小罗莎，那就更好了。从小就是一个小甜心，非常聪明。事实上，我也一直认为应该由她来接手公司。但是，她和那个笨蛋费雷尔结婚，后来又生了孩子，一切都糟了。婚姻就是个错误，我们人类生来就不适合结婚，你们不觉得吗？你们看看我：单身，享受幸福的生活。"

"您认为阿尔韦特·费雷尔是个笨蛋？"梅尔乔问。

"这是毫无疑问的。"戈拉乌回答，"笨蛋加一无是处。自然，

---

① 此处罗莎指的是帕科的妻子，他们的女儿也叫罗莎。在西班牙，子女有继承父母或其他长辈名字的习惯。

就像所有的笨蛋和一无是处的人一样，他也自视甚高，但他就是那样。"

"他可是阿德利纸业的行政总裁。"萨洛姆提醒，跳出来捍卫他的朋友。

"说得好像他是个将军一样。"戈拉乌回击，"难道您认识的有头衔的蠢蛋还少吗？帕科给他这个名头，只是为了让小罗莎高兴，也是为了让他闭嘴，但他在公司什么都不干。每天就打打高尔夫，出出风头，带着能做他女儿的年轻女孩到处晃。"

"阿德利先生知道这些吗？"梅尔乔问。

"您是指他和年轻女孩鬼混吗？"戈拉乌问，"当然。"

"那他怎么想？"

"他还能怎么想？"老人耸了耸肩，"他找费雷尔谈过一次，想要吓吓他，可是费雷尔都不当回事儿。帕科还能做什么呢？打断他的腿？他绝对想这么做的，您相信我。可他到底是他外孙女的爸爸，是他女儿的丈夫，帕科很溺爱小罗莎，是不会做这些的。总之，公司要是落到他这个蠢蛋手上，那我们就可以离开阿德利纸业了。"

"您觉得这就是接下来会发生的事吗？"萨洛姆问。

"什么？"

"就是费雷尔会接手公司。"

戈拉乌做了个表情，夹杂着怀疑和满不在乎。

"我不知道。"他说，"我很坦诚地告诉你们，我对这些都无所谓。如果发生那样的事，我就退休回家，就是这样。如果小罗莎让我离开,我就会安静地离开。实际上,并不需要她向我开口,一旦有我多余了的迹象,我就会主动离开。但我不知道她是不是会这么做,她虽然嫁了个蠢货,可她自己不傻。有人认为,像阿德利纸业这样有历史的大公司,它的客户群,它的基础设施,好像都是自顾自发展运行起来的,那是大错特错了。创建这么一个大公司是很难的事,可是毁掉它却是轻而易举的。当然,毁了这个公司也没有什么大不了的,企业就像帝国一样:建立再消亡,就和人一样。这就是生活。无论我们是否喜欢,事情就是这样的。"

戈拉乌再次看了看他的手表,"好了,我想我们已经说得够多了。现在,抱歉,你们要……"

"我们可以和其他经理谈谈吗?"梅尔乔抢先说,"您底下只有两个经理,是吗?我看了一下你们公司的管理结构,人员组成很简单。"

"这就是高效的秘诀。"戈拉乌边说边从座位上站起来,"简单就是高效,复杂就是低效。您想和他们两位谈谈?什么时候?"

"对我来说最好就是现在。"梅尔乔也站起来说。

戈拉乌坐在了办公桌前开始拨电话。梅尔乔和萨洛姆走近满墙的照片,边上有个老旧的橡木餐具柜,现在塞满了书。梅尔乔几乎在所有的照片中都认出了戈拉乌,有的比较年轻,但几乎都和现在没有大的差别(他想,好像他一直都是这么老,或者他一直有意让自己看上去这样)。有的照片是和弗朗西斯科·阿德利一起,有的是和其他人,包括阿德利全家。其中有一张是阿德利和加泰罗尼亚政府主席乔尔迪·普约尔在一起,还有一张是阿德利和西班牙国王胡安·卡洛斯一世在一起,另有一张是阿德利夫妇和教皇本笃十六世在一起。

"安排好了。"戈拉乌说,"你们现在就可以去找他们了。我的秘书会告诉你们他们的办公室在哪里。"他走向两位警察,用满是皱纹和凸出指节的手指着教皇的照片,"这是主业会创始人施礼华被教皇册封为圣人的十周年纪念。"

戈拉乌走近照片,摘下鼻梁上的眼镜,把垂在脖子上的树脂眼镜的两端对吸住,重新架好,对着照片看了好一会儿。之后他笑了起来,摇了摇头,然后转身走开,把眼镜摘下,戴上原来那副。

"谁会告诉我们,他最后成了虔诚的信徒呢?"

"您是说阿德利先生吗?"梅尔乔问,虽然他已经知道答案。

"我认识他的时候还不是。"戈拉乌解释,"或者说完全相反,他之前不信教。罗莎是的,她一直都是天主教徒,但帕科不是。变化始于几年前,他的健康发生了一些问题。医生没能确诊,让他住进了巴塞罗那的医院做全面检查,最后却也没有查出什么病来。在这个时期,我也不知道他是怎么认识了一个神父,是神父主动接近他的。"

"他们是那会儿加入主业会的吗?"萨洛姆问。

"好像是的。"戈拉乌回答,"我是很晚才知道的,因为日常他们也没有任何变化。帕科对这些事情都很低调。他时不时地会说起奇怪的话,谈论工作神圣化以及其他的蠢话。或者他会消失一周,回来告诉我他去参加灵修了。帕科·阿德利,去参加灵修!上帝啊!一开始我还会嘲笑他,后来我就发现最好还是不要这样做。我也对他说，这些都不会产生实用的效果，但他依然如故，还是做一样的事。"突然，戈拉乌眼中闪过一丝讥讽，"你们知道我是怎么解释帕科为什么要皈依宗教的吗？"

梅尔乔和萨洛姆没有回答。恰巧在这个时候门被打开了，是戈拉乌的秘书，记者们已经到了。经理表示马上就去，秘书又关上了门。

"因为害怕。"戈拉乌自问自答，"他是因为害怕才信教的。"

"之前您说过，阿德利先生无所畏惧。"萨洛姆提醒他。

"那的确是事实。"戈拉乌说，他的笑容稍稍稀释了眼中的刻薄，"但那是年轻的时候，到老了，他就像所有人一样，都知道害怕了，起码我觉得是这样的。因此他才开始信教。对了，你们知道帕斯卡吗？"

面对两位访客意料中的沉默，戈拉乌发出舌头弹腭的嗞嗞声。

"太遗憾了。"他用一种嘲讽斥责的口吻感叹，"你们应该要了解一下他。帕斯卡说，相信上帝是万无一失的做法：如果失掉信仰，实际上你也不会失去任何东西；可是如果你信仰了上帝，你就获得了一切……如此，你们就会明白，那就是帕科的想法，虽然他从来没有读过帕斯卡的书，但他绝对是个帕斯卡主义者。他一向也是那样解释的。我不知道是不是解释清楚了。"

他说完话，没等他们回答就送两位警察出办公室，陪他们一直走到了大厅，那里已经等了一大堆记者。戈拉乌和他们打了招呼，让他们再等一分钟。然后他和两位警察告别。

"只要你们愿意，随时都可以来找我。"他握手道别，"我随时为你们效劳，但请你们一定要尽快抓住谋杀帕科的凶手。"

"我们会的。"萨洛姆答应，"但请允许我问最后一个问题。"

"好的，最后一个。"戈拉乌同意了。

"您自认为是阿德利先生的朋友吗？"

这个问题让梅尔乔很意外，他觉得是多余的或是不合时宜的，他甚至也能感觉到对方的吃惊。戈拉乌叹了口气，快速地瞥了一下记者们，拽住两位警察的手臂，把他们拉向自己，低声耳语：

"帕科·阿德利没有朋友，警察先生。"他说，"像他那样的人是没有朋友的。"虽然没有放开他们的手臂，但他的身体稍稍往后退了一点，看着他们的眼睛补充，"你们听明白我的话了吧？"

梅尔乔走向高地酒吧的吧台，向一群正在玩多米诺骨牌的人打招呼。在入口的地方，他看到有一张靠窗的桌子空着，就走过去坐下来。罗圈腿的店主不紧不慢地走了过去，肚子大得都快撑破衬衫的扣子了。

"一团糟，是吗？"

梅尔乔没有问他指什么：一天半以来，在高地，大家唯一谈论的就是阿德利家的谋杀案。

"你能想到的。"他回答。

"你知道什么情况吗？"

"我不知道。就算知道的话，我也不能对你说。"

店主笑了笑。

"你一个人吃饭吗？"

"不是。萨洛姆一会儿就到。"

"还是和平常喝一样的吗?"

梅尔乔做了个肯定的表情。虽然高地酒吧位于科尔韦拉德夫雷,距离甘德萨有近五公里,但这儿是警察最经常碰头的地方。不过,这天在饭点这会儿,梅尔乔却没有看到一个同事。说话声和杯盘声充斥了整个餐厅,只有三个人坐在吧台上,吧台后面却是一片忙碌:店主和服务生端着盘子从厨房里进进出出,从酒桶里倒啤酒,从冷柜里挖出事先做好的冰淇淋,用咖啡机做咖啡。玩多米诺骨牌的人群上方就是一台电视。电视上正播放着足球赛,屏幕上几个球员在球场的草地上庆祝进球,看台的球迷也一同欢呼,如痴如醉。在屏幕的上方是一面钟,指针已经指向两点二十五分。正午强劲的阳光从窗户里透进来,窗户另一侧是露天空地,对面就是几户人家。远处能看到一片葡萄园,更远处是山峦和蓝天。

店主给梅尔乔拿来了一瓶可口可乐,然后在他桌前铺上了两块餐垫、两张餐巾纸,放了两个杯子、两套餐具,又递给他一份机打的菜单。还没有等梅尔乔读完,萨洛姆就坐到了他面前。

"情况怎么样?"梅尔乔问。

没顾上看他一眼,萨洛姆就开始看菜单了,一脸的沮丧。

"罗莎·阿德利不太好。"他回答,"我们刚从庄园里出来,她就头昏恶心。服了很多镇静剂,但还是头晕。如果继续这样的话,就要把她送去医院了。"

店主和萨洛姆打了招呼,把他们俩点的菜一一记了下来:萨洛姆点了一杯啤酒,海鲜面配大蒜蛋黄酱,塞馅小章鱼;梅尔乔点了蔬菜沙拉和牛排配薯条。

"赶紧上啤酒。"萨洛姆说。

"马上就来。"店主保证。他收掉菜单，走向吧台。

萨洛姆摘下眼镜，揉了揉眼睛，又用食指和大拇指揉了揉鼻梁，才又把眼镜戴上。

"他们可能想取消今天下午的安排。"他想了想，大声说。

"你是指给罗莎·阿德利和你朋友录口供吗？"

"是的。"萨洛姆回答，"我和他们聊过了，最好还是让他们安静一下。他们都糟透了，不会和谋杀案有关系的。"

"谁说过他们涉嫌谋杀案了？"梅尔乔问，"但他们肯定能告诉我们一些有用的信息。"

"他们已经跟戈马和我说过了。"

店主把一杯啤酒放到了萨洛姆面前，"高地最快的啤酒。"他炫耀。萨洛姆喝了一大口，这似乎让他恢复了点儿体力，一些啤酒泡沫留在了他的胡子上，这个样子很难让人联想到他日常整洁的模样。

"他们都告诉你们什么了？"等他喝完，梅尔乔问。

萨洛姆把酒杯放在了桌布上。

"阿德利庄园的钱少了。"他一边说，一边用手指擦掉了脸上的泡沫，"没有很多钱，大概一千、一千五百欧的样子，珠宝也少了。"

"你的朋友认为这可能是一起盗窃？"

"只是一种可能性。"萨洛姆承认，他又举起了酒杯，湿湿的杯底已经在餐布上留下了一圈印迹，"也有其他可能性。"

萨洛姆又喝了一口啤酒，梅尔乔有点不耐烦地看着他。

"什么其他的可能性？"他问。

萨洛姆看着他，虽然在这么嘈杂的环境下，没人能听到他们说话，他还是压低嗓音回答：

"戈拉乌。"

他没有再说其他，刚好店主给他们上第一道菜。萨洛姆和店主开起了玩笑，梅尔乔看向了窗外：山峦上方积聚了几团棉絮状的乌云，一团是染污的白色，另一团是发白的灰色，似乎要下雨了。当店主离开后，他们又继续话题：

"你朋友认为是戈拉乌？"

"他没有这么说。"萨洛姆回答，用叉子把海鲜面条和大蒜蛋黄酱混合起来，"特别是在罗莎面前。对她来说，戈拉乌就像一个叔叔，从小就认识，时常到家里来。虽然没有明说，可他的确是这么想的。今天上午，老头给你的印象如何？"

梅尔乔转动着手里的杯子认真思考，萨洛姆已经开始用叉子把海鲜面送到嘴里了。

"我觉得他很聪明。"梅尔乔总结，"他说起阿德利就像在谈论拿破仑一样。所以我不明白，你最后为什么要问他是不是阿德利的朋友。"

"我问他，就希望得到他最后给我们的答案。"萨洛姆说，"或者说，就好像阿德利是真的拿破仑，他的被杀就是暗杀。主要是为了确认我们对他们之间关系的猜测：虽然他们已经一起共事五十年了，但戈拉乌不认为自己是他的朋友。"

"五十年共事，每天见面，几乎是家人一般的关系。"

"确实。我不知道梅尔乔你怎么想的，但我不相信那个人，你知道他让我很不爽。"

梅尔乔嚼着食物，挑起了眉毛表示疑问。

"那些他说的对阿德利纸业的未来无所谓的话。"萨洛姆回答，"那些表达他没有志向，说什么一旦觉得自己多余就离开的话。这些通常都是那些最有野心的人会说的话，尤其是老人。什么没有兴趣？那只是想隐藏他的野心，这都是骗骗无知的人的老把戏。他怎么可能不看重几乎是他一手搞起来的公司？何况他还在里面工作了五十年。我敢打赌，他确信罗莎会让他担任阿德利纸业的负责人，因为他很清楚，目前只有他能管理这家企业。"

"罗莎是这么想的吗？"

"我不清楚她怎么想，但我肯定戈拉乌就是这么想的。他只是不说出来而已。你没有发现吗？阿德利的死给了他最好的机会。"

"的确，他看上去也没有受什么影响。但或许只是他不愿意表露出来而已。"

"他不表露，也是因为他完全没有被影响到。你看，阿德利的死完全是对他有利的，他自己也这么认为。他一辈子都被行事谨慎的阿德利踩在脚下，而且据阿尔韦特说，他丈人对戈拉乌很差。"

"对他也很差吗？另外两位经理说阿德利对你朋友很糟。"

"对阿尔韦特吗？"

"他们是这么说的。阿德利什么都不让他做，在公司会议上让他出洋相，还取笑他。也许就是因为这些，他很少去工厂。"

"阿德利大概对所有人都很差。"

"有可能。奥尔加说他年轻的时候有个名言：'哪天我没操谁，我就不开心。'"

"奥尔加认识他吗？"

"她爸爸以前和他是朋友。可是工人们从来不说阿德利的坏话。我和一些工人交谈过，即使套他们的话，他们也只是说公司剥削他们。所有人都说阿德利是个好人。参加公司的聚餐，他对每个员工都友好亲切。我觉得他们说的是真心话。所以我得出结论，他对直系下属比较苛刻，而对其他人都很友善。"

过了一会儿，店主过来收掉了空盘子。萨洛姆轻轻地摸了摸胡子，说：

"还有件事我没有告诉你。"

"什么事？"

"你知道戈拉乌汽车的轮胎是什么牌子吗？"

梅尔乔看着他，萨洛姆边摸胡子边点了点头。

"你怎么知道的？"梅尔乔问。

"他的车就停在工厂的停车场里。"

"有没有办法调查出那是不是我们寻找的汽车呢？"

"没有，但是……"

店主给他们上了第二道菜，问他们是不是要再点一些饮料。两个人异口同声说不要了。他们俩埋头吃饭，认真咀嚼。从梅尔乔到高地之后，他们每天都一起工作，已经习惯了两人相处中的沉默，丝毫不会困扰。刚开始的时候，萨洛姆不仅是他的直属上司，还是他的精神指导，是他的好友。他们无所不谈，有任何疑问，梅尔乔也都会咨询他；他们也有争执，而所有关于调查的理论和假设，他都会先跟萨洛姆说一说，听听他的意见。萨洛姆的年龄差不多可以做他父亲了，但梅尔乔全然地信任他，而且与他特别合拍，无论和毕加拉还是和比瓦雷斯都是从未有过的。想到律师，他就想起了早上的电话，还得给他回一个。吃完牛排之后，梅尔乔用纸巾擦了擦嘴，又问：

"你真的觉得老头是凶手吗？"

"我不知道，"萨洛姆回答，叉子在空盘子上戳着，"有这种可能。"

梅尔乔点了点头。

"席尔瓦和博泰特也有嫌疑。"他说。

萨洛姆一脸疑惑地看着他。

"他们俩是经理。"梅尔乔解释道，"或者说是副经理，他们在戈拉乌之下。他们形容阿德利就好像是拿破仑，他们也被阿德利踩在脚下。而且他们更年轻，也有野心。这么想来，甚至费雷尔也有嫌疑。不是吗？"

"阿尔韦特？"萨洛姆神秘莫测地笑了笑，"你不了解他，他是轻浮了些，但他友善，也没有攻击性，没有什么心机。年轻的时候他很聪明，学的是企业管理。我相信他原本是可以做点大事的，但是后来他和当地的富家女在一起了。他知道没有什么可担心，一切可以高枕无忧坐享其成。就像戈拉乌今天早上说的那样：当一切都太容易的话，那一切也就结束了。这一点老头说得很有道理。"

他停了一下，接着说，"你想认识一下阿尔韦特也是对的，就按我们约好的去找他，他会和我们聊聊戈拉乌、席尔瓦和博泰特的，他和他们都很熟。"

"你呢？关于费雷尔你了解些什么？"

"我们是在高地认识的，我们认识了一辈子。他家和我家是世交，但是我比他大一些，我们直到在巴塞罗那读书的时候才真正成为朋友。我们合住了两年，他上大学，我上警察学院，之后我在努巴里斯警局实习了一年。也是在巴塞罗那，他和罗莎成了男女朋友。这些奥尔加也能告诉你，你可以问她。"

当他们开始吃甜点喝咖啡的时候，萨洛姆给梅尔乔讲他和阿尔韦特、罗莎的关系。之后，梅尔乔把上午和阿德利纸业的两位副经理的面谈讲了讲要点。

下着滂沱大雨，他们的车停在了大铁门前，萨洛姆给正在家里等他们的阿尔韦特·费雷尔打电话。五点刚过了一会儿，他们在高地酒吧吃完午饭后，还回了一趟警局。梅尔乔把他的车停在了警局，去办公室写了一份关于上午在阿德利纸业调查的报告。完成后，他把报告发给了皮蕾丝警长，让她归到整个调查资料库里。而萨洛姆去和昨天在阿德利庄园采集证据的鉴证科同事们聊了聊，另外，他还和阿尔韦特·费雷尔、戈马警督和皮蕾丝警长通了电话。去赴约的路上，萨洛姆告诉梅尔乔，移动电话公司已经开始给他们提供周六晚间在阿德利庄园附近逗留过的人员名单了。皮蕾丝和戈马要求他们尽快盘查这些人员，因为接下来几天，拉莫斯、比尼亚斯和克拉韦尔都有其他任务。

铁门打开，车缓缓开上一条石子小路，碎石被车轮轧过，咔嚓作响。他们开进一处枝繁叶茂的花园，这里被大雨打得湿淋淋的，另一边则是一幢三层旧别墅。最后，他们停在了一处类似于打猎房的大厅前。费雷尔正在那边等着他们，他让他们把车停在一辆红色保时捷帕纳梅拉跑车边上。他们停好车，从车里跑出来。虽然只是几米，可还是被雨淋湿了，他们一路抱怨着。

"真是讨人厌的大雨！"费雷尔和他们打招呼，"你们要毛巾吗？"

两位警员拒绝了，等他们稍微收拾了一下，费雷尔向梅尔乔伸出了手。

"终于！"他笑着说，"你不知道我多么想认识你。埃尔内斯特①经常和我说起你，但看来他只想独占你，他总是很自私。"

他们俩握了握手。费雷尔就比萨洛姆小不到一岁，可花花公子的相貌让他看上去年轻多了。他身上没有一点儿多余的脂肪，还穿着紧身的年轻款式的衣装：绿色的Polo衫，白色裤子，耐克鞋。他的短发黑亮，大部分梳到了右边，目光炯炯，是天生的诱惑者。

"很遗憾，我们要在如此戏剧性的场合中认识。"他补充，"你请坐，就当在你自己家。我一向把朋友的朋友也当作自己的朋友。"

初看让人以为是打猎房的屋子实际上是一个书房。一面大窗对着花园，墙上嵌着护墙木板，书柜里装满了CD和黑胶唱片。房

---

① 埃尔内斯特，萨洛姆的名字。

间中央有一张实木桌子,上面摆着一台笔记本电脑。桌子后面有一套音响,由两个音箱和两个功放机组成。天色渐暗,房间似乎笼罩在水下的蓝色光线中。在费雷尔的指点下,梅尔乔和萨洛姆坐在了有些磨损的真皮沙发上,主人帮他们打开了边上金色灯罩的落地灯,顿时驱散了昏暗。费雷尔问他们要咖啡、酒还是水,他们俩要了咖啡。主人就转身去了另一个区域,那边有咖啡机、餐具柜和一个吧台。

"这是我的秘密避难所。"费雷尔一边向梅尔乔解释,一边把雀巢咖啡胶囊放进了咖啡机并关上了盖子,"可事实上,秘密很少。是不是,埃尔内斯特?"

萨洛姆表示肯定,并问起了费雷尔的太太,主人告诉他罗莎·阿德利正在睡觉,他不想吵醒她,他和家里人说过等她醒了,就告诉她两位警员到了。听着费雷尔和萨洛姆两人说话,梅尔乔想起昨晚奥尔加的话("他们俩就像白天和黑夜"),他不禁疑惑,看上去如此不同的两人怎么会成为好朋友的?

"你不用这么做的。"萨洛姆小小责怪了一下费雷尔,"罗莎需要睡眠。我们不想打扰她。"

"一点儿也不打扰。"费雷尔说,"她很想帮你们,只是……"他转过身,朝向梅尔乔,"她被击垮了。她很爱她的父母,尤其是她爸爸,发生的这一切几乎要了她的命。"

"我和他说过了。"萨洛姆说。

"这件事也极大地影响了我们的女儿。"费雷尔接着说,"两个大女儿昨天从巴塞罗那回来了,但我希望她们能尽快回去。如果可以的话，葬礼结束之后，明天就立马回去。大家的生活还得继续，尤其是她们俩。你不觉得吗？"

问题是向梅尔乔提出的，可他没有作答。萨洛姆站起来，拿回了两杯咖啡，给同伴和自己各一杯。

"你们允许的话，我要来一杯威士忌。"费雷尔边说边给他的厚玻璃酒杯里加了两个冰块，"否则，没有人能承受这样的事。"

倒了一大杯乐加维林后，费雷尔坐在了扶手椅上。他说，他和太太在商量是否要聘请一位律师作为家族的发言人。

"这是个好主意。"萨洛姆说，又坐回到了梅尔乔旁边，"这样就没有人再烦你们了。"

"很快，我就想到你是我们家发言人的最佳人选，埃尔内斯特。"费雷尔喝了一口威士忌，然后把杯子放在了桌子上，"罗莎也觉得这是个绝佳的想法。"

费雷尔开始解释为什么萨洛姆是绝佳人选的时候，萨洛姆打断了他。

"如果这是你们期望的，我很乐意为之。"他补充，"虽然这不是一般的做法，但我觉得没有什么问题。无论如何，让我先请示一下戈马警督。"

"请你尽快问问他。"费雷尔说，"但愿他会同意。对我们来说，这样是最好的。我肯定，这样也会让罗莎平静下来。"

"萨洛姆告诉我，你们在父母的房子里发现少了些东西。"梅尔乔补充，"我指的是你太太，她发现丢失了一些钱物和首饰。"

"是的。"费雷尔再次拿起了酒杯，但没有举到嘴边。他身后的窗外，雨点打在花园的树枝和花朵上，一切都湿透了，看起来迷蒙一片，"通常他们在家里没有太多现金，但周五下午，罗莎看到她妈妈的卧室里有个塞满钱的信封。我不太清楚，可能他们刚好要付什么钱……"

"那是你们去庄园的最后一天？"

"是的。"费雷尔回答，梅尔乔注意到他用牙咬过的手指甲，"每周五，我岳父都会在家里请公司高层一起吃晚饭，对一周的工作做个总结。"

"席尔瓦和博泰特已经和我说过了。那次晚宴，除了戈拉乌，阿霍纳也在，是吗？"

"阿霍纳是工厂的经理吗？"萨洛姆问。

"是的。"费雷尔回答，"他也参加这些晚宴，至少最近这段时间是的。我岳母和太太也都参加，虽然我说过这只是工作聚餐。一年中只有两次例外，一次是圣诞节，另外一次是我太太和岳母的圣人日①，公司高层的家人也会一同参加，那真是庆祝聚会了。"

费雷尔仔细描述阿德利家每周聚会的细节，梅尔乔在一旁看着他，注意到他的脑袋时不时会突然抽动一下，像是神经痉挛，又像是他耳朵进水了要拼命甩出来。梅尔乔再次问起他关于遗失的首饰。

"罗莎说，最贵重的首饰都保存在银行的保险柜里。"费雷尔回

---

① 天主教把一年中的每一天与一个或多个圣人对应而制定的日历就是天主教圣人历。天主教徒一年中除了庆祝自己的生日之外，还会庆祝与自己同名的圣人在圣人历上所对应的日子，这一天就是信徒的圣人日。

答,"但家里的也不是什么便宜货,一下子都丢了。"

"你知道你岳父在家里藏了什么值钱的东西吗?一些别人可能会感兴趣的东西,一个物件、一个密码或者类似的,能导致凶手在死前折磨他们的东西?"

"我不知道。"费雷尔把右腿架到了左膝盖上,露出了脚上纯白无瑕的细棉袜子,"当然,即使他们有这样的东西,我也不会知道。罗莎也许知道,但我不会知道。不过目前来看,罗莎对此也一无所知。"

"你和你的岳父、岳母关系如何?"

费雷尔似乎没有听明白他的问题,咬了咬一边脸腮里的肉,转向了萨洛姆。后者拿着空杯子站起来朝吧台走去。

"你对梅尔乔说实情就好,阿尔韦特。"萨洛姆鼓励他,"你无须隐瞒。"

费雷尔把跷起的腿放下来,晃了晃威士忌酒杯,杯子里的冰块碰撞出声。

"和我岳母的关系挺好的。"他回答,眼睛看着梅尔乔,一脸冷峻,"事实上,我们关系非常好。她是一位很好的女士,待我像是儿子一般。但是和我岳父就是另外一回事了。"他定定地看着梅尔乔,而后者却觉得他根本没有在看自己,而是在看另外一个人,或者在看他自己。他喝了一口威士忌,又笑了起来,"其实也没有什么要多说的,我觉得他就是难以忍受我睡了他女儿,就这么简单。说到底他也是一个普通人,不是吗?最后我也会和他一样,只不过我有四个女儿,是他的四倍而已。"

费雷尔佯装哈哈大笑,但很快就停住了。房间里突然安静下来,只听到外面的雨水不断拍打着窗户。风雨加剧了一会儿,但很快也平息了。萨洛姆给自己倒了杯水,拿着水靠在书架边上看着他的朋友。梅尔乔的咖啡已经凉了,他也不想喝了。

"帕科·阿德利是个很严苛的人。"费雷尔接着说,"我觉得他看不起我。好吧,不仅是我觉得,这就是事实。"

"帕科·阿德利看不起任何人。"萨洛姆表示支持。

"也许吧。"费雷尔喝光了威士忌,站了起来,"即使这么说,但他是我太太的父亲,是我女儿的外公,对他发生的一切,我没有任何可以幸灾乐祸的。我不确定其他人也会说同样的话。"

"你是指戈拉乌吗?"梅尔乔问。

费雷尔又咬了咬脸腮里的肉,再次寻找萨洛姆的目光,后者朝他点了点头。

"我和他说过了。"萨洛姆说。

费雷尔又往杯子里加了块冰。

"如果不是他的话,我还能指谁呢?"他一边问,一边再次倒了些乐加维林,"他们两个人的关系……"他喝了一口威士忌,又坐在了扶手椅上,面朝着梅尔乔,"希望有人可以就这个写本书。从某种意义上说,他们是完美的一对——一个是虐待狂,另一个是受虐狂。我猜想就因为这样,他们俩才彼此容忍了这么长时间。他们俩都神经错乱,活着只是为了工作,就像两个苦行僧或是十字军士兵。我从没有见过像他们那样自我剥削到极致的人。可这又是为了什么呢?我岳父这样,我还能理解,他起码有家人,要为之奋斗。可戈拉乌就一个人，我实在不理解，如果他都没有时间花钱，为什么需要这么多钱。"

"梅尔乔说，戈拉乌谈论阿德利就好像在说拿破仑。"萨洛姆指出。

"或者是耶稣！"费雷尔感叹，"你们简直难以想象他的崇敬态度，几乎已经是奴才样了。说实话，真让人恶心。想必也不需要我来提醒你们，最后是谁出卖了耶稣。"

"你是说戈拉乌可能和谋杀案有关联？"

"我只是说从虔诚到仇恨只有一步之遥。而且在五十年日复一日的折磨下，戈拉乌极有可能有这种转变。起码我丝毫不以为奇。你们不是在我岳父家的花园里找到他汽车的轮胎印了吗？"

"我们不确定那就是他汽车的轮胎印。"萨洛姆解释，"轮胎的牌子都是一样的马牌，但是我们不能证明就是戈拉乌汽车的轮胎。"突然，他像是不太舒服地从书架边走开，把还剩半杯水的杯子放在了吧台上，接着说，"差不多了，我觉得我们该走了。"

瞬间，梅尔乔意识到雨已经停了，淅沥滴水的茂盛花园上方原本是遮天蔽日的乌云，现在已经散开，灿烂的蓝天慢慢展现出来。

"我们不用等他太太吗？"梅尔乔朝萨洛姆问。

"她不会来了。"萨洛姆回答，"我们现在要做的就是尽快开始给那些手机机主录口供。"

"我不清楚罗莎是不是准备好回答问题了。"费雷尔插话，"可是，你们为什么不喝一杯再走呢？警察在工作期间不喝酒，难道不就是电影里演演而已吗？"

两个人谁都没有接受他的邀请，但梅尔乔刚好利用机会，问了问他在阿德利纸业的工作情况。费雷尔解释，他的工作内容这几年变化很大。最近几年，主要因为阿德利和戈拉乌年龄大了，他们就不出差了。所以，他们就任命他为公司行政总裁，主要负责代表本公司和海外合作企业洽谈工作。因此，他时常要去东欧和拉美出差。听到费雷尔这么解释自己的工作，梅尔乔想到这就是戈拉乌所说的"出出风头"。

"可以说，这些年我已经成为公司的头面人物了。"费雷尔总结，"这工作倒也不让我讨厌，因为我个人很喜欢旅行，我是一个喜欢社交的人。也许我有很多可以被诟病的地方，但我绝不是一个不友好的人，是不是，埃尔内斯特？同时，我也不想隐瞒另外一点——我个人更喜欢在公司内部工作，类似负责企业运营和管理相关的。"

"那为什么你没有做呢？"梅尔乔问。

费雷尔又笑了笑，这次是真笑了，他突然斜了斜脑袋，又像是痉挛或是听力受阻了。

"看来你是完全不了解那老头子。"他喝了一口威士忌，嘴歪了歪，一脸苦涩，"他很难和人共事的，不知道要放权，他需要掌控一切，一切都要按他的方式来办事。他就是一个独裁者，听他号令简直是噩梦。"

"可是公司运行得很好。"梅尔乔反对。

"是曾经运行得好而已。"费雷尔纠正，晃了晃只剩两个冰块的酒杯,"他已经过时了,还在用二十世纪那一套。甚至连二十世纪都不是,是十九世纪的! 阿德利对于现代企业管理模式没有任何概念,也没有兴趣了解。而且,他不信任任何人,甚至对戈拉乌也不信任。"

当费雷尔滔滔不绝地讲述一段逸事来证明阿德利对所有人的不信任以及和戈拉乌的复杂关系时,梅尔乔看到主人身后的窗外,有个女人走出房门,沿着一条积水的小路朝书房走来。雨虽然停了,她依然打着一把伞。

"罗莎来了。"萨洛姆说着向门口走去。

费雷尔和梅尔乔站了起来。萨洛姆亲了亲罗莎·阿德利的脸颊,互致了问候,罗莎把雨伞收起来,放进了书房入口处的伞桶里。费雷尔向她介绍梅尔乔,他们俩握了握手。

"我们正准备离开。"萨洛姆说。

"你们请坐。"罗莎·阿德利请求。

罗莎自己也坐了下来。她脸色憔悴,穿衣也很随意——灰色半身长裙,上身是黑色衬衫,外面套了一件灰色开衫。她冷峻清澈的美让梅尔乔很意外,他完全不记得见过她的照片:鹅蛋脸,深陷的大眼睛,眼皮微微发肿,饱满的双唇,笔直高挺的鼻子,如丝质的深色肌肤。很明显,她刚哭过,但她极力想掩饰。费雷尔和她一起坐在沙发上,一条手臂搂着她的肩,另外的手指了指萨洛姆。

"埃尔内斯特已经同意担任我们家的发言人了。"他宣布。

"你同意了?"罗莎·阿德利问。

"当然。"萨洛姆回答,"如果戈马警督同意,我这边是没有任何问题的,而且我乐意至极。"

"我万分感谢你,埃尔内斯特。"罗莎·阿德利说,"我们原本想聘请一位律师,但由你这个熟人来做最好不过了。"三个男人都没有说话。一阵沉默后,她自言自语,"我不理解发生的事情,我完全理解不了。我的父母……"看上去她要哭了,但她咬住了嘴唇,没有哭出来,"我不知道要说些什么,埃尔内斯特。"

"你什么都不用说。"

女人点了点头,坐直身体,把开衫拢了拢,两臂交叉在胸前,似乎感觉很冷。想了一会儿后,她接着说:

"当然,我得说说。"她看向梅尔乔,"我想你们肯定有很多问题,你们尽管提问。"

"我们不想打扰你,罗莎。"萨洛姆坚持,"而且,我们着急要走了。"

"如果你顾虑早上我发生的事情,那你多虑了。"罗莎·阿德利说,"我现在好多了。而且,你们也要执行你们的任务。只是我不知道该如何帮助你们,我对于谁是凶手没有一点概念。我唯一知道的就是,玛丽亚·费尔南达和赫妮卡都和这件事无关。可怜的赫妮卡!"

"既然你这么坚持,"萨洛姆让步了,"有一件事,我早上没来得及问你。"

"什么事?"她问。

"你记得最后一次和你母亲通话是什么时候?"

"应该是周六下午。我不确定。我们经常通电话,她随时都会给我打电话。那天晚餐结束很早,之后伊蕾妮和安娜就回她们房间了,我们看了个美剧。"

"《广告狂人》。"费雷尔补充了剧名。

"我看着看着就睡着了,后来,我就回床上睡了,阿尔韦特来这边听音乐了。那就是一个再普通不过的周六。我们和他们约好,周日要一起吃饭,我是说和我爸妈约好。"

"你确定晚餐后没有和他们通过话吗?"萨洛姆问。

"没有,我觉得没有。但我并不十分肯定。如果你愿意,我一会儿来确认一下。手机上应该有通话记录。"

"那请你确认一下。"萨洛姆请求,"还有,最近几天,你父母有什么异常的表现吗?有没有什么焦虑或者类似的情绪?"

"没有。"她转向身边的丈夫问,"你发现了什么异常吗?"

费雷尔摇了摇头。

"他们的生活很平静。"罗莎·阿德利说,"我父亲依然每天都去工作。我母亲几乎不出门,以前她很喜欢园艺,现在也不照看花园了。他们俩年纪都很大了,尤其是我父亲,但两人都没有什么严重的健康问题。"

"据说他们没有什么朋友。"梅尔乔说,"他们几乎都没有社交生活。"

"他们从不社交,"罗莎·阿德利注视着他,"到他们这个年纪,社交就更少了。我父亲是伯特人,很早就没了爸妈。他父亲死于内战,关于他母亲我一无所知,他也从来没有提起过她。我们和我母亲那边的亲戚来往多一些。他们是雷乌斯人。我小时候经常去那边看望我的外祖父母和姨妈。他们三位过世后,我们就不再去那边了。我们一家就是我父母社交生活的全部了,我、阿尔韦特和我们的女儿。"

"还有约瑟·戈拉乌。"梅尔乔补充。

"对的。"罗莎·阿德利赞同,"戈拉乌先生也算是我们的家人了。你们和他谈过了吗? 昨天他在这里待了一整天,虽然他没有掉一滴眼泪,可我明白他内心的难过。"

女人沉默了,眼神迷离,整个书房安静下来,三位男士只是看着她。最后还是梅尔乔打破了沉默:

"您想过公司今后的事吗?"

罗莎回过神来,但对问题不太理解,挑眉表示疑问。

"他是问你,是否考虑过阿德利纸业该何去何从。"费雷尔重复。

她舒展了眉毛,耸了耸肩。

"你是指谁来接替我父亲吗?"她直视梅尔乔,"我不知道,我还没有想过。我可以和你说实话,谁来管理公司,我现在都无所谓。"

"后面会有时间好好考虑这事儿的,"费雷尔再次搂紧了她表示支持,"现在还不是时候。不过,你还是要尽快拿个主意,即使只是为了你父亲。"

罗莎·阿德利做了个模糊的表情,似乎是表达无力或者焦虑(或两者兼而有之)。她丈夫给她倒了点喝的,但她拒绝了。恰好此时，梅尔乔口袋里的手机震动了：已经是今天的第三次了，还是比瓦雷斯，现在还是接不了他的电话。萨洛姆做了个起身的姿势，确认要离开了。罗莎·阿德利满脸疲惫地看着他，似乎很失望，但也可能是松了口气。

"你们没有其他想了解的吗？"她问。

"我刚刚和你说过，我们急着要走，罗莎。"萨洛姆说，"我们改天再来。"

"我还有件事想了解一下。"梅尔乔插进来，"你们也是主业会的成员吗？"

女人再次诧异地看着他，梅尔乔担心她又没有听懂问题。坐在她边上的费雷尔摇了摇头。

"不是的，"罗莎·阿德利回答，"那是我父母的事情。他们从不会试图说服我们去做他们想做的事。"

"您父母加入主业会的时候，你们结婚了吗？"

"当然。"女人回答，"他们入主业会不过是十年前还是十二年前的事。"

"戈拉乌说，您父亲决定要加入主业会的时候，并没有发生什么重大的事情。"梅尔乔回忆。

"确实。"女人说，"我母亲也没有发生什么特别的事。她一向都很虔诚，每周日和假日的时候，我们都会去做弥撒，但也仅此而已。譬如说，我们在家从不祷告。不过后来，他们在家也开始祷告了。每天睡前他们都会祷告，但也仅限于他们俩，从来没有让我们做什么。偶尔，他们会和其他老年夫妇一起去那边做一些灵修。就这些而已，没有其他的了。"

"你们认识这些夫妇中的一些吗？"

"一个都不认识。事实上，他们每次都和不同的老夫妇同去。我不认为他们彼此间建立了友谊。如果有，我母亲早就和我说了。事实上，虽然我母亲什么都和我说，但唯独从来没有说过这个。我也就默认了她的沉默。"

"您认为他们因为加入主业会而觉得不好意思吗？"

"我认为，他们觉得这是他们的私事。他们不想让任何人参与其中，也包括我。我还觉得……"她深深地吸了口气，顿时严肃了起来，接着说，"我认为，他们加入主业会，只是一种面对即将到来的死亡的准备。因为他们难以想象……"

这一次罗莎再也控制不住了，她双唇发抖，瘪了瘪嘴，眼眶里满是泪水，终于哭了出来。费雷尔又搂住了她的肩，把她拉近了些。罗莎从开衫的口袋里掏出一张纸巾，擦干了眼泪，低声抱歉。萨洛姆说她完全不需要道歉。等到她不再哭了，他也站起了身。

"好吧，现在我们得走了。"萨洛姆宣布，"我们已经打扰太久了。"

梅尔乔和他一起站了起来，他们和罗莎·阿德利道别。

"我陪你们出去。"费雷尔说。

他们三个走进花园朝警车走去，旁边停的是费雷尔的保时捷帕纳梅拉跑车。梅尔乔深深吸了一口雨后的清新空气——它混杂着湿润的泥土、被大雨浸润的绿树和花卉的香味。铁锈般的光线浑浊不清，似乎给一切都上了一层釉。费雷尔和他握了握手，另外一只手拍了拍他的肩。

"我很抱歉。我说过罗莎状态不好。"他说,"等这事儿过去了,我们约了一起吃晚饭喝几杯。我请客,说好了啊!"

费雷尔和萨洛姆道别的时候,梅尔乔又回头看了看书房,窗后罗莎依然坐在沙发上,垂着头背对着他。后来,他的目光又落到了保时捷跑车的轮胎上——不是马牌,而是倍耐力。

"珂赛特等了你好久,"奥尔加说,"最后还是睡着了。"

"实在抱歉,没能早点回来。"梅尔乔表示歉意,"这些天,你们最好得把我给忘了。"

"你怎么没有叫萨洛姆上来吃点东西?我也给他准备晚餐了。"

"我说了。但是他太累了,更想早点回自己家。"

梅尔乔狼吞虎咽地吃了一根法棍面包和一份沙拉:切成小块的西红柿、生菜、鸡肉、奶酪粒、干果和牛油果,用橄榄油和果醋搅拌在一起。奥尔加看着他吃饭,手摩挲着红酒杯的杯壁。他们坐在厨房的餐桌上,桌上铺着格子桌布,顶上的灯光刚好把他们俩包围,其他都在暗影之中。

妻子向他询问关于谋杀案的进展。

"我们最好谈论点其他的事。"梅尔乔试图转移话题,他手拿着一听可口可乐,边嚼边喝,"法官要求对这个案子绝对保密,我对你谈论得越少越好。你今天过得怎么样?"

"很好。"奥尔加说,"比瓦雷斯来电话了。"

"妈的,我给忘了。他一整天都在给我打电话。他有什么事?"

"还能有什么事？"她笑着说，"从来都是相同的事——想确定是否万事都在掌控之中。他和珂赛特聊了好一会儿，你女儿很喜欢他。我也和他聊了一会儿。当然关于阿德利家我们也聊了聊。也聊到了你——他说你们已经两周没有通电话了。"

梅尔乔点了点头。

"我马上给他打电话。"

奥尔加开始给他讲述这一天发生的事，梅尔乔努力集中注意力在她的讲述上，可是很快就走神了——他是无意的，思绪自动就飘到了阿德利、戈拉乌、席尔瓦和博泰特那里，直到他听到一个熟悉的名字。

"谁？"他问。

"阿图罗·本托萨。"奥尔加重复，"他是个小说家，文化部的官员是他的粉丝，一直想请他来我们图书馆介绍他的书，最后终于要来了。你读过他的书吗？"

"没有。"

"那你笑什么？"

梅尔乔顿了一下，犹豫是否要告诉奥尔加本托萨去过关塔卡明斯监狱，这在他看来都是上辈子的事情了。

"没什么。"他回答，"我不帮你，你自己能处理好图书馆的事吗？我觉得在这种图书介绍会上我也帮不上你什么忙。我得提前和你说一下，除非是我们特别幸运，不然这一周你什么事也别指望我了。"

"你不用在意。"奥尔加安慰他，"其实，我还不知道什么时候介绍他的书呢。在秋天之前都不可能了。"

奥尔加还在谈论这个本托萨或是他的书,或是在说文化部官员,那个本托萨的仰慕者。一边的梅尔乔吃完了沙拉却再次走神了。过了一会儿,他站起身打开了冰箱。

"你认识费雷尔吗?"他突然问。

奥尔加毫无意外地看着他,似乎早就知道梅尔乔没有在听她说话。

"你是说阿尔韦特·费雷尔,罗莎·阿德利的丈夫?"

梅尔乔回答说是。

"我知道他。"她肯定,"但最了解他的人是萨洛姆,我昨天和你说过,他们俩是好朋友,他自己肯定也和你说过了。我比较了解的是他太太,虽然我们已经很久很久没见面了。我没有和你说过这些吗? 我们以前一同上学。但她最好的朋友一直都是埃莱娜 —— 萨洛姆的妻子。我想也可能因此,萨洛姆和费雷尔才会成为好朋友吧。"

冰箱门开了太久,警报响起。梅尔乔拿出一盒酸奶,关上冰箱门后警报立马就不响了。他又从抽屉里拿了把勺子,才重新坐下。

"关于他,你知道些什么?"他接着问。

"关于费雷尔吗?"奥尔加问,梅尔乔点了点头,开始吃酸奶,"我和其他人了解的一样。"

奥尔加把酒杯送到嘴边却没有喝,似乎她需要好好想想如何回答。

"萨洛姆说他是个没什么心机的人。"梅尔乔给她开了个头。

"如果他是这么说的话……"奥尔加接了下去。终于,她喝了一口红酒,"我说了,我对他了解不多。确实是很多人说他的坏话,你也知道人都是这样的,小镇里的人尤其如此。我觉得,人们都是嫉妒他,所以才有那些传言。"

"什么传言?"

"说他无所事事,挥金如土,还说他背着妻子和其他女人乱搞……我也不清楚。"奥尔加喝完了酒杯里的酒,现在她笑了,略有醉意,"另外,我要告诉你一件事,他比我们几个女生大三岁。在学校的时候,我们都为他着迷。他帅气、开朗、友善……后来又和镇上最富有的女人结了婚。你想想看,人们怎么会不眼红他?"

"阿德利纸业的总经理说,关于他的那些花边新闻是真的。"

"你和戈拉乌先生聊过了吗?他也有一些传言,相当惊人。"

"他也有传言吗?"

"也有的。这里可是高地,梅尔乔,这里的每个人都有他自己的传言。"

"包括罗莎·阿德利吗?"

"当然。不过关于她的传言都是正面的、好的,也是合理的。在学校读书的时候,她就是个好女生,据我所知,目前依然如此。我记得每次和我父亲提起她的时候,他总是说,幸好这个孩子随她妈。我不知道为什么,但感觉费雷尔没有给你留下什么好印象。"

"戈拉乌也没有。"

"那罗莎呢?"

"今天下午,我和她、费雷尔都聊过了。"梅尔乔用小勺把酸奶盒刮干净了,"这个女人状态很差,他们给她用了很多镇静剂。"

"她年轻的时候就很美。"

"现在依然很美。"

奥尔加定定地看着梅尔乔,他正在吃最后一勺酸奶。

"我需要表现出醋意吗?"她问。

梅尔乔没有回答。奥尔加依然盯着他看,直到他意识到自己没有回答。

"抱歉。"他似乎如梦方醒,"你刚刚说了什么?"

"我是要对罗莎·阿德利表示嫉妒吗?"

梅尔乔研究她的眼神,试图搞清楚她的意思。他立刻就明白过来了,慢慢地,他脸上浮现出坏坏的笑容。

"这就要看你今晚如何表现了。"

奥尔加严肃地摇了摇头,把空酒杯重重地放在了桌上。

"这可不是一个正经人家。"她笑了,"这是情人幽会呢。"

第二部分

1

梅尔乔和萨洛姆走进戈马警督的办公室，警督站起身来和他们握手，并给他们指了两张椅子。他们俩面对警督在桌子前坐了下来。桌上摆着电脑，堆了好几摞硬纸板文件夹，一个蓝红色相间的金属笔筒里塞满了铅笔和圆珠笔。

"我让你们俩过来是要说点儿事。"他一边说一边把键盘从电脑前移开了，"当然我也可以给你们打电话或者发邮件，不过，我还是喜欢面对面说。"

警督的两肘立在桌子上，双手交握，十指交叉，摆在与嘴齐平的位置，似乎想要掩饰他早上刮胡子时，在光滑的下巴上弄破的还留有血印的口子。办公室里虽然开着空调，但他还是把衬衫的袖子挽了起来，领口的扣子解开了，打好的领带结也扯松了。镜片后的眼睛毫无情感地看着面前的两位警察。他身后方形的窗户刚好框住一条人行道。路边一排满是风尘的香蕉树，在7月正午的烈日下不为所动。

"法官和我一致同意结束阿德利家的案子。"他宣布，"不过，这只是暂时性的停止而已。如果哪天出现了新的线索，但愿很快就会出现，我们可以重新开启调查。所以，目前最好就是把这个案子封存，把我们的精力投入更急迫的案子里去。经过全员大力的六周调查，却没有任何实在的结果，我们有理由认为该暂停了。"他停顿了一下，又补充，"对了，我们要尽快通知受害者家属。"

"我去说吧。"萨洛姆主动表示。

"这样最好了。"戈马警督也表示了同意，"最终，全程都由您来通知他们。"

"您不用担心，今天下午我就要见他们。我也一并通知媒体吗？"

"没有必要了。如果他们不问，我们就没必要通知他们。另外，这几天，因为里乌马尔的小男孩成了媒体的焦点，他们已经忘掉我们这个案子了，你们也知道媒体就是这样的。最后，我很遗憾调查没有如我们期望般顺利完成，但至少没有人可以责怪我们没有竭尽所能。"戈马警督松开了交叉的两手，摊开做了无奈状，"好了，我觉得这些就是我要对你们说的全部。另外，很感谢你们的帮助，很高兴能和你们一起共事。"

他正准备和他们握手道别，梅尔乔插进来说话。

"抱歉，"他说，"我想我们搞错了。"

戈马眨了眨眼睛。

"什么？"他问。

"我说中止调查不是个好主意，我认为我们应该继续。"

他的上司挑起了眉毛，无奈笑了笑，略有厌烦之态。

"我不知道为什么,但您刚刚说的话没有让我很意外。"他转向萨洛姆,"警士,您认同我的想法吗?"

萨洛姆摸了摸胡子,没有作答。梅尔乔知道他在试图找到两全的回答,虽然是无果的:一个真实的回答,但不会伤害到他的同伴,或者最起码不会让同伴孤零零一个人。

"四年来,警士和我每天一起办案,我们也时有分歧。"梅尔乔先站出来说话,避免让萨洛姆为难,"这也只是另一次分歧而已。"

萨洛姆沉默地认可了梅尔乔的话,戈马也认可了,他看了看手表,又看向梅尔乔。

"所以说,您认为我们要继续调查?"

梅尔乔点了点头。

"调查什么呢?"警督问,"调查什么? 调查谁? 怎么调查? 上哪儿调查?"他接连提问。梅尔乔迎着他的目光正准备作答的时候,戈马又转向了萨洛姆,然后才看向梅尔乔,接着说下去,"听着,马林。您很清楚我们已经做了一切可以做的,难道还要我一一说给您听吗?"他用右手的大拇指和食指拉住左手的小手指,"我们已经地毯式搜查过阿德利家每一个角落。我们确实找到很多线索,可没有一个有用的,甚至那个出名的马牌轮胎印,最后也是什么用都没有,因为它可能属于任何一辆车。"他放开了小手指,又拉住了无名指,"我们还派人去了波兰的格但斯克、罗马尼亚的蒂米什瓦拉、阿根廷的科尔多瓦和墨西哥的普埃布拉,和当地阿德利纸业合作企业的负责人了解情况。我们把他们家族企业的所有账户都查了一遍,没有找到任何可疑的地方和可疑的人,没有任何异常的账户变动,所有钱都在该在的地方。"他松开了无名指,又用力拉住中指,"我们审问了案发前几天到过阿德利家所有的访客,也没有任何收获。我们还根据手机基站信息,把那天凌晨在他们家附近出现过的几乎两百号人都审问了一遍。最后只找到一个小伙子在马路上看到有辆车开进了阿德利家,可是他不记得车牌,也不记得汽车的颜色,更记不清是几点看到的。"他松开了中指,更用力地拉住了食指,"我们和阿德利一家所属的雷乌斯主业会的负责人也谈过,了解到他们夫妻是主业会的大宗捐赠人,教会视他们若国王。"他又松开食指,拉住了大拇指,用力到近乎戏剧化地晃动。他提高嗓门,瞪大眼睛,一字一顿地说,"这四个星期,我们持续监听阿德利纸业高层领导的电话,也包括弗朗西斯科·阿德利的女婿。可我们找到什么线索了吗?"戈马松开了大拇指,摊开双手,把空无一物的掌心给梅尔乔看,"什么什么都没有。即使这样,您还要继续吗?"

梅尔乔没有回答。一阵沉默之后,警督深吸了一口气,看了蓝红色的笔筒一会儿,然后从里面拿出一支笔头削得很尖的铅笔,两手各握一头,开始转动铅笔。

"您看,您的第一印象是对的。"戈马的语气缓和了一些,"所有证据都显示阿德利谋杀案的凶手是职业的。而且,我们对于那晚发生的事也有了大致的概念。阿德利太太最后一通电话是晚上十点多打给她女儿的,法医确定了案发时间大约在午夜到凌晨四点之间。凶手们到房子的时候,所有人应该都睡着,或者起码都在床上。是有人给他们开门的。不太可能是罗马尼亚女佣开的门,因为他们是在她房间里杀了她。不过也不是完全没有可能,也许他们在那里杀她,恰恰为了掩饰是她给他们开的门。也有可能是阿德利夫妇他们自己给凶手开的门,他们彼此认识。或者,凶手们有房子的钥匙。虽然我们清楚只有他们夫妻俩、厨娘和他们的女儿才有家门钥匙。无论如何,凶手很有可能在寻找什么值钱的东西,钱、珠宝首饰之类的,或者有人告诉凶手阿德利夫妇在家里藏了些什么,或者是他们自己如此假想,又或者是他们真的在找什么,却发现不在那所房子里,而我们并不清楚他们要找什么。也许老人说了出来,最后他们找到了那东西;也许老人誓死不招,他们没有找到;也许他们根本不是在找什么,凶手虐待他们只是为了报仇,或为了发泄,或只是寻开心。这大概就是那天发生的事情,大差不差。"

"我不这么认为。"梅尔乔表示了不同意见。

警督不再转动铅笔,镜片后的眼睛又恢复了最初的冷淡。此时有人敲门。看到敲门的是皮蕾丝,戈马的表情又变了:变得热情友好,甚至有点甜蜜。

"他们到了吗?"他问。

"他们出了点儿问题。"门半开着,皮蕾丝在门外说,"没什么严重的,五分钟内他们就会到这儿。"

警督试图恢复不快的表情,想摆出严肃的样子,可是没有成功。一瞬间,他犹豫了一下。

"皮蕾丝,您进来吧,不要这么站着。"他终于拿定了主意,女警长走了进来,"您来得正是时候。您知道吗? 这位坎布里尔斯的英雄坚持不应该中止阿德利家的案子。我刚刚做了个决定，他中奖了:我们现在给他五分钟，让他证明是我们错了，让他说服我们。您觉得如何？"

"我觉得这个主意很好，警督。"皮蕾丝警长回答。

戈马警督用四年前媒体给梅尔乔起的绰号来称呼他，满是嘲讽的口吻，让他感觉到警督看好戏的心情多过气愤。那次恐怖袭击之后，从他到了高地，再也没有听过这个绰号了。虽然近期在同事间，开始有人传是他击毙了坎布里尔斯的四个恐怖分子。

"行，那您开始吧，马林。"戈马鼓励他，"您有五分钟。"

梅尔乔指了指坐在警督边上的皮蕾丝。

"我希望其他人也能在场。"他说，"我是指……"

"我知道您指谁。"警督打断了他，"您是在开玩笑还是什么？这里是警局，马林。不是由议会来决议，而是由我来做决定。"

"当然。我只是想说，也许他们中的有些人也不同意中止调查。"

"您的所有同事都知道我们要中止调查了，没有任何人反对。我提醒您，时间正在一点一点过去。"

戈马警督把铅笔放回了笔筒，倚靠在他的扶手椅里。旁边，皮蕾丝警长双臂交叉在胸前，一副拭目以待的样子。梅尔乔看了一眼警长锁骨处黑色箭头穿过红心的文身，他转过视线的时候，发现她看到自己注意到她的文身，她的嘴角漾起嘲弄的微笑。坐在梅尔乔边上的萨洛姆为试图掩饰他的不自在，看向窗外路边栽种香蕉树的人行道，那里什么也没有发生，他还要拼命佯装兴趣十足,借以忽视办公室里发生的事情。

"我也觉得凶手是职业杀手。"梅尔乔开始说话,"但我不同意他们只是单纯的小偷。"

"为什么不是呢?"警督追问。

"我觉得几个小偷以这种方式折磨老人取乐,实在让人难以置信。"

"这个我也同意。"皮蕾丝插话,"但问题是,现实中就是充斥了无数的不可思议。这和小说不一样,不是吗?"

梅尔乔已经习惯他的上司和同事经常拿他爱阅读开玩笑,这些嘲讽不会困扰他,他也不回避这类话题。

"的确不像好的小说。"他回答,"但和差小说很像。"

"那您得读读蹩脚的小说了,马林。"戈马警督说,"您得多多学习。譬如说,学习了解现实中有各种各样的人,包括很多有缺陷的人和变态狂,他们根本无视一般规则,更不会理会什么小说。"

"小说是没有规则的,"梅尔乔温和地反驳,"这就是小说的魅力所在。但无所谓了。即使在最差劲的小说里,小偷也不会如此折磨阿德利夫妇,这丝毫没有意义。如果他们是想挖出什么秘密,根本就没有必要折磨他们,他们肯定在第一时间就说出来了。他们是老人,他不知道吗? 而且,我们是谈论什么样的秘密? 阿德利夫妇能知道什么别人也感兴趣的秘密呢? 据我们所知,没有这样的秘密。如果不是为了挖出秘密,那这么折磨他们就更说不清为什么了。有一件事是清楚的:两位老人被折磨得很厉害,唯一能让人这么被折磨的只能是因为仇恨。还有另外一件事情是,最有理由仇恨弗朗西斯科·阿德利的不是他那些事业上的竞争者，而是他身边最亲近的人。"

"正因为这个，我们查看了他们的手机，"皮蕾丝警长对他的观点表示赞同，"以查明那晚他们去了哪里。也因此，我们向法官申请许可监听他们的手机。可我们从中调查到什么了吗？"

"没有找到很多线索。"梅尔乔低声说。

"不是没有很多，而是没有。"她强力反驳，"完全没有。"

"的确如此。"梅尔乔说，"但无论如何，这是我们唯一有的线索。我们要继续监听，要把调查到的线索利用到底。"

"什么线索？"皮蕾丝问，"难道监听四个礼拜，还不足以让你相信他们和谋杀案无关？"

"还不能说服我。"梅尔乔回答。这个时候，他脑子里浮现了布莱警长的话："你看到皮蕾丝像个大头苍蝇围着他团团转吗？看上去就像戈马忠实的走狗，我肯定他们俩有一腿。"这几个星期梅尔乔经常和戈马、皮蕾丝通电话，虽然只是看到他们俩一起三到四次，但他从来没有细想过布莱警长关于他们俩关系的猜测是真是假，不清楚他们俩你唱我随的合拍只是精神同谋还是性方面的。他也没有质疑，现在皮蕾丝似乎在戈马的默许下，就负责答复他的问题了。"也许他们知道我们在监听。"梅尔乔接着说，"如果他们中真的有人和谋杀案有关，那肯定会采取一切预防措施。博泰特和阿霍纳可以解释清楚他们那晚在哪里，而且他们的手机也可以作证。但是戈拉乌和席尔瓦的手机是关机的，他们没有不在场证明。而费雷尔的不在场证明也是值得商榷的。"

"我觉得他的不在场证明是可信的。"皮蕾丝回答。

"我不相信。"梅尔乔回答,"的确,那个周六晚上,他和妻子、两个女儿在家里。但是晚饭后,女儿们就回自己房间了,他太太也看完一集美剧就睡觉了,而他自己独自去了在花园里的书房。这些大概发生在十一点或者十一点半左右。我们不清楚费雷尔是几点上床睡觉的,但我们知道从他家开车到阿德利家只要十五分钟不到。如此,他完全可以出门去他岳父母家,然后再回家,整个过程就只要四十五分钟到一个小时,而他妻子女儿完全不会察觉。到了十二点半或者一点,他躺在自己的床上,好像一切都没有发生过。"

"费雷尔汽车的轮胎不是马牌的。"皮蕾丝提醒。

"没错。可是那天他可以开另一辆车。"在皮蕾丝还没来得及反驳的时候,梅尔乔接着说,"你们不要误解了我的意思。我并不是说费雷尔就是凶手或是帮凶。我的意思是他可能协助了凶手。更准确地说,就是我们没有足够充分的证据来彻底证明他没有协助凶手。戈拉乌和席尔瓦是相同的情况,而且他们俩嫌疑更大。我是想说戈拉乌和席尔瓦拥有比费雷尔更大的便利。事实上,我也没有完全排除博泰特和阿霍纳的嫌疑。而且,他们五个人周五晚上都在阿德利家吃饭了,任何一个人都有可能切断了警报系统。"

"的确,我们不能完全排除他们五个人的嫌疑。"皮蕾丝妥协,"但我们同样也没有任何有力的证据可以指证他们。而我们的人手是有限的,所以……"

"我并不是在恳求什么来自另一个世界的帮助。我只是请求再多几个星期的调查，以及可以合法进入他们的办公室，查阅他们的工作电脑甚至家庭电脑的法律许可而已。我没有其他要求。"

皮蕾丝不再和他争执了，很明显，梅尔乔的抗议已经被裁定为争论，只能等待戈马警督的裁决。警督一直很认真地听着他属下的对话，可现在他突然兴趣索然，像是有点疲倦，又有点气愤，对于似乎要由他来解决争端有点懒懒的，又好像这种争执只是假想而已，他在开始之初就已经裁定好了。他立刻调整了姿势，清了清嗓子，快速与皮蕾丝警长交换了一下眼神，又把双肘支在了桌子上，两手交叉，放在与嘴齐平的高度，大概还是想掩饰清早剃须时的伤口。

"您彻底断了这个想法吧！"他朝梅尔乔说，"法官不会授权您想要的那些，我也不会去申请。我已经尽我所能让他允许我们监听他们的电话，所以您彻底忘了这事儿吧，也不要再想去打扰阿德利家人了。他们已经因为这件事被击垮了，我不想再让他们痛苦。而这也是问题所在。"警督接着说，先看了看萨洛姆，又看了看梅尔乔。而梅尔乔内心在说，让罗莎·阿德利痛苦的不是继续调查，而是停止调查，让杀害她父母的人逍遥法外。"不是没有线索指向阿德利的属下，而是这种假设根本就没有意义。我承认一开始我也是这么怀疑的，但现在我不这么想了。无论是谁，全世界都憎恨自己的上司，但不会因此去杀人。是不是，皮蕾丝？"女警长笑了笑，警督回应了她才接着说下去，"阿德利对他属下很专制，尤其是对他最亲近的属下。像戈拉乌这种，一辈子都忍受他的羞辱和看不起。然后呢？请您告诉我，席尔瓦、博泰特或者阿霍纳从阿德利的死中能获益什么呢？冒险丢掉一份很多人都羡慕的工作？这就是目前他们面临的情况。您认为他们这些人难道有能力仅仅为了报仇泄愤就搞这么大的事？我不认为他们有这样的能力。我也不认为戈拉乌有能力做这样的事。没有阿德利的话，他谁也不是。戈拉乌一辈子都待在阿德利身边，深深地仰慕他，远胜过恨他，如果我们认为他有恨。而说到费雷尔，我根本就后悔监听了他的电话。因为从任何一个角度来说，他都是毫无理由要谋杀阿德利的人。的确，阿德利是他的岳父，也是他的上司，还有意为难他。可无论他们相处得再差，他也知道老头九十多岁了，总有死的那天，到时候他女儿就会继承一切。他为什么要冒失去一切的风险，涉足这么一件谋杀案中呢？他完全可以多一点耐心，什么也不用做就会坐收一切。费雷尔可能是个虚荣、不负责任的人，厚颜无耻之徒，但他不是个笨蛋，也不是神经错乱。是不是，警士？"

萨洛姆眯了眯眼睛，咬了咬嘴唇，表示赞同的样子，但似乎又是被迫表示同意。

"这完全不符合逻辑。"戈马警督坚持道，再次看着梅尔乔，"我并不是说，假如我们拥有足够的时间和充足的人手，就不值得再调查了。但是，如皮蕾丝警长所说，我们缺的恰恰就是时间和人手，至少在托尔托萨是这样的。我知道在高地情况会不同，时间多的是，甚至多到可以读小说。但我们这里就是这样，而且调查是由我们这边负责的。相信我，我对此结果也很遗憾。"在梅尔乔做出反应之前，警督就从座位上站了起来，转向皮蕾丝，"好吧，五分钟已经过去了，这事儿就这样了。"

梅尔乔和萨洛姆从托尔托萨警局出来,一言不发。车朝甘德萨开去的前几公里,他们还是什么都没有说。直到快到切尔塔,萨洛姆才打破沉默。

"你就不要再想这件事了,好吗?"他说,"戈马说得有道理。"

梅尔乔在副驾驶的位置上定定地看着前面,像是对公路的柏油路面着了迷。由于阳光的照射,路面上形成水洼的幻影。在道路两侧,干旱的土地上长着成排的橙子树。萨洛姆右手把着方向盘,左臂搁在车窗边缘,他们还没有开进高地。

"我不明白你为什么要这样,"他接着说,"这个结果其实从一开始就可以预见。我们对这一切都太清楚了:如果在案发的最初几天没有取得确凿的证据,就意味着要结案。第一周结束的时候,我们已经卡住了。从那时起,我们就是在垂死挣扎了。戈马做的一切已经足够了,一般情况下还会更早结案。你再好好想想,任何一个人都会这么做的。"

"这不是一个普通的案子。"梅尔乔咕哝着。

"为什么? 就因为上了电视? 从根本上说,所有案子对我们来说都是一样的。唯一的差别就是有些案子我们破了,有些案子没有,这个案子就是我们破不了的。你不能太把这个案子当回事儿了,不能每次发生类似的事情,你内心的正义之神就要站出来。奥尔加是怎么说的来着?"

梅尔乔没有回答,还沉浸在自己的思绪中,盯着路面看。过了几秒钟,萨洛姆又重提了最后的问题。

"沙威。"梅尔乔回答,"他是《悲惨世界》里的警察。"

"就是他。"萨洛姆说,"如果你被他牵着走,那就会把生活搞糟,搞砸你的生活和你家人的生活。"

两人再次陷入沉默,车开过切尔塔,道路右边的房屋似乎也在下午两点的炎热中打盹。快到贝尼法列特的时候,梅尔乔的手机响了。是布莱警长,他迫切地想知道和戈马的会议如何。梅尔乔跟他说了说,尽可能地保持镇定。

"那就是说都结束了?"布莱最后问,"彻底结案了?"

"倒不是彻底。"梅尔乔回答,"或者也能这么说。但是,目前来说,这个案子是暂时中止调查了。"

"操他妈的!"警长骂道,"你看看,不是我没有提醒过你吧。当发现里乌马尔小男孩尸体的时候,我就和你说:准备好,你们的案子该结了。还确实就这样了。记者们都扑到那个案子上去了,谁还记得阿德利家的谋杀案?一旦不在电视上出现,戈马也就对这个案子不感兴趣了。就这样,我们亲爱的警督大人,事必躬亲地投入里乌马尔的案子里,像疯子似的拼命上媒体,用一个引人关注的案子来掩盖另一个的失败。狗娘养的。"

"他没有足够的人手同时调查两个案子。"梅尔乔引用了戈马的话,像是为虎作伥,"他是这么说的。可是关于里乌马尔的案子,他一个字都没有提。"

"混蛋!"布莱暴跳如雷,"托尔托萨的调查组会没有人手?呵!他们要什么有什么。如果真的人手不够,他还可以向巴塞罗那请求支援。其实事情就是我和你说的那样:戈马不知道该如何处理阿德利案子这个烫手山芋,他没有办法,只能拼命掩盖这个失败,即使只能藏到小男孩的尸体后面。"

"这也是他中止调查的另外一个原因。"梅尔乔说,"他确实不知道该如何处理这个案子。"

"他玩弄了我们。"警长更生气地抱怨,"如果不是他一开始就把我们排除在外,事情肯定不是这样的。当然了,他一定要独占所有的主角光环,不能让任何人参与进去抢他的风头。而且大家都知道,我们高地的警察是次他们一等的。我当时都和巴雷拉说过了,戈马需要更多当地的警力,需要了解高地的警察,所以他才借用了你和萨洛姆。而那些派两个人去阿根廷,派两个人去罗马尼亚或者其他什么地方,都只是为了上电视好看,实际上没什么用,只是浪费时间和金钱。你知道巴雷拉是怎么样的人,也是一个长袖善舞的好手,他不想和任何人起冲突,尤其不想和托尔托萨的人,况且他快退休了。我还想再说一件事,马林。我可以向你打包票,戈马这下就会把案子转手给我了。现在开始他就不会限制我了解所有信息,会允许我用自己的密码查看你们的调查内容,就好像在对我说:我现在就把这吃力不讨好的案子给你,龟孙子,看看你是不是有能力解决;看看你和我闹这么久,在没有渠道、人手和资源的情况下,在一切都已经查过,几乎不剩什么线索可以追踪的情况下,你还能找到什么吗? 如果可以的话,他会把责任都推给我。我和你打赌。"

布莱警长还在不断发泄,梅尔乔把电话从耳朵旁移开了一点。这会儿,他突然想起几分钟前发生的一个小细节。在戈马警督办公室的会议结束后,梅尔乔正准备和皮蕾丝警长道别。她靠过来,梅尔乔第一次可以看清楚她锁骨上文身的文字——永恒的爱。梅尔乔读了一遍又一遍,当他从文身上抬起目光的时候,他感觉女警长朝他挤了挤眼。

"梅尔乔,你还好吗?"布莱问。

"嗯。"他回答,对刚刚回忆起来的画面并不百分百肯定真实发生过。

"啊,我还以为断线了呢。总之,希望你不要太在意了。大西班牙人,再生气也只能忍耐。你还和萨洛姆在一起吗?"梅尔乔回答说是的,布莱继续说,"我和科罗米纳斯、费利乌约了一起吃饭。那我们就在高地见吧?"

"如果你不介意,我想回家吃饭。"

"那好。"布莱说,"我们明天警局见,代我问候奥尔加。"

梅尔乔在停车场找到了一个空位,把车停好后就快步走向法院。这是一栋两层楼的建筑,乳白色的外墙,矗立在甘德萨郊外的霍安佩鲁舒大街上。四周都是绿化带,他两级两级地跨台阶,从大门进去。正门上方飘着两面旗子,一面是西班牙国旗,另一面是加泰罗尼亚区旗。差不多是早上十点,在法院庭审大厅的门口聚集了一大群人,大部分是吉卜赛人。梅尔乔远远地和几个穿着制服的同事打了招呼,他爬楼梯到二楼,敲了敲法官办公室的房门,法官还没有到,他的秘书是这么说的。秘书是个四十多岁的女性,个子高、红发、方脸,低沉的嗓音,有点专横,她和梅尔乔很熟。

"今天可不适合突然拜访，小伙子。"当梅尔乔问起能不能和她上司谈一谈，她这样提醒，"十点他要出庭。如果开始之前你碰不到他，那这一天你都别想了。"

梅尔乔谢过她，下楼回到了大厅，庭审大厅门前聚集的人更多了，可是那些穿制服的同事却消失了。没找到一个同事，他就走出大厅，靠在旗子下门廊入口的仿古柱子上等着法官。他很清楚要做的事。昨晚在床上翻来覆去的时候，他还犹豫不决。直到今天早上，把珂赛特送去幼儿园，在普约尔蛋糕店喝咖啡的时候他才拿定主意。最后一次尝试，他想着，我也没什么损失。反正我已经被拒绝过了，不怕再被拒绝一次。无数人走进法院，可没有一个人出来。几个月前他逮捕了一个年轻的毒贩，此时那个毒贩的母亲用高傲的眼神和他打了个招呼。这位妈妈年轻、苗条、美丽，穿着印花连衣裙。不时会有辆汽车朝着他的方向拐上大街。远处，在沿着公路的绿化带里栽种着两排柏树，低处还长着薰衣草，绿色的长茎，紫色的花朵。左侧，松树修成的篱笆围着一些健身设施，右侧是甘德萨的汽车站。蓝色的天空上飘着几缕白色的云丝。

没过一刻钟，法官的黑色雪铁龙就开了过来，在停车场专门给法院工作人员预留的车位上停好。梅尔乔赶紧跑上前开车门。

"谢谢，小伙子。"法官在梅尔乔的帮助下，费劲地从车里出来，"我迟到了，是不是？"

梅尔乔没有回答法官的问题，先是问了好，之后问法官能不能给他一分钟时间。他先介绍了一下自己，让法官想起来他是谁。然后两人一起爬楼，梅尔乔抓紧时间快速说话：他觉得中止阿德利家的案子是个错误，应该要继续调查。他向法官请求，授权他进入阿德利纸业高管们的办公室，并允许查看他们的电脑。

法官停在了门厅处，气喘吁吁，一大滴汗珠从他的太阳穴淌下，滑过刚刚剃过的水润而有香气的脸颊。

"您说您是谁？"他问梅尔乔。

他重复了自己的名字和职位。法官顺了顺气，用手帕擦干了脸上的汗珠，最后好像终于想起了他，脸色怪异的表情也变成了严肃。

"您知道不应该来和我说这个的，是不是？"他问，"更不应该在这里，在法院的入口处。"

"您说得对，法官先生。"梅尔乔承认，"我向您表示歉意。但是……"

"没有什么但是。"法官平静地打断了他，"您现在做的事完全是不合规范的。您要知道，如果您的上司知道了今天的事，您会有麻烦的。"他朝梅尔乔挥了挥手帕，立马又安抚他，"不过，您不要担心，他们不会知道的。"他接着说，"我要中止这个案子。这是我决定的，不是戈马警督的主意，虽然他也同意我的决定。不过，无论如何，如果您认为我错了，您觉得我不应该结束这个案子，请您按照规程向您的上司提出异议，由他再来和我说，而不是您来说。搞清楚了吗？"

梅尔乔刚想开口说点什么就立马闭嘴了，他低头看着法官又黑又亮的皮鞋，点了点头。这个时候，法院的大门被推开了，法官的秘书探出身来，捧着一大堆文件。

"我们迟到了，先生。"她说，"大家都在等您。"

法官把手帕塞进了裤子口袋，做了个跟着秘书走的姿势，但他没有跟上。虽然他只比梅尔乔矮一点儿，但体重可能是他的两倍。他穿着优良布料剪裁而成的深蓝色西服，里面穿了白衬衫，全都熨得很服帖，裤子用黑色背带固定着。

"听着，年轻人。"他一边用短粗的手拉了拉背带，一边教训，"在我们的行当，无论是您还是我，都要学会面对挫败。就像我的一个老师所说，学会以理性的方式面对失败，是文明生活的关键所在。关于阿德利家的案子，请您相信我，我们破不了案，所以最好还是结案。至于今后，谁也不知道，也许我们走运，在最意想不到的时候出现惊喜。这不会是第一次，也不会是最后一次。但目前来看，我们所做的就是最明智的了。这是毫无疑问的。因此，您听我的，忘了这个案子，好好享受您的年轻生活。虽然不像我们老人说的年轻是那么短暂，但也差不多。"

秘书又从门里探出身来，对眼前发生的一切露出一脸难以置信的表情。她瞪了一眼法官，眼神说了些梅尔乔没能明白的话。这下，法官才跟着她走了。

"来了，来了。"他跟在秘书后面嘟囔，"不过，我们不要以争吵开始一天，好不好？"

梅尔乔准备听从法官的建议，尽早忘掉阿德利家的案子，继续他在高地一贯的生活。可是，他没有办到。一个星期前，当一对挪威游客夫妇在里乌马尔海滩——距离高地不远的埃布罗河口三角洲地带——发现一个五岁小男孩被肢解的尸体后，阿德利家的案子就从电视、广播、报纸和社交媒体上消失了。梅尔乔每天去警局调查给他安排的案子，也撰写文书，参与日常的新案子，参加组会，几乎每天和萨洛姆一起巡逻。可他就是没有办法把阿德利夫妇以及女佣的死从脑子里赶走。好在周围除了奥尔加，谁也没有发现他的执念。她每次发现他眼神涣散、神游太虚的时候，就用他们俩私底下才开的玩笑把他拉回现实：

"怎么了，沙威？"

后来，梅尔乔只能顺从自己的执念。虽然官方已经把案子归档了，但他决定自己回头来调查。这就意味着，由戈马警督领导的调查小组在密集调查中所收集整理的浩大的报告和文件，他都要翻阅。根据调查刚开始皮蕾丝警长的申明，这个调查小组差不多有四十人组成，持续或临时地合作调查了六周。

梅尔乔背着同事，在他的空余时间调查这个案子。他清楚，这样偷偷摸摸地调查总会在电脑上留下痕迹。他在没有授权的情况下还在私下继续调查，随便哪个上司都有可能发现。他知道这样做会引起麻烦，但他甚至还没来得及想清楚是否要冒这个风险、冒险会有什么严重后果的时候，他已经在冒风险做事了。好在他还是很谨慎的，没有拜访费雷尔，也没有给他打电话，他知道费雷尔会把这些都告诉萨洛姆。他也没有去阿德利纸业，再找戈拉乌、席尔瓦、博泰特或者阿霍纳面谈。只是有一天晚上，他还是鲁莽地给老经理打了电话,问了他两个问题。第一个问题比较宽泛:关于案发前周五的晚餐,他记得些什么。第二个问题就很具体了:他是否觉得阿德利纸业某个高层涉嫌谋杀案。戈拉乌回答第一个问题说,他不记得有什么特别的,那次晚餐和多年来在阿德利家周五举行的所有晚餐都一样平常,没有任何与之前不一样的地方。而说到第二个问题的时候,戈拉乌声音嘶哑地哈哈大笑。

"如果只要扣动扳机就能杀掉帕科,而且神不知鬼不觉,那谁都会这么做。"他回答,"这是可以肯定的。但是因为这不可能,所以关于你问题的答案是,没有人会做这样的事。好吧,也不是一个人都不会。还是有这么一个人的,如果他有能力。"

"谁?"

"我。"

那天晚上,梅尔乔挂上电话,相信戈拉乌和谋杀案无关,因为没有一个杀人犯会指认自己是凶手,尤其不会在警察面前这么做。但是这个想法没有持续很久,又被他自己推翻了。他很快意识到,指认自己是凶手,尤其是在警察面前,这是避人耳目的最好掩饰,是杜绝怀疑的最佳手段。

几天后的一次偶遇证实了梅尔乔的直觉。那是早上九点,他刚把珂赛特送去幼儿园,正准备去高地,在那儿和萨洛姆约好了一起喝咖啡,然后两人一起去埃布罗河畔莫拉的警察分局开会。在经过汽车站时,他在停车场认出了阿尔韦特·费雷尔的保时捷帕纳梅拉跑车。当时他犹豫不决,没有停车。后来开到皮克酒店时,他才掉头开了回去,把车停在了跑车边上。他走进车站的咖啡馆,立刻就看到了罗莎·阿德利正坐在临街的窗边，在她的手机上打字。她面前摆着一杯茶，还有一个玻璃花瓶，里面插着一支紫红色的塑料花，外面还裹着一层薄纱。梅尔乔走近她身边，她停下了手机上正打的字，从屏幕上抬起头。一开始她没有认出他，但很快就微微笑了笑，和他打招呼。

"我能坐下吗？"梅尔乔问。

"请坐。"罗莎·阿德利指着她面前的一张椅子说，"我正准备走。"

梅尔乔点了一杯咖啡，罗莎刚好把手机上的东西写完了。

"希望没有打扰到您。"他说。

"你没有打扰到我，"她一边把茶壶里的茶倒进杯子里，一边回答，"只要你不用'您'称呼我，况且我也不老。"

"我不是因为你老才用'您'称呼的。"他赶紧道歉，"只是一个习惯而已。"

"这是个坏习惯，尤其是对女士而言。"她喝着茶，看着杯沿，梅尔乔捕捉到她椭圆形大眼睛中嘲讽的亮光，"阿尔韦特告诉我，你和奥尔加·里维拉结婚了。你知道她和我曾经是朋友吗？"梅尔乔回答知道。罗莎·阿德利放下杯子，直直地看着他，现在没有一丝嘲讽了，"我们以前一起去上学，关系很好。后来……总之，你知道的啦，就是那些事。你长大，有了自己的生活，然后有些人就从视线中消失了。我已经很久都没有看到奥尔加了。她好吗？听说你们有个儿子。"

"是个女儿。"梅尔乔说，"她叫珂赛特。"

"珂赛特？这是一个法国名字，是吗？"

梅尔乔点了点头，但没有解释名字的来由。餐厅的女经理已经拿着他的咖啡走过来，罗莎和她聊了几句。这会儿，梅尔乔观察了一下阿德利家的女儿。她和两个月前在她丈夫书房见到的样子判若两人，梅尔乔觉得她现在的样子更开朗、清新，也更年轻，不仅仅是她父母的谋杀案事过境迁，也因为她化了妆，嘴唇、睫毛和颧骨都炫彩闪亮，还因为她的服饰，一改上次服丧的黑灰色，看出来她穿着丝绸的短袖白衬衫，佩戴着一枚作为最后哀悼遗迹的黑色胸针。她的椅子靠背上挂着一件夏天的外套和手提包。耳垂上戴着两颗天然珍珠。

"你丈夫不在吗？"等到只有他们两人的时候，梅尔乔问，"我看到他的车子停在外面。"

"是我开的车，要去巴塞罗那接他。"罗莎回答，"今晚他从墨西哥回来。顺便我要做些采购，还要和女儿们一起吃饭。"她指了指放在桌上的手机，安静得就像一只熟睡的爬行动物，"你进来的时候，我正在给小女儿发消息。总之，就是想找点事情，让我分散一下注意力。"

"我能理解。"他突然有一种冲动，想让她知道他不是说说而已，而是真正理解她，知道她的感受，因为他的母亲也被谋杀了，而凶手还逍遥法外。可这种冲动像火苗一样熄灭了，也许是梅尔乔自己掐灭的。他只是说："我能问你个问题吗？"

她饶有兴致地看着他。

"关于你最后一次看到你父母的情况。"他解释，"关于周五在他们家的晚餐,你丈夫、戈拉乌还有其他人。我想了解一下,关于那晚,你还记得些什么。戈拉乌说那晚很普通,不记得任何特别的事,其他高层管理人员也没有和我提起任何特别的事,不过,我自己也没有追问太多。但是这些天,当我再次想起,我觉得可能我们没有给予那一晚相应的重视。你还记得那晚有什么不一样的地方吗?"

罗莎·阿德利又看了他几秒,但已经没有什么兴趣了,只是失落之情。她移开了视线,扫视了大厅一圈。这里摆放着白桌子,一对对穿着夏天短裤、短袖的游客围坐在红白色的椅子里。墙上的大屏幕显示着开向巴塞罗那、塔拉戈纳、托尔托萨以及高地的一些小镇的汽车出发时间。屏幕下方有个自动售卖机,里面装满了高地产的葡萄酒,还有一幅奥黛丽·赫本的铅笔素描画。等她再看向他的时候,眼中的失落已经变成痛苦之情。

"我以为你们已经中止调查了。"她说。

"的确是暂时结案了。"梅尔乔承认,"但只是表面结束而已,而且我们也不应该结案。我认为……"

"萨洛姆告诉我们,你们不能再调查下去了,你们被一堵墙挡住了去路。"她制止了他的话,目光下垂,望向插着一支紫红色塑料花的花瓶,"他说,你们不知道接着要向哪里调查,所以你们要放弃了。你知道吗?"她又抬起头看着他,"也许这样更好。调查一直延续,痛苦也就加倍。现在,起码记者放过了我们,我的家人开始恢复平静的生活。这是我们好不容易获得的平静。"

"我还是希望能把凶手绳之以法。"

"你难道觉得我不这么想吗？"她问，脸凑近了一些，这时，梅尔乔才能看清某些细节：她纯白的衬衫上夹的黑色胸针是个迷你的展翅老鹰，那是阿德利纸业的标志，"可是你希望我做些什么呢？在你们不知道向哪儿继续的时候，要求你们继续吗？还是聘请一位私家侦探？你觉得我都没有想过吗？但是萨洛姆劝服了我，说这一切都无济于事。如果你们都束手无策，那也没有任何私家侦探可以做到。说到底，你们最了解高地，你们有充裕的人手、资源和渠道。而且，正义也不能把我的父母还给我，甚至也不能减轻他们的……"

她没能把话说完，咬了咬嘴唇，及时把身子往后缩了缩，目光又垂到了蒙着薄纱的塑料花上。梅尔乔担心她忍不住哭出来，强烈地想抓住她的手安慰她，但最后他忍住了。

"抱歉。"罗莎·阿德利努力挤出一丝微笑。

"应该请你原谅我。"梅尔乔说。

两个人相互致歉，造成了一段意想不到的令人舒适的沉默。趁这个空儿，梅尔乔重新观察起罗莎这位公司继承人衬衫上的阿德利纸业的老鹰标志。

"我有一些很好奇的地方。"当她看上去恢复了情绪，梅尔乔说，"你不要担心，和你父母无关。"

罗莎的嘴角依然保持着微笑。

"你为什么不想在阿德利纸业工作？"他问，"你很了解公司，你和你先生一样是学经济的，你父亲也会很高兴由你来管理公司的……"

"这恰恰是我不想做的。"她说,"家里太多人学经济了,太多人在公司工作。我不想和我父亲、我先生一起工作。而且,我更想专注于家庭。我知道有人不理解,但我无所谓。你知道吗? 从小我就知道自己是拥有特权的,等到长大后,我希望我的女儿们也可以享受这种特权。我丝毫不后悔。虽然就目前来看,事情可能要做出点改变了。"

"你说的是什么意思?"

"就是说,我要更多地投入公司事务中了。现在我父亲不在了,我的女儿们也长大了,不像从前那么依赖我。我也不知道,慢慢看吧。"

罗莎·阿德利说完这些就沉默了。梅尔乔看着她,心想,像她这样的女人怎么会爱上阿尔韦特·费雷尔这样的男人? 想到费雷尔和其他女人乱搞,他胃里一阵不舒服。自从和奥尔加结婚后,他就没有私下打过虐待女性的男人;但他还是禁不住想,费雷尔是不是打过他妻子。罗莎看了看手表,叹了口气说:

"好吧,我要走了。"

梅尔乔和她一起站起来,让她付了咖啡钱,两个人一起走到街上。外面早晨的阳光已经热力十足,空气干燥,没有一丝风,这又将是炎热的一天。罗莎·阿德利站在她丈夫的保时捷跑车旁,外套搭在手臂上,努力在包里翻找东西。一辆大巴车在她身后停下,停在了车站的一个站台边上。梅尔乔预感他们的会面还没有完全结束。终于,女人从包里拿出了车钥匙和太阳眼镜,宽宽的眼镜腿是白色的。她戴上了眼镜看向梅尔乔,像是以此为掩护。

梅尔乔可以在她的黑色镜片里看到自己。

"戈拉乌先生是对的,那是和平时一样的晚餐。"作为之前问题迟到的答复,罗莎·阿德利说,"那是我父亲的一个习惯,我想他们也都告诉你了。我们每周五在家里吃晚饭,他、最亲近的公司高层、我母亲还有我。我是从十五岁开始参加这类聚会的,之前他们不让我参加,我就特别想知道他们在那里聊些什么。"她停顿了一下,手指把玩着汽车钥匙,"我说不清楚,这次晚餐唯一和以往不同的就是我和阿尔韦特最先离开了。"

"平时不是这样吗?"

"不是的。一般情况下,我们和戈拉乌先生会留到其他人都走了之后。我们会和我父母聊会儿天,说说晚餐的饭菜,喝一点威士忌,谈谈女儿们,我也不太清楚。我不知道那晚我们为什么那么早离开了。也许是因为阿尔韦特状态不好,在我父母死前的那段时间,他过得很糟糕。"

"你知道为什么吗?"

"不太清楚,我猜是因为工作吧。"

"他们告诉我,晚餐时他们会对一周的工作进行总结。"梅尔乔试图唤起她的记忆,"你们那晚也是讨论这些吗?"

"差不多。"罗莎·阿德利解释,"做总结的主要是他们,在公司有职位的人,我母亲和我几乎不参与。但他们确实是在讨论这些,和每个周五一样。他们有谈话有争执。"

"争执什么?谁争执了?"

"所有人,尤其是我父亲和戈拉乌先生,他们俩总是主导的,想必其他人也和你说过了。他们俩认识了一辈子，我总是看到他们在争执，永远。有时候，如果争执太激烈，就会有人协调一下。我记得阿尔韦特加入公司后，尝试调解过几次。我叫他不要参与他们的争执，那就是我父亲和戈拉乌先生的相处方式，他们就是那样的。他最后也就放弃了，因为根本不可能调解，所有事情最后都是这样告终的，就像调解公鸡相斗一样，不会有结果。"

"你是说争执得很凶？"

"很凶？"她浅浅地笑了，拉长了嘴唇，"才不是，而是太精彩了。在我十几岁刚开始参加这些晚餐的时候，我以为他们的争执并不严肃，以为我父亲和戈拉乌先生是吵着好玩，娱乐他们自己，也娱乐我们旁人。也许这是事实，但确实有很多重大决定是这样做出的：他们一直吵到精疲力竭。"

"那晚他们吵了些什么？"

"关于很多事，我记得主要还是争论那段时间他们一直在争的墨西哥分公司的事。我父亲最后几个月一直在想着要关掉那家工厂，因为近来一直在亏损。但是戈拉乌先生坚持不能关厂，而且他设法说服其他所有人，关闭工厂是个错误，要继续下去……"她停顿了一下，"好吧。"她纠正了一下，"并不是所有人，阿尔韦特没有同意。"

"这很奇怪吗？"梅尔乔问。

车站广播开始播放去塔拉戈纳的大巴即将出发，罗莎等播完广播再接着回答。

"没有。"她说，"我觉得不奇怪。只是在这件事上，阿尔韦特一直都是站在戈拉乌先生一边的,他一直都反对关闭普埃布拉的工厂。戈拉乌先生会认同阿尔韦特的观点,是因为阿尔韦特经常去那里出差,很了解那边……但是那天晚上,阿尔韦特站到了我父亲一边,开始反对戈拉乌先生。我记得那是第一次,所以我很吃惊。当然,阿尔韦特刚刚去过墨西哥,他肯定知道我父亲的观点有道理,最好还是关闭工厂。我不清楚,你最好问问他。"

"你认为这次争执和你丈夫的不佳状态有关吗? 是因为这个,他在你父母过世前那段时间过得不好吗? 或者因为这个,你们那晚才会比平时离开得更早? 你记得阿尔韦特离开时很气愤吗? 在你们回家的路上,他还和你谈论过什么吗?"

"没有。我也不知道。我记不清了。这很重要吗?"

"也许。还是让我问你另外一个问题:你记得在晚餐过程中,有谁起身离开过,而且离开餐厅很长时间? 也许是去打电话,或者上卫生间……"

在梅尔乔说完所有假设前,罗莎·阿德利停下了手中把玩的钥匙,摘下了眼镜,笑了笑。

"听着,这个问题我可以回答你。"她说,"我不认识比戈拉乌先生去卫生间更勤的人了。"

"我那天去他办公室没有发现这一点。"

"因为他没有喝酒。只要一喝酒,他就不停地跑卫生间。从我懂事的时候,他就患有前列腺炎。我父亲都开他玩笑,说他之所以单身,就是因为这个——所有他邀请共进晚餐的女士,看到他频繁上卫生间,都会觉得他很奇怪。我父亲虽然经常拿戈拉乌先生开玩笑,但他真的很爱戈拉乌,因为他们是一辈子的拍档……咦,我们为什么谈到了这个?哦,是的。"罗莎再次戴上了她的太阳眼镜,梅尔乔又在空洞的镜片上看到了自己的投影,"好了,抱歉,我要走了。很高兴看到你。代我问候奥尔加。"

"我要拜托你一件事,萨洛姆。"梅尔乔说。

"什么事?"警士问。

"要你设法帮我搞到阿德利纸业办公室的钥匙,我要进去。"

他们刚开出甘德萨,开上了埃尔皮内利德夫赖的公路,左手边是青褐色的卡瓦耶斯山脉,山上排列着许多风车,风车的扇叶缓慢转动着。此时是早上九点,太阳已经高悬空中,天湛蓝无比,近似金属。汽车内的空调没有开,萨洛姆把驾驶座边上的车窗摇了下来,夜晚的凉气还保留在空气中。风吹乱了他的头发,也吹动了他的胡子。他看了梅尔乔一眼。

"你是疯了还是怎么了?"

"我只是想看看,没有其他的。"

"你太不理智了。"萨洛姆又转回头看着公路,"你知道,如果被发现了,你会怎么样吗?最少也会给你个内部审查,或者直接把你扫地出门。"

"他们不会发现我的。"他肯定,"他们的办公室里没有摄像头,也没有警报。我们去那儿的那天我都观察过了。只要有钥匙,我就能进去。"

"你不要指望我了,梅尔乔。"

"我没有叫你和我一起去。"他表明,"我只是求你设法帮我搞到钥匙,最好是把万能钥匙,费雷尔肯定有的。"

萨洛姆摇了摇头。迎面开来一辆大卡车,装满了家用电器,后面紧跟着一辆运快递的货车。警士只能把车尽量靠右开,让他们先过去。道路实在很窄,也没有应急车道。

"该死!"他掉转方向怒吼,暴怒的拳头捶在方向盘上,"你从哪里冒出这个鬼想法的?你到底想什么时候稳定下来?你有老婆孩子,你也快满三十岁了。你不能自作聪明地胡作非为!妈的,你不是个孩子了!你把要做的事和奥尔加说过吗?"

萨洛姆关上了车窗,好像风烦到了他。汽车开动的噪音立马就变成了嗡嗡声。

"你到底是帮我还是不帮我?"梅尔乔问。

"案子已经结束了。"萨洛姆回答,"能不能说说你为什么要紧咬这个案子不放?"

"因为案子没有结束,你我都知道什么时候一个案子才算结束,可这个案子没有结束。所以,我想继续调查,也因为我不想心有不甘。"

"你有什么不甘的?"

"我觉得我没有竭尽所能来破案。"梅尔乔的拳头紧紧握在小腹的上方,接着他解释,"几天前,我偶然碰到了罗莎·阿德利。我们又谈论了关于她见到父母的最后一晚,就是周五和公司高层的晚餐。看来,那天她父亲和戈拉乌争吵过。"

"这两个老头一辈子都在争吵。"萨洛姆提醒他,"你现在才知道？"

"他们是争论墨西哥分公司的事。"他接着说，没有搭理警士的话，"他们谈论是否要关闭这家工厂。而且看来，这个问题由来已久。戈拉乌坚持要开下去，而阿德利反对。其他所有人都支持戈拉乌，除了费雷尔，而他刚好是那晚改变的主意。"

"然后？"

"我不知道，"梅尔乔承认，"但这是很重要的线索，很可能就是这让费雷尔不安的。你不觉得很奇怪吗？没有任何人和我们提起这件事，我觉得很奇怪。我想知道这件事的后续，想知道为什么谁也没说起这事儿。你可以把这称为第六感。而且晚餐上的某个人可能把警报系统给切断了，你把两者联系起来看看。就说戈拉乌吧，他对阿德利家很了解，而且那晚他去了很多趟卫生间，他有前列腺炎。"

"从罗马尼亚女佣算起，谁都有可能切断安保摄像头和警报。她叫什么来着？"

"阿尔瓦，赫妮卡·阿尔瓦。"

"没错。关于戈拉乌，我倒不是说你说得没有道理。如果我们排除了偷窃的可能，那他就是我认为的最大嫌疑人。可是我们没有充分的证据指证他，连一个都没有。而且第六感是没有用的。"

"所以，我才想进他的办公室找到我们需要的证据啊。如果没有找到，我就去其他人的办公室找找。"

"如果在其他人的办公室也没有找到呢？"

"那就彻底结束了，我会放弃。这是我最后一次尝试：如果没有任何结果,那我就会彻底忘了这件事,我向你保证。你怎么说?帮还是不帮?"

"你想都别想。"

"求求你了,萨洛姆。拜托你好好想想。"

"我没有什么要想的。"

"我真的求你了。你不需要现在就回答我,但是,请你好好想想,好不好? 我就求你好好想想。"

"拿着。"几天后,萨洛姆交给梅尔乔一把银色的通体光滑的方头钥匙,"这把钥匙可以打开阿德利纸业所有的门,除了院子的。"

"你不用担心。"梅尔乔说,"围墙很矮,我很容易就可以翻过去。"

萨洛姆又给了他一张塑料卡片,是阿尔韦特·费雷尔的卡,上面有他的证件照,还写着"行政总裁"四个字。

"这张卡片用来通过大厅的门禁以及连接电脑上网。"萨洛姆说,"这张卡用途很广:电脑一旦开机,就连上了公司的网络。我没有他们电子邮箱的密码,不过也无所谓了。他们这些人总是担心黑客什么的,每周都会更换密码。所以,他们肯定把密码记在了什么地方,因为他们自己也记不得频繁更换的密码。你好好找一找,肯定会在什么便利贴或者类似的地方找到的。还有其他的吗?"

"你是怎么搞到这些的?"梅尔乔问。

"你最好还是不要知道的好,那又是另外一回事儿了。你说得对,那边没有摄像头也没有警报,只是有一个警卫。但他主要负责工厂,而不是办公室的安保工作。无论如何,你还是要小心,尤其是进去的时候。我想这些就是全部了。对了,还有一件事。如果他们发现了你,我和此事毫无关联,我相信你对此很清楚。"

"最清楚不过了。"梅尔乔说,"但你不用担心,什么也不会发生的。"

"但愿如此。"萨洛姆说,"你又欠了我一个人情。一共多少个了?"

梅尔乔把他的车停在了两辆拖车之间,距离阿德利纸业还有几个街区。然后,他快步朝工厂走去。这个夜晚一片漆黑,拉普拉纳工业园区内一片荒芜,几乎什么都看不清。虽然夜空中悬着如银盘一般的明月,但月亮的光不足以弥补公共照明的不足。空气干热凝滞,像是丝绒一般,不时散发出灌木和干旱土地的气味。

梅尔乔沿着一条长长的柏油路走着,路两旁栽着松树。很快,他的左手边就出现了阿德利纸业的厂房。他在石头围墙后面弯下了腰,里面还有一圈金属栏杆。一路到目前都没有看到任何人,但他还是花了几秒钟检查了一下四周,寂静中只有远处难以辨认的嗡嗡声,像是发电机的声音。当确认四周没有人之后,他灵巧地翻过围墙,又越过栏杆,落到了柏油地面的院子里。他俯身奔跑,一直跑到厂房的墙角才停下来。沿着墙壁,借着月光和路灯的阴影,他一直走到了办公室所在的八角形建筑。先经过了右手边的停车场(在黑暗中,它的金属结构瞬间让他的脑子里浮现出恐龙的大骨架），又经过了刻着公司标志和公司名的石碑。爬上入口的几个台阶后，他用万能钥匙轻易打开了门。在黑暗中，他穿过大厅，用阿尔韦特·费雷尔的工作卡刷开门禁，顺利通过。一直走到最暗处的楼梯口，他才打开了手机的电筒。在手机电筒柱状的光线照射下，他爬上二楼，向左拐，沿着走廊走到宽阔处，到了时常被用作等待室的大厅。这里有两扇门，他用万能钥匙先打开了戈拉乌办公室的外间，又打开了里间，然后从里面反锁好。

从窗户透进来的灰色光线填满了整个房间，戈拉乌的办公室看上去比记忆中更小、更拥挤了，这种阴暗营造了一种类似水族馆般的湿漉漉的昏暗。隐秘的行动激发了肾上腺素上升，梅尔乔深吸了几口气才开始工作。

首先，他检查了办公桌上散落在电脑四周的纸张，后来又翻看了抽屉里的材料。接下来，他检查了两个档案盒里的内容。他不记得第一次来办公室时见过这档案盒，也许当时它并不在办公室，但更可能是他没注意，因为这些盒子被摆放在角落。他不慌不忙地做起来，十分细致，只在极为必需的时候才打开手电，并确保从窗户外看不到光线。最初的查阅没有任何发现——档案都和阿德利纸业的国外分公司无关，自然也和他最感兴趣的普埃布拉分公司无关，只是在一个棕色封面的小本子上，他找到手写的几排小写字母，一系列的密码，大部分都被划掉了，只有最后一个没有被划掉，梅尔乔猜测就是现在戈拉乌使用的密码。

为了验证这个密码，梅尔乔重新坐到了办公桌的电脑前。这是一台新的苹果电脑，他把阿尔韦特·费雷尔的工作卡放进了侧面的卡槽。一秒钟后，电脑屏幕上出现了公司主页，公司名用黑色和红色的字母书写。网页的前景就是上面撒着核桃、杏仁、葡萄干和蜜饯的两个蛋糕的图片。两个蛋糕都装在棕色的纸包装里，一个是托盘的样子，另一个是花边纸的样子。然后是大字体的广告语——现代工业的包装服务。在主页的上方有很多小窗口可以点击。他点开了企业领导一栏，进入下一个界面后，又点开了身份认证一栏，瞬间，屏幕中心出现了一个填写密码的方框。梅尔乔用手机电筒的光照亮了棕色封面小本子上的最后一行密码，然后填在了方框里，屏幕上出现了戈拉乌电子邮箱的入口。

信箱里有近千封邮件，最后一封信是几个小时前的，最早的邮件是四个月前的。梅尔乔想了想一晚上是否可能把所有邮件读一遍，最后他选中了从墨西哥寄来的邮件，就是那些以字母"mx"结尾的邮件。好在只有四十六封信，他松了口气。他从最临近日期的邮件开始读起，但还没读完五封，就听到有声音。他停了下来，一动不动，竖起耳朵听动静。接下来几秒钟，他什么也没有听到，又接着读邮件。他确信没有听到什么声音，只是自己的胡思乱想而已。邮件主要都是普埃布拉工厂的经理和管理人寄来的，也有部分人力资源和部门经理的邮件。大部分是礼节性的，没什么重要内容，或者是回复戈拉乌很具体的一些问题的。有一些邮件，他是从头读到尾，有一些就只读开头，还有一些几乎没读就放到了一边。

还差最后几封邮件的时候，梅尔乔又听到了声音。这次更清晰了，像是推开卡涩的门合页的声音，又像是木头或者骨头转动的嘎吱声。梅尔乔再次停止了阅读，屏住呼吸，凝神细听。但很快他觉得又是假想在作祟，便重新开始读邮件了。几分钟后，他读完了最后一封邮件，关上电脑，把卡槽里的卡片取了出来，并盖好了盖子。他正要从桌前起身，突然办公室的门被打开了。几乎是同时，无数光束投过来，就像无数聚光灯打到他身上一样。门口站的不是约瑟·戈拉乌，而是阿尔韦特·费雷尔。

"你在这里做什么？"他问。

2

在发生巴塞罗那和坎布里尔斯的恐怖袭击两周后，梅尔乔开车到了高地的警察局。他先是沿着滨海高速开，后来上了一条在山林中蜿蜒曲折的国道，最后从一条次级公路下到埃布罗河，从埃布罗河畔莫拉过河，终于抵达高地。此地遍布岩石、小山、深邃山涧、光秃峭壁，栽种了葡萄、杏仁、橄榄、松柏和果树。虽然距离巴塞罗那开车就两个半小时的路程，但这是他第一次来到这个地方。这块土地山势起伏、荒芜、与世隔绝、乡野十足且不宜居，位于加泰罗尼亚南部和阿拉贡交界的地方。他不知道八十年前，在内战末期，这里发生了西班牙历史上最惨烈的战争，堪比世界末日。但梅尔乔丝毫不后悔选择来到这里。虽然他是个典型的城市人，对乡村没什么好感，但他很乐意可以暂离城市，直到因为恐怖袭击在他周围造成的混乱平息。所以他的结论是，离开巴塞罗那一段时间是必要的，如果不是为了他的人身安全（就像所有人想的那样），至少也能让他保持理智。在坎布里尔斯的海滨人行道上击毙四名恐怖分子之后，他脑子里一直在重复《悲惨世界》里的一句话:"他是一个用枪来行使正义的人。"

高地警局位于甘德萨郊外,几乎矗立在一片旷野中。那是一栋两层楼的圆形新建筑,灰墙上嵌着一块块大窗户。门卫透过接待处的防弹玻璃,好奇地看着梅尔乔,问他是不是新来的。他点了点头。

"他们正在等你。"

按照同事的指示,他沿着墙上有木制墙裙的走廊往前走,经过左侧都是落地窗的一段,窗外是一个内庭,让整个建筑都光线充足。他从走廊的尽头爬上楼梯,敲了敲一扇房门,然后在外面等待。他的右手边开着门,里面是一个小房间,就比公用电话亭大一点儿。他的左手边是一个稍大的办公室,当时里面坐着两个男的和一个女的。整个区域悄无声息,笼罩着一股不寻常的安静,至少对梅尔乔来说是不寻常的,因为他已经习惯了努巴里斯警局繁忙的喧闹。在他等待的门口墙上挂着牌子"调查中心布莱警长"。他又敲了一下门,这下他听到了声音:

"请进!"

梅尔乔推门进去的时候,布莱甚至都没有起身的意思。梅尔乔自我介绍的时候,他一脸茫然,挑了挑眉,丝毫没有掩饰他的不快。突然,警长先生才像是明白过来。

"操!"他突然吼起来,"你说你是梅尔乔·马林?妈的,当然了,请进,请进。"

布莱警长有力地和他握了握手,给他指了张椅子,然后自己才坐下。他收拾了一下满桌的文件,拿起一个橙色纸杯,里面有半杯咖啡。

"对不起！"他致歉，"福斯特局长前天给我打电话，说你今早会到，但我给彻底忘了。"最初的混乱过去之后，警长懒洋洋地坐在他的扶手椅里，笑了笑，露出他健康的牙齿，似乎他和梅尔乔就是老同事一般，"那你跟我说说，成为英雄是什么感觉？"

梅尔乔怔怔地看着他，不知道该说什么。

"来吧，来吧，小伙子。"布莱敦促，"你不用谦虚，我们都为你骄傲。我都惊叹你怎么可以一举击毙四人。那可是四个人呢……你知道你救了多少人吗？"

警长还在滔滔不绝点评他的壮举。好不容易逮着个机会，梅尔乔问他，警局里有多少人知道他的情况，以及为什么派他来这儿。

"只有巴雷拉警督和我知道。"布莱让他安心，"警督就是我们这里的大领导了。福斯特原本只想让警督一个人知道，他是这么告诉我的。但刚好警督在休假，所以也告诉了我。没有更多人会知道的，如果这是你担心的事。我告诉其他同事，基于自治区独立的进程，你是被短暂派来支援几个月的。你之前是在努巴里斯警局工作，是吗？"

梅尔乔点了点头。

"我开门见山地跟你说，努巴里斯和我们这里就像鸡蛋和栗子，除了形状相同，其他都没有相似的地方。我们这里比那边好上千倍，从女人开始就是我们这里好。你没有结婚吧？这样就好。我告诉你，我是单身来这儿的，然后就在这里结婚了。很遗憾你不能说出你是谁,不然她们都要为你疯狂。"

有面大窗户朝着小镇尽头的空地,充足的阳光射进来,远处是潘多尔斯山脉映衬在早晨洁净的天空上,白色的风车竖立在山头,金属叶片随着风转动。警长左面的墙上有一块软木板,张贴着各种提醒、通知和记录。另一面很显眼地贴着加泰罗尼亚独立旗,写着"加泰罗尼亚不是西班牙"①。布莱警长不说话了,转过头去看张贴物,然后转过来问梅尔乔。

"你在看什么?"他狡黠地笑着问,"旗子吗?"

梅尔乔没有回答。警长的声音充满了嘲讽。

"你该不会是大西班牙人吧?啊?"

这下,梅尔乔不得不回答了。

"我不懂政治。"他说。

"哦。"布莱警长依然讽刺不减,"我有一套理论。你知道吗?我认为说自己既不是独立派也不是西班牙统一派的人,肯定就是西班牙统一派的。而说自己不懂政治的人更是操蛋的大西班牙人。你觉得如何?"

梅尔乔耸了耸肩。布莱观察他的反应,仍然微笑着,手拂过理了发的脑袋,用指关节敲了敲桌子,一口喝光了剩下的咖啡。

"跟我来。"他站起来说,"我来给你介绍其他伙计。"

他们俩走进了旁边的办公室。里面还是刚刚梅尔乔等在警长办公室门外看到的那三个人。他给他们相互介绍,介绍梅尔乔是

---

① 原文是英语。

新组员，介绍费利乌和科罗米纳斯是鉴证科警员。

"在我们这里，大家什么都做，"布莱提醒，"我和你说过，这里和努巴里斯不一样。"

"你从努巴里斯来的？"第三个人问。

"你在那边待过，是吗？"布莱警长问。

"很久很久之前了。"问话的人回答，"肯定我那个时代的人一个都不剩了。"

他说了几个名字，梅尔乔一个都没有听过。布莱警长拍了拍他的肩。

"这位是埃尔内斯特·萨洛姆。"他说，"你的上司。他会告诉你我们这里是怎么工作的。你们组里另外还有两人——马丁内斯和西尔文特，以及另外一个组……嗯，萨洛姆，就由你来给他介绍吧，顺便带他看看我们警局？"

这是个佯装成问题的命令。在萨洛姆回答之前，布莱警长就默认了他肯定的回答，转身走开了。

"欢迎来到高地，年轻人。"

"你撞上他睡觉了？"警长还没有走出办公室，费利乌就问。

"你不要在意。"科罗米纳斯说，"布莱上午就是训人。"

"晚上就是操人。"费利乌说。

"过了新鲜劲儿，就只剩下厌倦了。操太多就累了。"

"确实。"费利乌总结，"他只和他太太做爱。"

"哇哦！"科罗米纳斯惊呼起来，一脸的恶心状，"他不难为情吗？乱伦不是犯罪吗？得有人好好惩罚一下那乱伦的两人。"

"你不要理这两个疯子。"萨洛姆插进来说，"布莱是一等一的专业人士，也是很好的人。"

"你看，我们亲爱的警士是个马屁精。"科罗米纳斯说，"不过，他说对了一件事：布莱是个好人，和我们不一样。"

"这是我今年听你说过最明智的话了。"萨洛姆发表意见，"哦，对了，你们俩现在不是应该在合作社吗？"

萨洛姆、费利乌和科罗米纳斯就一起案子聊了几分钟。这是由埃尔皮内利德夫赖的酿酒合作社报的案。出发之前，科罗米纳斯建议梅尔乔在甘德萨租个房子。

"你听科罗的话，"费利乌也赞同，"可以的话，我今天就搬家了。我受够了每天从托尔托萨往返。"

"他们说得有道理。"两人走后，萨洛姆单独对梅尔乔说，"我不知道你会在这里待多久，但在甘德萨一切都会更舒适。你今晚有住的地方吗？你愿意的话，我家有地方，我一个人住。"

"谢谢。"梅尔乔说，"我在皮克酒店订了个房间。"

"随便你。"警士在纸上写了东西递给他，"这里有房产中介的地址。你告诉他们是我介绍你去的。他们都认识我。"

萨洛姆介绍自己是土生土长的甘德萨人，他们全家都是这儿的。之后就和梅尔乔说起一些知道的警局过往，因为福斯特局长之前也跟他说过，这个警局不仅管辖高地地区，还管辖埃布罗河岸地区，而且下辖有埃布罗河畔莫拉分局。然后，他们隶属于总部在托尔托萨的地方警局。同样，他还说了其他不太被注意的事：

调查中心由布莱警长管理，一共十一个警员，被分成两组，每组都有一个小组长。

"我们按星期轮班。"萨洛姆解释，"本周轮到我们上午当班，从上午七点到下午三点。下周我们就轮到下午的班了，从下午三点到晚上十一点。当然，其他的时间就是执勤的人负责了。"

梅尔乔提了几个简短的问题，萨洛姆也很简洁地回答了他。然后，后者给他在办公室里分了一张桌子，告诉他要和另外一位同事共用，电脑也是共用。

"我不知道努巴里斯现在的情况怎么样，但我们这儿穷得叮当响。"萨洛姆表示遗憾，"警局内外都是如此。尤其是警局外。好吧，我带你逛逛，都给你指一下。"

萨洛姆带梅尔乔看了楼上的大厅和办公室，并给他介绍了沿途碰到的同事、领导和办公人员。在一楼，他带梅尔乔看了会议室、更衣室、武器库。他们在餐厅停留最久：这里有一些桌子、自动售卖机、两台冰箱、一个洗碗池和一个微波炉。他提醒：

"你千万不要拿巴塞罗那来比较。努巴里斯有多少警察在工作？五十？六十？"

"差不多。"梅尔乔回答。

"我们整个警局一共才那么点人。你再回答我一个问题：在那儿，一个周末逮捕多少人？十五个？二十个？"

"更多。"梅尔乔回答。

"那是我们这里差不多一年的逮捕人数。不说多，我敢肯定在努巴里斯每天有十到十二起恶性偷窃，我们这里最糟糕的一年也到不了这个数字。你再猜一猜我们高地有前科的人一共有多少？"这下梅尔乔不说话了，"一百人都不到。你们那里有多少？ 两千？"萨洛姆接着往前走，"总之，虽说这里不是疗养院，但也差不多了。所以，我们也比其他地方相对穷了很多，这是当然的，但是……"

转折的后半句就悬在空气中，在他们走下地下室的楼梯间空空回荡。

"真实情况是，我们在这里生活得很舒适。"警士接着说，"工资还能有剩。当然也不足以让我们摆脱穷困，尤其是像我这样的情况，有两个上大学的女儿。这下你就清楚在这个国家做警察意味着什么了：他们不光对我们极差，还诟病我们。只有发生什么事了，才想到我们，让我们来保护他们，让我们为他们冒生命危险。同时，视我们如浮渣，付我们最差的薪水，羞辱我们。如果可以的话，他们甚至想把我们藏起来，因为我们让他们丢脸。真恶心啊，上帝！ 每当我想到这些，我就真的不想再当警察了。但总的说来，在高地还算好的，会比在巴萨罗那生活好些，尤其你是单身。"

他们看了一眼存放调查证据和镇压动乱的工具的库房，还去了停车场。那会儿一辆警车都没有。

"你说说，"萨洛姆一边说一边打开了一扇铁门，"在哪里见过光线这么好的警局甚至牢房？"

一共有五间牢房——一间给未成年人和女性，另外四间给男性，的确光线都很好。该区域的入口以及登记嫌疑人身份信息的地方都是如此。"你不要告诉我，和努巴里斯相比，这算不上是高级酒店的等级。"萨洛姆说。无论是牢房里还是登记处都没有一个囚犯，到处闻上去都是消毒剂的味道。

他们重新回到二楼。

"你先花几天时间安顿好。"萨洛姆对他说，"什么时候你愿意，我请你来我家吃晚饭。我可是很好的厨师。"

陪梅尔乔走到出口的路上，萨洛姆和他说起，在努巴里斯之后，自己还在帕拉莫斯和拉塞乌杜尔赫利工作过。还告诉他，很长一段时间，他都在做鉴证工作。最后，他又说回了高地。

"布莱告诉我们，你只是暂时来这儿。"他在大厅和梅尔乔道别，向他伸出手，"都一样。你会在这里无聊透顶，你很快就会知道了。在高地，什么大事都不会发生。"

在皮克酒店住的头天晚上，梅尔乔一分钟都没有睡着。接下来的一晚，在甘德萨郊外租的伯特的公路边的公寓里，他依然一夜无眠。他在床上翻来覆去，为接连两天的失眠恼怒不已。那会儿他明白了，现在让他睡不着的和之前让他在埃尔亚诺德莫利纳的卡门·卢卡斯家睡不着的原因是一样的：安静，没有一点声音的空寂。只有在起大风的夜晚，阵阵北风狂飙之际，才能稍稍缓解那种超自然的宁静（才能让他睡着）。接下来的几周，他都靠服用强劲的安眠药来对抗失眠。但这些药物让他高度紧张，有时甚至有超现实的幻觉。这也不是什么不合理的感觉：因为在高地的一切对他来说都是全新且奇异的。这并没有困扰到他，或许有那么一点儿，但他知道不适只是暂时的，他也就安然享受这一切。

还有一些事情让梅尔乔适应起来很费劲。在巴塞罗那，邻居都不知道他是警察，而且大部分都不互相打招呼。可他到高地之后，一切都不一样了。所有人都和他说早上好、中午好、晚上好。一两周后，所有邻居都开始打听他的职业。在巴塞罗那，无论去哪里，他都在腋下带着规定的手枪——一把口径9毫米的瓦尔特P99。而在高地，手枪就是多余的，他很快就发现带着手枪很难不引人注意，他越是想隐藏，越是在所有地方引起注意。最后，他决定像同事们一样，只在执勤的时候才带手枪。没有了匿名和武器的永久保护，他感到被监视、不安全、极其脆弱。但习惯了没有这两样东西后，他明白，这段远离巴塞罗那的时光的意义远多过他想象的普通假期，这是属于他自己的假期。他认为理解了冉阿让那段短暂的幸福。那是在《悲惨世界》的开篇，冉阿让更换了居住地，把他羞辱的囚犯过往甩到了一边，开始了一段崭新的生活，成为一个崭新的人，拥有了一个新身份：马德兰先生。此外，梅尔乔只和前一段人生相关联的两个人保持联系：一个是多明戈·比瓦雷斯，他会时不时给梅尔乔打电话，问问他是不是一切都在掌控之中；另一个是卡门·卢卡斯，她给他写电子邮件，讲讲关于他母亲以及她和佩佩在埃尔亚诺德莫利纳的生活。

但是，高地改变梅尔乔人生最重要的一点是，他拥有了前所未有的、属于他自己的充裕时间。每天只有上午或者下午当班，空余时间不再用来追踪杀害母亲的凶手，他有大把的时间可以支配。他毫不费劲地填充了在他面前展开的这些空白时间。下午当班的时候，他会早早起床，出门去一条小径晨跑。这条小径平缓地在一座小山丘上蜿蜒曲折，他慢慢跑到高处，把零星的农庄、松树和栎树林、迷迭香和薰衣草等灌木抛在身后，最终跑到山顶，俯瞰整个甘德萨——以教堂塔楼为中心，房屋堆叠在四周，远处就是潘多尔斯山脉的轮廓，被星星点点的风车切碎。他在那里绕半个圈，然后原路返回。回到家，洗澡，吃早饭，躺在饭厅的沙发上读书，一般会读到十二点。之后就去广场，找个餐馆露天的台子坐下来，点一杯可口可乐，边喝边读书——从来都是书籍，而不是报纸，他对报纸不感兴趣。到一点半他会再点一杯可口可乐和一些吃的，通常是一个沙拉和一块牛排。饭后喝完两杯咖啡后，他付钱离开，三点准时到达警局。

如果他下午当班，这就是他每天上午的常规安排；如果上午当班，仍然很规律，但有小小的变化：不能晨跑，他就改成夜跑（但路线都是一样的）；不能中午在广场的餐馆吃饭，就在那里吃晚饭（但吃的东西都是一样的）；早上不能读书，就下午读（但读物也是不变的——他从巴塞罗那带来的小说）。梅尔乔也轻易适应了警局工作的流程——和其他警局的没有大的不同：每天的事务记录、小组会议、文书撰写、开车巡逻。因为每天在辖区的村镇往返——从阿内斯到比拉尔瓦德尔萨尔克斯，从伯特到普拉特德科姆特，从科尔韦拉德夫雷到奥尔塔德桑特霍安，他开始熟悉高地的地理状况，也开始了解居住其中的线人、小偷、毒贩和骗子。

说起同事们，他很快就发现，相比努巴里斯，这里的同事结成了更紧密的团体，努巴里斯的人则各行其是。他的感觉很准确，10月1日加泰罗尼亚独立公投的前后几天，他们都没有各自分裂。那会儿他刚到高地没多久，宪法法院暂停了商讨，独立派政客以自治区政府的名义开始召集非法全民公投。鉴于此，法官只能命令自治区警察阻止投票。警察系统的领导暗地给下属转达指示：不要完全服从法官的命令，或仅部分执行。因此，法院清晰的命令和警察领导层含糊的指示两相矛盾，造成了全警局系统的紧张气氛，当然在高地也不例外。在调查中心，最受影响的就是布莱警长，他多次和公共安全部门的同事起争执，后者支持全民公投的举行，起码不会去阻止。一天上午，梅尔乔和萨洛姆在警局的餐厅一起喝咖啡，就目睹了他们的一次争吵。后来，就剩他们和布莱三人的时候，萨洛姆原本想安抚一下布莱，就拿他独立派的身份开玩笑，可没想到适得其反，这彻底激怒了布莱。

"他妈的，萨洛姆。"他一把揪住了萨洛姆的衣服领子说，"打从我妈生我出来，我就是独立派，和政府领导层那些中途改宗的人不一样，他们只会尽可能让我们难堪。但是，作为独立派之外，我首先是个警察。我们警察是要遵守法律的，是要执行法官命令的，而不是我们自行其是。如果那些混蛋法官命令我关闭学校，我会立马去执行，把我们的独立主义先放一边，关闭学校就完事儿了。现在清楚了吗？"

萨洛姆举起手掌，表示明白了。可布莱还没完，又转向梅尔乔。"清楚还是不清楚？"他问。

梅尔乔摆出一副事不关己的表情。警长松开了萨洛姆，但依然怒气不减，似乎随时都会扑向梅尔乔，但好在他没有，只是死死盯着他看。布莱的呼吸慢了下来，左右摇着头，最后他笑了笑，似乎输给了梅尔乔。离开之前，他吐了口痰，说：

"见鬼去吧,你这大西班牙人!"

这些事发生在9月底,当时,梅尔乔已经在高地待了四个星期。这段时间,他和萨洛姆形成了一种密切但不平衡的亲密关系。每天工作的八小时内,他们几乎一直在一起,但永远或几乎永远——当他们在大办公室工作,在辖区巡逻,在当地喝咖啡或者用餐时——都是萨洛姆说,而梅尔乔听或者假装在听。萨洛姆说的内容基本上和几年前比森特·毕加拉说的差不多,只是老国民卫队宪兵对梅尔乔永恒的沉默是习惯的,但萨洛姆就没有那么多耐心了,特别是刚开始的时候。渐渐地,萨洛姆明白他这位新同伴的缄默不是对他的漠视,而是他性格的一部分。后来,他就开始习惯自言自语,对梅尔乔装聋作哑的不应答,以及每次邀请他去家里吃饭的不断推托都不在意了。每次问起他为什么被派到高地,说起布莱警长解释的政治原因,虽然所有人都不相信,梅尔乔也不置可否,萨洛姆也无所谓了。

萨洛姆聊的范围很广,但最后都归结到两点:家庭和金钱(或者更准确地说是缺钱)。从这些谈话中,梅尔乔知道了萨洛姆的妻子五年前得了乳腺癌,在经历痛苦的治疗后去世了。她生前是位老师,和他一样都是甘德萨人。他们有两个女儿:克劳迪娅和米雷伊阿。她们现在都在巴塞罗那读书,只有假期才回来。克劳迪娅就读物理专业大二,米雷伊阿就读航空航天工程专业大一。梅尔乔了解到对于他们这样一个家庭,仅靠警察的一份薪水来维持两个女儿在巴塞罗那的生活有多困难。此外,梅尔乔很快就发现萨洛姆之前说的话毫不夸张:他在高地无所事事,因为这里什么大事都不会发生。

至少梅尔乔刚到这里工作的第一个月是这样的。事实上，这段时间他和萨洛姆就处理了两起正式报警的案子：一起是发生在拉法塔雷利亚附近庄园的首饰失窃案，另一起是发生在迪斯科舞厅门口的群殴中一名男子被暴打的案件。拉法塔雷利亚的盗窃案一周内就破获了，多亏萨洛姆认识被盗的事主，很快就搞清楚四个孩子中最小的那个就是窃贼。他吸毒成瘾，大部分时间住在雷乌斯，仅在骗取他爸妈退休金的时候才在家里出现。迪斯科舞厅的案子稍微花了点儿时间。这个迪厅早先是一个农场，位于科尔韦拉和埃布罗河畔莫拉之间，后来在这片草地上造出了一个超现代的房子，吸引了当地所有爱夜游的人汇聚于此。就这样，经过一系列的调查，问了受害者和群殴的主犯和证人后，最后他们得出结论：施暴者只能是一个没有前科的二十多岁的青年。之前他们问过他，小伙在安波斯塔工业园区一家名叫里乌克劳的包装企业工作。他们再次传讯了他，这次是在警局，基本上是萨洛姆一个人审问了他近三个小时，却毫无结果。警士垂头丧气，和梅尔乔一起从审问室里出来。

"简直不可思议。"他吼道，试图平息怒气，"这龟孙子嘴巴太紧了，照这样下去，就该放跑他了。"

"我们不会让他跑了的。"梅尔乔说，"这是个好小伙儿，他想坦白的。"

萨洛姆停住了，看着他的眼睛。梅尔乔把刚刚说完的话又重复了一遍。

"只是他不知道该如何开始坦白。"他补充。

二层的走廊里只有他们俩。已是深夜十一点,警局里只剩下班后的寂静。

"让我试试吧。"梅尔乔请求,"你去镇上转一圈,吃点东西再回来。一个小时,我就够了。"

一个小时后,萨洛姆回来了,梅尔乔坐在大办公室里等他,低着头拿着手机。

"我早提醒过你他嘴很紧了。"萨洛姆被同伴丧气的气氛搞混了,"你把我们的小朋友带去哪里了?"

梅尔乔收起了手机,拿起打印机上刚刚印好的一张纸。

"他在牢房里睡觉。"他把纸递给了萨洛姆,"这是他的口供。"

警士开始阅读纸上的内容。

"你是怎么做到的?"他惊呆了,"你不是打了他吧?"

梅尔乔朝着地下室的方向摇了摇头,说:

"如果你想的话,可以去看看他。"

"那么是怎么回事?"

"我说过他想坦白的,只是……好吧,我觉得他认为向你坦白为什么那么做,会让他觉得很丢脸。"

"他为什么要那么做?"

梅尔乔指了指纸:

"你读完就明白了。"

萨洛姆读完了打印的口供,抬起了头。

"他几乎快打死那个男人,就因为那人讲了一晚上的厌女笑话?"他问。

"似乎是这样的。"梅尔乔回答。

萨洛姆坐在椅子上摸着自己的胡子。

"可为什么告诉你,他就不觉得丢脸呢?"

梅尔乔耸了耸肩。

"我不知道。"他说,"我猜,因为我让他相信,如果我处在他的位置,也会做出相同的举动。"

萨洛姆停下了摸胡子的手,疑惑地表示了同意。他们俩对望了几秒钟,梅尔乔在警士的眼睛中看到了不安的阴郁。

"你骗他的,是吗?"

梅尔乔不置可否地笑了笑。

"你觉得呢?"他叹了口气,"好吧,现在该我去吃东西了。你来负责剩下的文书工作?"

10月中旬,在到高地的一个半月后,梅尔乔已经把他从巴塞罗那带来的所有小说都读完了。一天,他去了甘德萨唯一的一家书店。书店又小又乱,转了一圈,他没有找到任何想读的书,也没有什么兴趣问问书店老板。后来,他得知高地最好的书店在高地之外,在一个叫巴尔德罗布雷斯还是叫巴尔德洛尔斯的小镇上,在和阿拉贡交界的地方。最后他也没有下决心去那家书店,因为从甘德萨开车过去要近一个小时。

一天早晨,梅尔乔决定去公共图书馆。当时还没到九点半,门还关着。他去普约尔蛋糕店喝了杯咖啡,回去的时候差不多刚过十点。这下图书馆开门了，但是没人。突然，门里出来一个女图书管理员，看着站在门口的梅尔乔，表情像是在鼓励他进去。图书馆是个很宽敞的空间，一目了然，砖砌的大墙和高高的屋顶，一大面的玻璃墙，让秋天的阳光满满地洒进来。梅尔乔在书架间穿行，停在了小说区。过了一会儿，他空手而出，原本准备离开了，却最后决定走近图书管理员所在的柜台。

"我能帮你什么吗？"她问。

"是的。"梅尔乔说，"我在找一本书。"

"什么书？"

"我不知道。"

图书管理员从正在做标签的书本上抬起头，透过眼镜镜片看着他。

"你不知道你要找什么书？"

"不知道。"梅尔乔回答，"但我喜欢小说。"

"什么类型的小说？"

"十九世纪的小说。你这边不太多，这儿有的我也都读过了。"

图书管理员摘下了眼镜。她棕色头发，人很瘦，脸很和善。因为悲伤或是疲惫，深色的眼睛下方有眼袋。她把头发在脑后绾成一个髻，穿着一件白色吊带，显得她的胸很小。梅尔乔感觉她好像认出了他。

"你只读十九世纪的小说吗？"

"是的。"梅尔乔回答，"一个朋友告诉我，那些后面写的小说不值得读。"

图书管理员皱了皱眉，像是害怕梅尔乔正在开她玩笑。等明白过来不是那样的时候，她说：

"你稍等一下。"

她迈着细小快速的步伐走向书架，这步子让梅尔乔想起了小鸟或是小女孩。她拿回了一本书。

"这故事很短。"梅尔乔把书拿在手里说。

"是很短，但很好。"她回答，"看看你是否喜欢。"

梅尔乔读了书名：《局外人》。

"这书有续集吗？"他问。

图书管理员笑了笑。她嘴唇肉肉的，嘴型有棱角。笑起来的时候，在她嘴角漾开淡淡的细纹。梅尔乔猜不到她的年龄。

"没有。"她回答，"虽然在这儿我是第一次看到你，可在广场餐厅，我好几次看到过你在读书。你和埃尔内斯特·萨洛姆一起工作，是吗？"

"你认识他？"

"这里，我们大家都互相认识。他太太是我的朋友。"

梅尔乔一边交谈，一边翻看书。"今天，妈妈去世了。"书里的第一句话这样写道。他不喜欢这个开头，却说：

"我挺喜欢故事的开头的。"

一上午，他就在图书馆角落的一个大窗户边读书，那里对着一个铺着石子路的庭院。中午过后，他把书还给了图书管理员。

"你觉得怎么样？"她问。

"是我这辈子第二喜欢的书。"他撒谎。

图书管理员又笑了起来。

"那你最喜欢的是哪本？"

"《悲惨世界》。"梅尔乔回答，"你读过吗？"

"没读过。"图书管理员说，"但是我经常听人说起。"

梅尔乔问她听说了什么，图书管理员就给他讲了一段逸事。《悲惨世界》刚出版的时候，维克多·雨果就跑去了比利时，但他又很想知道小说的反响如何。因此，他给编辑写了一封信，信里只有一个问号。编辑给雨果回了信，信里只有一个感叹号。小说取得了巨大的成功。梅尔乔笑了，这是母亲去世后他第一次笑。

"据说，这是历史上最简短的通信。"图书管理员补充。

在她的建议下，梅尔乔借了鲍里斯·帕斯捷尔纳克的《日瓦戈医生》回家。那天下午，在连接普拉特德科姆特和埃尔皮内利德夫赖的公路上巡逻时，他和萨洛姆说起认识了他太太的一个朋友。

"哪个朋友？"萨洛姆问。

"我不知道她叫什么名字。"梅尔乔回答，"她在市政府的图书馆工作。"

"哦，她叫奥尔加·里维拉。"萨洛姆说，"的确，埃莱娜和她是朋友。"

梅尔乔没有接着问下去，只是转过头看着车窗外，假装对刚刚结束的简短对话非常满意。傍晚，落日的余晖映红了葡萄园和废弃的农庄，远处是一片树林，再看过去是一座小山，山顶的斜坡上风车正在转动。梅尔乔笃定萨洛姆还会接着说起图书管理员的事，只要他还是寡言少语，萨洛姆自然就会自说自话。他想对了。

"她们俩是很好的朋友。"警士接着说,双手握着方向盘,目光注视着公路,"她们一起上学。后来她们分开了,因为我太太去塔拉戈纳读书,而奥尔加去了巴塞罗那。她学的是图书管理学或者就是图书管理员们学的那个专业。后来,我和太太结婚了,我们在外面生活了很多年。奥尔加也结婚了,但很快就分手了。后来又陆续和很多人交往过,最后一任男朋友叫巴龙,卢西亚诺·巴龙。他们一起生活在托尔托萨。我们去过他们家三四次。那是个得多当心的混蛋,我是说她男朋友。毫不意外,他靠她的薪水过活,还打她,打得她身上多处青紫。我太太多次让奥尔加报警,我也给了同样的建议,可她没有听。就是那种经常听到的故事。那个巴龙是个莽汉,让她极为伤心。好在他找了其他女人,不然奥尔加是不可能离开他的。"

萨洛姆不说话了。梅尔乔依然看着窗外:高地的蓝天是那么澄澈,没有一丝云彩。他们的车开得很慢。不时,有对向车经过,有车从后面超过。梅尔乔回过头来看着警士,萨洛姆留意到他的眼神,就接着说下去。

"差不多在我太太生病的时候,奥尔加回到了甘德萨,和她父亲一起生活。她每天往返托尔托萨上班。好在她运气不错,这里也开了图书馆。没过多久,她父亲就过世了。后来,我太太也过世了。最近,我已经很久没有见她了,也不知道她怎么样了。"

梅尔乔猜测最后那句话是个问题,但他没有回答,两个人沉默了一会儿。驶出埃尔皮内利德夫赖时,天黑了,他们的欧宝可赛车灯自动亮了起来。

"你刚刚说那个混蛋叫什么名字？"梅尔乔问。

"哪个混蛋？"萨洛姆回答。

"就是和你那个图书管理员朋友同居的混蛋。"梅尔乔说，"他打她。"

"巴龙。"萨洛姆回答，"卢西亚诺·巴龙。你为什么要问这个？"

"随便问问。"

读完《日瓦戈医生》后，梅尔乔回到了图书馆。奥尔加正坐在柜台后面，梅尔乔叫了她的名字，还了书，说他很喜欢。

"这像是写于二十世纪的十九世纪小说。"他说。

"你怎么知道我叫奥尔加？"她问。

"我是警察，你不记得了吗？而且，我们有共同的朋友。我还想再读一些帕斯捷尔纳克的小说。"

"那有点困难。"奥尔加说，"他就写了你刚刚读完的那一本小说。"

"真的吗？"

"真的。"

梅尔乔一副失望的表情。

"在十九世纪不会发生这样的事。"他说。

奥尔加笑了，梅尔乔看着她唇边的细纹出神。就像上周一样，图书馆刚刚开门，也和上周一样，就他们俩。

"帕斯捷尔纳克是个诗人。"奥尔加说，"你喜欢诗歌吗？"

"不太喜欢。"梅尔乔承认,他几乎没有读过什么诗,"我觉得诗人是懒惰的小说家。"

奥尔加想了想他的话。

"有可能。"她说,"但我觉得所有小说家都是写太多的诗人。"

他们聊了一会儿帕斯捷尔纳克的小说。梅尔乔意识到,除去在关塔卡明斯监狱图书馆和法国佬简短的对话外,这是他第一次和人谈论阅读。那天早晨,奥尔加穿着一件蓝色衬衫,头发散着,眼睛下方的深色眼袋消失了,也许是用高超的化妆技术遮住了。他们俩聊天的时候,梅尔乔强烈地感到想和她上床。在某一刻,他担心聊天要中止,就提起了听别人说过的根据《日瓦戈医生》改编的电影。

"那里就有。"奥尔加指了指一个满是 DVD 的柜子,"但我不建议你看。"

"你不喜欢电影吗?"梅尔乔问,他自己几乎不看电影。

"我很喜欢电影。但我不喜欢看由读过的小说而改编的电影。"她用食指指了指额头,"为什么要看别人改编的电影? 我都已经在自己脑子里上演过了。"

"我的一个朋友说过,"他回答,"小说的意义一半是作者给的,另一半是读者给的。"

"你那位朋友很智慧。"奥尔加说,"不像那个说十九世纪之后就没有好小说的朋友。"

"说对了,他们就是两个截然不同的朋友。"梅尔乔又撒了谎,"你真是料事如神。"

"是吗?"奥尔加笑了,"如果我料事如神,我就该知道你叫什么了。虽说这个小镇上什么都传得很快,可看来也不是真的。"

梅尔乔说出了他的名字。

"听着,梅尔乔。"奥尔加从柜台后面出来,走向书架,"我再挑一本你会喜欢的书。"

她拿回了一册蓝色封面的书。

"拿着。"她说,"另一本写于二十世纪的十九世纪小说。"

梅尔乔看了作者和书名:朱塞佩·托马西·迪·兰佩杜萨的《豹》。

"这个家伙也只写了这本小说吗?"

"是的。"

"好一群怪人!"

奥尔加又笑了。梅尔乔疯狂地想吻她,正准备问她下班的时间,打算请她吃点东西的时候,奥尔加说话了。

"对了。"她说,"昨天我开始读《悲惨世界》了。"

梅尔乔决定把邀请延后,但从那天早晨起,他每天都去图书馆报到。

"你觉得《悲惨世界》怎么样?"他问。

"给我点儿时间。"奥尔加回答,"故事很长。"

"而我总是觉得太短。"梅尔乔说,"你读到哪里了?"

奥尔加跟他说了,梅尔乔又不安地重新问她是不是喜欢。

"喜欢。"她回答,"但是有点儿奇怪。"

"奇怪?"梅尔乔更不安了,或者仅仅假装不安而已。

"你先让我读完,我们再聊。"

晚上十点半多,梅尔乔把车停在了托尔托萨郊外一栋三层楼的建筑前。街道的另一侧光线很暗,过去一点是一排幽灵般的树木,埃布罗河水量充沛,水面被月光照着,一片银白。

他下了车,走到建筑门前,按了自动门禁。没有人应答,他又按了按,还是没人。他看了看左右,街道不仅光线昏暗,连一个人也没有。他又回到了车里,打开广播找音乐电台,终于找到一个,听了一会儿就关了。之后,他舒服地坐在驾驶座上等待。

河对岸闪烁着城市的灯光,四周一片死寂。过了一会儿,一个男人牵着一条老弱的拉布拉多犬从车旁经过。走出去几米远,狗停住了,靠近树,闻了闻树干和四周,弯下身开始排便。完事儿之后,男人牵着狗走了。很快,街道的另一头出现两辆汽车,一辆紧随另一辆,开得飞快。从梅尔乔的汽车旁边开过时,耀眼的车灯差点儿把车里的他晃瞎了眼。一会儿又恢复了平静和黑暗。突然,像是从平地里或是暗夜里冒出来的一样,一个男人径直走向建筑的大门。

梅尔乔从车里跳出来,朝那个男人走去。

"嗨,卢西亚诺。"

那人转过头看他,梅尔乔又问了一遍:

"你是卢西亚诺·巴龙吗?"

男人刚回答说是,胯下就被重重踢了一脚,痛得跪倒在地。他蜷曲得像条蚯蚓,呻吟:

"你是怎么了？是疯了，还是怎么着？"

他跪在地上，梅尔乔给了他三个耳光，并叫他站起来。

"你别叫，"他贴近对方的脸说，"你敢叫，我就弄死你。"

巴龙两只手护着剧疼的身体。

"伙计，我不知道你是谁。"巴龙的声音里满是恐惧，"你一定是搞错了，我什么也没有做过。"

梅尔乔左手揪住他的脖子，右手给了他肚子一拳，在巴龙下意识地用手护住肚子时，梅尔乔又给了他胯下一脚，比第一次还重。这下，巴龙躺倒在地上蜷缩着，疼得呻吟不止。此时，梅尔乔一只手抓住他的衬衫，另一只手揪住他的头发，在人行道上拖了他十五米远，最后把他扔在了空地上。在那里，他又朝巴龙的胯下、肚子和脸打了一通。等到他打累了，巴龙就像个呼气的肉袋子一般，瘫在地上一动不动。梅尔乔一把揪住他胸前的衣服，让他立起来一点，把他的背靠在一个棚子的墙上，让他坐好，那是泥瓦匠为了放置工具临时搭建的大棚子。梅尔乔蹲在他面前。巴龙喘着气抽泣着：一只眼睛肿了，半闭着，眉毛、鼻子和嘴都在出血。

"听清楚了，垃圾。"梅尔乔又打了他一记耳光，还把他的脸摆正对着自己，"你好好看着我，狗屎。你听见我说话吗？"

巴龙有气无力地点了点头，一个口水泡泡无意中从他嘴里吹出来，又迅速爆了。

"你知道为什么被打吗？"梅尔乔没等他回答就说起来，"因为你是个混蛋的懦夫，你爱打女人。是不是？你是不是打女人？"

在巴龙暗色的脸上，泪水混着血水流下来。开口说话之前，他舌头在嘴里动了动,吐了什么出来,一块肉或是一颗牙。

"我什么也没有做过。"他哭着说。

梅尔乔凑近他的脸,两人几乎都要碰一块儿了。

"别想骗我。"梅尔乔低语,"你再撒谎,我就把你往死里打。现在你告诉我,你打不打女人?"

巴龙一边抽噎,一边点了点头。

"这样就对了。"梅尔乔说,"说真话,我们才能继续。接下来你听清楚了,因为我不想再重复:如果我再听说你对女人动手,那今天发生的一切只是玩玩而已,后面有你好瞧的。听明白了吗?"

巴龙又点了点头。

"很好。"梅尔乔说,"有什么问题吗?"

巴龙摇了摇头。梅尔乔拍了拍他的脸就站起身。

"好极了。"他拍了拍裤子上的灰,接着说,"对了,这事儿最好就你我两人知道,我不想有第三个人知道。听明白了吗?"

巴龙最后一次点了点头。梅尔乔离开了空地,回到了车里,开车走了。

第二天早上,梅尔乔正在家里读《豹》,布莱警长给他打电话,告诉他有个老太太报警说有人诈骗。他给了一个科尔韦拉的地址,让梅尔乔和西尔文特下午去那里给老太太录口供。之后,梅尔乔给西尔文特打了电话,约好四点在高地酒吧碰头,再一起过去。

梅尔乔准时出现在酒吧,要了一杯咖啡,坐在一群玩多米诺骨牌的退休老人边上。这会儿已经过了用餐高峰。事实上,整个酒吧只有两个人在喝咖啡。当他喝完咖啡时,手机收到西尔文特的短信:他儿子出了点问题,要晚到一点儿。梅尔乔回了消息,又要了一杯咖啡。退休的老头们也玩完了一局,一个人开始重新洗牌,他们边玩边聊天。一个人说,最近在埃尔皮内利德夫赖,一个过百岁的老人刚刚过世。那人似乎是或者曾经是牧师,好几个退休的老头都和他有过交往。另外两个老头说起他对潘多尔斯山脉的深厚了解,都赞不绝口。

"正因为他对潘多尔斯山脉的了解,在埃布罗河战役期间,他成了利斯特①将军的联络员。"洗牌的那位老头说。突然他像是想起了什么,停下了手里的洗牌动作。他的眼睛很蓝,皮肤被太阳晒得有点开裂。看上去他像是人群中最年长的,或是最有权威的。无论如何,在他开口说话的时候,大家都不出声了,"一天,在山上的圣马格达莱娜教堂里,他跟我说了个故事。"

老头讲道,故事发生在埃布罗河战役最激烈时期的米拉维特村里,当时利斯特担任指挥官。据他说,那天傍晚,利斯特将军正指挥着埃布罗河第五军,他命令联络员爬上埃尔皮内利的圣马格达莱娜教堂。在那里,从清晨开始,他的同伴们为了保卫一处工事一直战斗着。"你去调查清楚到底怎么样了。"利斯特向他的联络员下命令,"如果他们失守了,告诉他们的军官要不惜一切代价夺回来。"为了命令传达确定无误,将军还亲笔把命令写在了纸上。联络员接受了命令,爬上山到了教堂。在他眼前的是一片凄惨的

---

① 恩里克·利斯特(1907—1994),西班牙共产党员,是共和军重要将领。

景象：一位共和军的上尉靠在柏树的树干上喘气，满脸乌黑，褴褛的军装上满是血迹和灰尘。在他身边，有差不多十五还是二十个筋疲力尽的士兵躲在树丛里，他们是这场战役的幸存者。利斯特将军的联络员问上尉，部队其余的人都在哪里。他还传达了将军的命令，并递上了那张纸，可上尉只能让他明白，其他人不是死了就是失踪了。上尉展开那纸军令，刚一读完，像是落入了一片空白，灵魂出窍了一般。后来，他缓缓摇了摇头，像是无声地抵抗军令，又好像在发疯的边缘。过了一会儿，联络员不记得是几分钟还是几秒钟，上尉站了起来，像是梦游者一般走着。他走近幸存下来的一个又一个士兵，把他们召集到一起，对他们说："我刚刚收到命令要收复工事。"一片沉默，上尉给士兵们一些时间搞清楚命令的含义，也许是为了让他自己明白。最后，他补充："我会去执行命令，愿意跟随我的人就跟着我，不愿意的，就离开这儿吧。"据老头说（或者是根据联络员对老头说的故事），上尉说完最后一句话，面无表情，好像要把整座山都吞下去。一说完，他就掏出手枪，往被佛朗哥军队占领的工事径直跑上去，头都没有回，也没有做任何防御，不知道身后到底有没有其他士兵跟上来，还是仅他自己孤身一人。就这样，联络员看着那一小撮疲惫不堪、饥肠辘辘、满面污垢的士兵一个个站起来，跟上他们的上尉。他看着他们在毫无掩护的山腰处攀爬，在一片寂静中爬上了山顶。他们像是一队幽灵，行走在黄昏的山脉中。他们知道自己是很容易被瞄准的目标，也确信他们都会死。可那会儿出现了奇迹，或者联络员只能理解为奇迹。他躲在教堂四周的柏树林中，害怕得一动不动，从头到脚都抖个不停，但他还是目不转睛地看着即将要发生的惨剧。神奇的是，佛朗哥军队没有朝这群衣衫破烂的士兵射击，虽然他们从日出就开始和这些士兵对战。他们没有快意屠杀，而是毫不抵抗地撤退了。似乎他们在那群士兵集体性的自杀行为前投降了，又似乎是他们和自己的敌人一样厌倦了战争，已经没有勇气继续杀戮了。

"就这样，那十五还是二十个共和军士兵没有用一颗子弹就占领了那座工事。"老头结束了。

老头们对故事的结局做了些零星、伤感的评论，梅尔乔刚好抽空给西尔文特发了条消息。后者回复说马上就到了，请他在高地酒吧的入口等他。老头们又接着玩下一局多米诺骨牌，梅尔乔付了两杯咖啡的钱，在酒吧入口处找了一张椅子，坐下等候，因为酒吧刚好就在公路的入口处。一会儿，西尔文特的汽车停在了他面前。

"抱歉，伙计。"同伴致歉，"我儿子打篮球，把手指给弄断了。"

"没关系。"梅尔乔安抚他，坐上车扣上了安全带，"在这儿听老头们聊天很有意思。"

"我可以下双倍的赌注，他们铁定在谈内战的事。"

梅尔乔转过头来看他。

"你怎么知道？"

"不是我厉害。"西尔文特说，"只是因为这里的老人除了内战，不谈论其他事儿，似乎近八十年来在高地就没有发生过什么。行了，我们朝哪里开？"

3

"您知道自己做了什么吗？"巴雷拉警督说，"我们可以给您出一份严肃的通报批评，您可能会丢掉工作，断送职业生涯。他们还能起诉您擅闯私宅。您知道事情的后果会有多严重吗？"

梅尔乔没有回答以上的任何一个问题，这些问题提出就不是为了回答的，只是为了在空气中停留而已：这些都是责备。

梅尔乔站在警督的办公室里，巴雷拉也站着，两个人面对面。巴雷拉从上到下地看着梅尔乔，后者望向空洞，越过上司几乎不剩头发的脑壳上方望出去。布莱警长和萨洛姆警士也都站着，一脸严肃，明白事态的严重性。四个人中只有警督穿着制服，但他体重超标，穿着有点紧。

"好在您有这么好的上司。"警督接着说，但没有提到布莱警长和萨洛姆警士，"他们坚决要维护您，甚至设法让阿德利家不报警。我不确定我是否会如此慷慨大度，甚至连福斯特局长都从总局打电话过来了，想必是有人通知他了，看来您目前在警局系统还是个人物⋯⋯好吧，我非常不喜欢您的所作所为，但这次我就当什么都没有发生，条件就是，您不能再犯相同的错误，并且要彻底忘掉阿德利家的案子。在有新的命令前，这个案子是中止的。明白了吗？"

"请放心，警督。"布莱立马补上话，"这次马林是吸取教训了。"

"我更想听到他自己说。"警督说。

巴雷拉盯着梅尔乔看，他沉默了几秒钟才回答：

"明白了。"

听到满意的回答，巴雷拉警督把扶在后腰的双手抬了起来，像是刚刚完成一个魔术，需要把手抬起来向大家确认没有隐藏任何东西。

"好了。"他解决了问题，"你们可以走了，我要说的话都说完了。"

巴雷拉转过身回到办公桌前，布莱警长、萨洛姆警士和梅尔乔准备走出门。还没出去，警督又发话了。

"马林。"他说。

三个人都转过头来。巴雷拉坐在他的扶手椅里，桌上摆着电脑、成堆的文件夹和零散的文件。他用手摸着嘴唇上方的胡须。

"您知道我做警察多久了吗？"他说，"四十年。您知道在这段时间我学到了什么吗？"他抬起头看向梅尔乔，苍老的目光透着伤感，"您看，伸张正义是好的。就因为这个目的，我们做警察。可是物极必反，好事做过了头就是坏事。这就是我这些年学习到的。还有另外一件事。正义本质上不仅仅是内容的问题，还关乎形式。

所以，如果不尊重正义的形式，那就等于不尊重正义。您明白了吗？"梅尔乔什么都没有说，警督只能无奈地笑了笑，"好吧，您会明白的，但您一定要记住我的话。马林，绝对的正义有可能就是绝对的非正义。"

"他妈的巴雷拉！"等走出警督办公室足够远了，布莱警长就开始大叫，"他倒给我们上起哲学课来了。"

"巴雷拉说得有道理。"萨洛姆朝梅尔乔说，"你还算走运。"

"我也觉得，"布莱补充，"我见过他因为更小的事，把不止一个人送进了监狱呢。看看你下次是不是学乖了，大西班牙人。好吧，喝咖啡吗？"

接下来的几周，奥尔加每天晚上给他读《悲惨世界》，就像几年前她怀珂赛特的时候那样。梅尔乔试图要忘掉阿德利家的案子，意外的是他还真做到了。一方面是因为这个案子彻底从高地的聊天和全国的媒体消失了，另一方面也是因为出现了一个新案子，完全吸引了他的注意和兴趣。

那次事之后，梅尔乔和萨洛姆就负责调查拉伯弗拉德马萨卢卡一户人家的暴力偷窃案。两天后，他们又接到一起类似的报案，这次案发地点在靠近阿内斯的一个农庄。他们俩迅速把这两个案子联系到了一起，因为作案手法都一样——夜晚撬锁入户，而且他们的作案目标也一样——夏季或者周末的度假屋。两起案子发生时，房子都是空的。那一周，他们就证实了之前的推测假设。埃布罗河畔莫拉分局上报，不久前，在埃布罗河畔北部的弗利斯也发生了类似的盗窃案。几天后,又在普拉特德科姆特和比内布雷接到了类似的报案。那会儿,全警局都拉起了警报,布莱警长派了五个人查办此案,并亲自负责调查。多亏阿斯克附近一家妓院的服务生的举报,这项调查很快就结束了。他们在埃布罗河畔莫拉郊外的一个公寓里逮捕了一个格鲁吉亚年轻人团伙,三男一女。

这个团伙承认了所有犯罪事实。他们被羁押在监狱等待审判的时候,阿德利家的案子又回到了梅尔乔的视线。

一个周日的早晨,在甘德萨镇中心的法罗拉广场,梅尔乔和女儿珂赛特正在普约尔蛋糕店的柜台前挑选甜品。这时,阿德利纸业的财务经理达涅尔·席尔瓦出现了。他四十三岁,是公司高层中最年轻的一个。他的衣着考究,已婚并育有三子,住在伯特镇附近的村子里,一直都在阿德利纸业工作。之前,他们只见过一次,就是在梅尔乔见戈拉乌和公司其他高层的同一个早晨。当时,他在席尔瓦的办公室给他录了口供。这天,他们俩都认出了对方,也打了招呼。席尔瓦还蹲下来和躲在她爸爸腿后的珂赛特说话,小女孩有点害羞,但又忍不住好奇。梅尔乔要了一个夹奶油的圆圈面包,店员给他包装的时候,席尔瓦站了起来,问梅尔乔关于阿德利家的案子有没有什么进展。

"没有。"梅尔乔回答,"公司怎么样?"

"也没有什么变化。"席尔瓦说,"至少目前没有。"

梅尔乔挑起了眉毛,满脸疑问。席尔瓦轻松地笑了笑,一口牙白得发亮,古铜色的皮肤,穿着优雅的周末休闲服,借以从工作日西装和领带的束缚中放松一下。

"哎,就是你能想到的那些事。"他狡黠地挤了挤眼睛解释,"国王消失了,底下就开始争斗了。"

"争斗?"

"戈拉乌和费雷尔的争斗。"席尔瓦补充清楚,"谁也不会相信费雷尔甘心在公司里继续维持现状,同时谁也不相信戈拉乌会允许别人把他从好好的位置上拉下来。这个机会来得远比他们预期的早,自然谁也不会轻易放过。不过,他们还是顾忌服丧期的礼仪,以及对罗莎·阿德利的尊重,目前他们还相安无事。但很快,这个秋天就该有好戏看了。"

店员用印有蛋糕店名的包装纸包好了面包,扎了一根蓝色的带子,递给梅尔乔。他付完钱和席尔瓦道别,后者就迅速站到柜台前点他要的甜品了。

父女俩走出蛋糕店,朝家里走去。不过,还没有走出法罗拉广场,梅尔乔就对女儿说他忘了点东西。他们转身回去,在蛋糕店门口刚好遇到要离开的席尔瓦。

"抱歉。"梅尔乔搭话,"你有时间吗?"

席尔瓦先是惊讶,但很快就表现出乐意配合的表情。

"当然。"他回答。

为了不在店门口挡路,他们站到了一边。梅尔乔一手拿着面包,一手牵着珂赛特的手。席尔瓦的两只手也没有空着:一只手托着一个纸包的甜品盒,另一只手提着一袋长棍面包。夏末的太阳垂直落到广场上,中央的圆盘四周车流不息。

"你最后一次和阿德利先生在一起的时候,"梅尔乔并不确定要从哪里开始,"我指的是在他家的晚餐。我听说你们谈到了墨西哥的分公司。"

"是的。"席尔瓦大概预见到谈话会持续一段时间,就用双腿夹住那袋面包,用另一只手一起托着甜品盒,"最后那段时间,我们经常谈论那个话题。"

"我还听说阿德利先生想关掉那家分公司。"梅尔乔接着说,"戈拉乌和费雷尔却反对,但那天晚上费雷尔改了主意。"见席尔瓦点了点头,梅尔乔又说,"他的改变让你们意外吗?"

"肯定的。"

"爸爸,我们走吗?"小女孩拽了拽她爸爸的手问。

"稍等一会儿,珂赛特。"梅尔乔说。

"我们怎么可能不意外呢?"席尔瓦这会儿已经完全不关注小女孩了,"从阿德利说起关厂的事以来,费雷尔在这个问题上一直都是支持戈拉乌的。可现在,从墨西哥最后一次出差回来后,他就突然变了,自然很让人吃惊。你要知道,普埃布拉的工厂对费雷尔来说,可不仅仅是一家普埃布拉的工厂而已。"

"这话是什么意思?"

"费雷尔在墨西哥还有其他项目。很早开始,他就说投资要多样化,还说收益不增长就会下降,而墨西哥是个收益增长的理想国家。他还多次建议我们进军传媒领域,他似乎和墨西哥的电视、广播界都建立了关系。"

"那关于这些,阿德利先生是什么态度呢?"

"你可以想象到的。"席尔瓦说,"他完全不想听这些,认为只是他女婿的那些狗屁主意。所以,从头到尾费雷尔都是跟在总经理戈拉乌的后面支持他的。你也就能想象当我们听到他改变主意时的震惊了。"

"你觉得他为什么会发生这样的改变?"

"我不知道。也许仅仅是为了让戈拉乌难堪,也许他发现岳父的确有道理,又或许他已经厌倦了和老头子对着干,阿德利倔得像头驴。谁知道呢?"

"我还听说,那段时间费雷尔的状态不是很好,很焦虑。"

"费雷尔一向都很焦虑。他生出来就是焦虑的,到死也还是焦虑的。不过,的确有可能在那段时间他比往常更焦虑些。"

"你觉得和他改变主意这件事有关吗?"

"可能吧。总之,墨西哥的事对他来说很重要。在那里,他拥有更多自由,感觉就像个总督一样。我们可以看看他现在的样子。"

珂赛特又拽了拽梅尔乔的手。

"好了,我们马上就走了。"席尔瓦安慰了她一下,用手摸了摸她的头,又拿起了那袋面包,"我也得走了,家里人还在家等着我。"他最后朝梅尔乔补充了一句,"如果你愿意,我们改天再接着说。"

"最后一件事。"梅尔乔把他拦了下来,"当时在你办公室的时候,你为什么没有和我提起这件事?"

"因为你没有问我啊。"他说。

第二天,梅尔乔偷偷查看了阿德利家案子的卷宗。他主要重读了谋杀案前一晚参加晚餐的人的口供,以及那晚在阿德利家出现的所有人的口供。他还给阿德利纸业的人事经理博泰特打了电话，和他约好一周后在埃尔皮内利德夫赖一家名叫甘优易思的餐馆见面。没过多久，一天早上，当他和萨洛姆在警局的餐厅喝咖啡时，警士提醒他注意正在做的事。当时距离和人事经理约定的会面时间还有几天。两个人对望着，好像都明白难以假装不知道发生的事，梅尔乔问他是怎么知道的。

"年轻人，这就是高地。"萨洛姆轻描淡写地说，像是开玩笑，但梅尔乔非常了解他，知道他是真生气了，"你永远也不明白，在这里没有秘密。而且，你忘了每次只要你查阅卷宗就会留下记录信息吗？你要设法保证没有人发觉，尤其是巴雷拉不发觉，不然，你就是给布莱和我找麻烦。"

"你不要担心……"

"如果你让我别担心，那就请你彻底放下这事儿。"萨洛姆打断了他，一口喝光了咖啡，气愤地把纸杯扔进了纸篓，嘴里还说着什么就走出了餐厅，"看看最后是不是你又要强迫我做不愿意的事，混蛋！"

萨洛姆的建议奏效了。梅尔乔以为警士是从席尔瓦那儿知道他要重查阿德利家的案子，他就打电话给博泰特取消了会面。接下来的几天，他也试图再次忘掉这个案子，但他只做到了一部分。一天傍晚，他正准备去珂赛特的同学埃莉萨·克利门特家接女儿的时候，警局给他打电话，通知他奥尔加出车祸了。

"出什么事了？"梅尔乔问。

"我不清楚，他们也刚刚打来电话。"警局大厅的值班警卫说，

"好像是一辆车撞了她。她被救护车送去了埃布罗河畔莫拉的医院。你最好去那边。"

梅尔乔把油门踩到底,全速开车,双腿无力,心怦怦跳,就像嗓子里有只癞蛤蟆。他给埃莉萨·克利门特的妈妈打了电话,解释了发生的事,请求她和女儿待在一起直到他去接。那位妈妈让他不要为珂赛特担心。十五分钟后,梅尔乔的车停在了医院门口。

两个警员在入口等着,告诉他奥尔加从急救室被送去了外科。他们一起穿过长长的走廊,走过两段楼梯,并把目前的调查情况说给他听:晚上八点,奥尔加关闭了图书馆,走路回家。路上,一辆汽车在加泰罗尼亚大街上撞了她后逃逸。一共有四位目击证人:两个中学生,一个货车司机,还有一位老太太。所有人都记得汽车冲上了人行道,车是黑色的,但四个人没有一个准确记得汽车的品牌和车牌号。

当他们走到外科时,一个护士打开门走出来。听完梅尔乔的自我介绍后,护士告诉他,奥尔加要进行紧急手术。

"为什么? 她怎么了? 你们要对她做什么?"他问。

"请您在这里等一会儿。"护士回答,"医生马上来给您解释。"

几分钟后医生出现了,是个年轻男士,人很壮实,肤色较深,穿着绿色的手术服和帽子,双手戴着白手套,说话有哥伦比亚口音。他对梅尔乔解释,奥尔加到医院时已经昏迷了,现在还没有醒过来,因为颅骨骨折,所以要立即手术,她的情况很严重。

"你是说她快死了?"

"我只是表达我刚刚说过的意思。"医生回答。

梅尔乔看着医生，就像地球马上要撞上太阳，而他是唯一有能力避免灾难的人。

"请您救救她，医生。"他乞求。

"我会竭尽所能。"

梅尔乔坐在手术室外的等待室里等了好几个小时，透明的玻璃门开开关关，医生护士进进出出。他的身后是几面宽大的窗户，窗外是一个内庭，种着一些室内植物，刺眼的灯光照射着。梅尔乔的同事陆陆续续到来，先是萨洛姆和布莱，他们是最早到达的两个。差不多十一点半的时候，梅尔乔已经在那里等了两个多小时的手术结果。巴雷拉警督来了，在他的肩上拍了拍，梅尔乔没有作答（事实上，他几乎没有注意到警督的出现，更没有站起身打招呼，甚至都没看他），是布莱警长帮他回应的。

"这不是一起交通意外。"在警长给警督解释事情缘由、说到交通意外的时候，梅尔乔打断了警长。

巴雷拉很清楚地听到了他下属的话，但是问：

"什么？"

"这不是一起交通意外，"他重复了一遍，抬起头站了起来，看着警督的眼睛，"汽车开到人行道去撞她，四个目击证人都证实了。这不是意外，你我都知道。"

此时，在等待室里一共有五人，都是梅尔乔的同事，可他说完话后的沉默如钢筋混凝土一般坚固。

"您太紧张了，马林。"巴雷拉警督尽量让自己的声音听上去温和一些，"而且您太累了。我明白您的感受。但您无须担心，您太太只是被撞了一下,她会好起来的。无论这是不是意外,我们都会找到肇事者,把他绳之以法。我向您保证,而且我也会亲自负责此事。"

梅尔乔把头摇了又摇。

"不需要。"他说,"我自己负责。"

"最好还是由我们来负责。"巴雷拉警督温和地坚持,"正因为是您太太。"他不说话了,走到梅尔乔身边,抓住了他的一条胳膊,"您得出去清醒一下。在这里,您也什么都做不了。走吧,我们陪您出去。"

"把您的手拿开!"

"梅尔乔,请你冷静!"萨洛姆插进来,站在他和巴雷拉中间。

这个时候,梅尔乔才看到医生已经从手术室的门里出来了,面对着他,在他的一排同事身后。护士和医生站在一起,还穿着手术服,但是已经不戴手术的绿帽子和手套了。梅尔乔不清楚他们已经站在那儿多久了(他不知道他们是刚到,还是听到了他和巴雷拉警督最后的对话),但他知道同事们给医生让开道,医生会说些什么。医生朝他走过来,近得能看清楚他的眼睛。

"我很抱歉。"医生说,"我们尽力了。"

接下来,医生详细给他解释,可是无论多努力,梅尔乔都完全听不懂医生的话:每一个字都懂,可放一块儿就不懂了,似乎他已经失去了连词成句的能力。再后来,他根本就不听了,脑子里全都是几天前奥尔加给他读的《悲惨世界》的一个片段:"一切可能发生的都已经发生了,所有他都感受过,所有他都遭遇过,所有他都经历过，所有他都忍受过，所有他都失去过，所有他都哭泣过。但是，他错了，好运还没有耗尽。在任何情况下，即使是最后一刻，幸运还是可能会降临。他在一片漆黑中看到了这些。"可是此刻，梅尔乔什么都没有看到。

奥尔加死后的几个小时一片混乱，至少梅尔乔的记忆中一直是这样的。那天凌晨五点，他在埃布罗河畔莫拉郊外的一家妓院被捕了。他完全喝醉了，把店里的一些东西弄坏了，还和好几个客人打架。当地的警察不认识他，把他给抓了起来，关到了当地分局的监狱里。第二天上午，萨洛姆去把他弄了出来，什么也没有问他，就把他带回家，让他冲澡，给了他干净衣服，然后陪着他去了甘德萨殡仪馆。

从这会儿开始，梅尔乔恢复了自控和彻底的冷静，他安排了下午安葬和葬礼的所有细节。参加葬礼的邻居和同事一致都认为他以令人敬佩的平静和坚强面对了这一不幸。安葬好奥尔加，梅尔乔就给多明戈·比瓦雷斯打了电话，说了事情的经过，并问能不能让珂赛特和他待一段时间。

"当然可以。"比瓦雷斯回答，"你随时都可以把小女孩带来我这里。"

梅尔乔说最好在去巴塞罗那的路中途见面，比瓦雷斯同意了。他们约好第二天中午见面，在沿地中海高速的一个叫艾莫多尔的高速服务区，就在去高地的岔路口前面一点。那天晚上，梅尔乔在家里几乎没有睡觉，喝了很多酒，试图麻醉自己，让自己忘却远比痛苦更甚的痛苦，比自责更甚的自责。第二天一早，他去埃莉萨·克利门特家接珂赛特。这是奥尔加死后他第一次看到女儿。他把女儿放在后排的安全座椅上，给她扣上安全带，朝巴塞罗那开去。梅尔乔对女儿说的第一句话就是她妈妈已经死了。珂赛特从后视镜里看着他，梅尔乔努力给她解释刚刚那句话的意思。

"那么，我们再也看不到妈妈了吗？"小女孩问。

"是的。"梅尔乔回答，"从今往后，只有你和我了。"

珂赛特有点疑惑，有点奇怪，但是没有哭。接下来的旅程中，她接着问各种问题，梅尔乔也回答她，或者尽量回答她。

当他们到服务区的时候，比瓦雷斯还没有到。所以他们就进了咖啡馆。梅尔乔点了一杯巧克力奶，一杯加冰的威士忌。在他们等着付钱的时候，小女孩在店里发现一个儿童游乐区。这个区域有一张游戏桌、两个塑料滑梯，珂赛特在上面爬上滑下。梅尔乔坐在边上一张桌子旁看着她，一边喝着威士忌，一边努力把注意力放在女儿身上。她时不时凑到桌子边喝一口奶，再满嘴巧克力地跑回滑梯。几分钟后，一个稍大的男孩也来到这个儿童游乐区。后来，比瓦雷斯到了。一看到他，珂赛特就从滑梯上跳下来，扑过去抱他。小女孩和律师聊天，准确地说，是律师提问，小女孩回答。回答累了，她就又喝一口奶，跑回游乐区了。

"她知道了吗？"当珂赛特跑远，比瓦雷斯问梅尔乔。

"当然。"梅尔乔回答。

律师坐下来，和梅尔乔面对面。比瓦雷斯看上去萎靡不振，没有梳头，也没有刮胡子。但他穿着一件干净的衬衫和一件没有污迹的西装，领带像往常一样绑得松松的，几乎要散了。即使隔着桌子，梅尔乔也闻到一股像口臭一样的汗臭味儿，他心想比瓦雷斯是不是没洗澡，是不是昨晚也没有睡着。两个人相对沉默了一会儿。

"我不知道该说什么。"比瓦雷斯承认。

"你什么都不用说。"梅尔乔说，"你想喝点什么？"

"什么也不要。"律师看着梅尔乔的威士忌回答，"还知道更多的消息吗？"

他摇了摇头，又喝了一大口威士忌。

"我不觉得喝酒能帮到你。"比瓦雷斯低声说，"我这是经验之谈。"

"你是来帮我的，还是来给我布道的？"

对方一个激灵，好像有人刚刚一棍子打醒了他。然后，他一遍又一遍地摇头，黑着脸，边说话边站起身：

"我想我也得来一杯烈性酒了。"

他从吧台端回一杯咖啡、一小杯威士忌，两个人开始聊珂赛特。梅尔乔跟比瓦雷斯说了些注意事项，比瓦雷斯也问了他几个问题。

"好了。"在他们说完小女孩的事后，律师问，"现在你准备做什么？"

他们又点了两杯威士忌，一杯大的带冰块，另一杯小的没冰块。梅尔乔一口就喝掉了他杯子里的一半，但没有想好回答。他说：

"回高地，找出杀害奥尔加的人。"

"你确定这是谋杀吗？"

"非常肯定。"

"你的同事们是什么想法？"

"没想法。"

"没想法？"

"他们怎么想，我无所谓。"

这下比瓦雷斯表示了同意。他尝了一口威士忌，歪了歪嘴，一副不羁的表情。一段时间内，梅尔乔和他一起看着窗外的停车场。他们刚刚把车停在那边，再过去就是高速边上的加油站。红色的顶棚用灰色的柱子支撑着，红白色赛斯帕①的标牌立在高处，加油的喷嘴也都是红的。所有一切都笼罩在阴沉无风的正午灰色光线下。

"如果这确实是你要做的，那你肯定会需要帮助。"律师转过头来对着梅尔乔说，"我给你提个建议。我们仨一起去巴塞罗那，然后把女孩托付给朋友们，他们都是完全可以信任的人，你会喜欢他们的。然后，我们俩再回来，一起寻找谋害奥尔加的凶手。我们俩一起行动会好些。"

"你不了解那些事儿。"梅尔乔说，"他们都很危险。"

"没关系。"比瓦雷斯说，"我有手枪，而且会射击。"

梅尔乔不解地看着比瓦雷斯，再次在心里自问，这个平庸、普通、邋遢、不说真话的男人是不是他的亲生父亲。他第一次强烈地

---

① 赛斯帕，西班牙石油公司。

想要拥抱他。

"啊，是吗？"他问，"你在哪里学的？在春季游乐会的小房子里学的吗？"

嘲讽瞬时缓解了他的悲痛，两个人探寻着看了对方好一段时间。梅尔乔恨死自己了，他强忍住没有道歉。

"最好还是你陪着珂赛特吧。"他说，"女孩和你在一起更安心些，我也更放心。"

比瓦雷斯毫不争辩地接受了梅尔乔的建议，接着从裤子口袋拿出一把钥匙递给他。

"这是我家的钥匙，"他说，"以防万一。你需要钱吗？"

"暂时不需要。但如果后面需要，我会向你借的。"他喝完了威士忌，最后说，"好了，我得走了。"

回到高地，梅尔乔做的第一件事就是清空整个房子，把所有东西都寄存到一个仓库里，仅留下最基本的用品。第二天一早，他在比拉尔瓦德尔萨尔克斯小镇上租了一套带家具的便宜公寓，有一张桌子、两把折叠椅子、一个微波炉和一个床垫，然后就开始没日没夜地调查奥尔加的死因。他再一次穿上了腋下枪套，去哪里都随身带着手枪，就像刚到高地那会儿一样。但他没有回警局，虽然萨洛姆和布莱警长给他打了无数电话，但他一个都没有接。此外，他很肯定奥尔加的死和阿德利家的案子有关联，正是因为他对这案子紧咬不放，才导致了一切。但目前，他集中全力先调查奥尔加的死因，暂时把阿德利家的案子放到了一边。同时他坚信，查清楚了第一件事，第二件事也就水落石出了。

他询问了四位车祸的目击证人，但谁也没能提供比第一次问询时更多的信息了。依然只知道撞了奥尔加的车是从加泰罗尼亚大道开上了奥尔加走路回家的人行道，车是黑色的。问过这四个人后，他开始在案发地四周的酒吧、商店、私人公寓和住宅询问，希望找到更多证人，更多不同寻常的细节，像是某辆车行驶过快，或者谁做了些奇怪的举动等等。可他什么也没有找到。一天晚上，他借着黄色的路灯灯光，认出了站在他出租屋所在的大楼门口的萨洛姆。梅尔乔远远地看了萨洛姆几秒钟，慢慢走近，打过招呼后，他问：

"你在这儿做什么？"

萨洛姆没有回答，只是问了另一个问题。

"我们能谈谈吗？"

梅尔乔不信任地看着他，掏出钥匙准备开门，说：

"最好还是改天吧。"

萨洛姆拽住了梅尔乔的手臂，几乎是对着他的耳朵低语：

"我能知道你到底发生什么事了吗？"

"有人杀了我太太。"梅尔乔回答，"这就是发生的一切。"

萨洛姆没有放开他。他们贴得很近，只有路灯的灯光隔开了他们，彼此能听到对方的呼吸声。在他们四周，整个村子一片黑暗，一片寂静。

"我也爱奥尔加，"萨洛姆提醒他，"我也想找到撞死她的人，让我帮你。"

"如果你想帮我,就离开这儿,让我安静。"

"你不要固执了,"萨洛姆坚持,"你一个人,是做不了什么的。"

梅尔乔甩开同伴的手,从牙缝里蹦出一句话("我们走着瞧!"),然后开门进了屋。在关门前一刻,萨洛姆又叫了他的名字,梅尔乔回过身。

"有新的进展。"萨洛姆说。

警士随梅尔乔进了屋。他按了开关,一个孤零零悬在天花板上的灯泡闪着微弱的光,照出光秃秃的四壁,一扇窗对着黑夜,地上堆满了比萨盒、啤酒易拉罐、略有残余或者彻底空了的威士忌酒瓶子。房间的一头,一张床垫扔在地上,没有床单,四周围堆着许多衣服。另一头有张桌子,上面摆着电脑和曲臂台灯,边上摆着两张椅子。空气中弥漫着潮湿和尘封许久的味道,还混杂着食物的气味。

梅尔乔在桌前坐下,开了电脑和台灯,在等待电脑启动的空隙,他把一罐打开的啤酒一口喝光,随手把罐子扔到了地上。萨洛姆站在这伤心、混乱的场景中问:

"珂赛特呢?"

"在那儿呢,一个安全的地方。"

"你连我都不信任?"

梅尔乔终于登上了他的邮箱,只有警局的常规邮件,没有任何他期待的邮件——询问过和奥尔加的死相关的人后,他给他们留下了自己的邮箱地址,却依然没有收到一封他们写来的邮件,告诉他又想起新的什么。警局的那些邮件,他看都没看就删除了。

然后，他转过身朝向萨洛姆，都没让他坐下，只是问：

"好了，有什么新进展？"

萨洛姆摸着胡子，把他四周看过的地方又重新看了看，或仅仅是为了让梅尔乔看到他将一切尽收眼底。他没有接话，而是又问了个问题：

"你不应该稍微打扫一下吗？"

"这不关你的事。"

萨洛姆想了想，似乎觉得梅尔乔的话有理，但他还是拉了张椅子，朝着梅尔乔坐下来。

"你对整个世界都愤愤不平，"他说，"就像你刚刚来到这里的时候一样。我能理解你，你有权这样做。但如果你能好好想想，就会发现我们每个人都可以这么做。而且，这样做对你于事无补。不是世界夺走了你的奥尔加，而是汽车撞了她。她刚好走霉运，头撞上了人行道的路牙子，导致颅骨骨折。"

"这和霉运没有任何关系。"梅尔乔说。

"霉运和一切都有关。"萨洛姆说，"但无所谓了。我们现在正在设法找到撞她的人，你也是。你不认为我们携手会更容易找到肇事者吗？"

梅尔乔愤怒地看着萨洛姆，之后转过视线，看向窗外发黄的暗夜。他没有说话，径直站起来走出房间。回来的时候手里拿着一瓶威士忌和两个纸杯。他把杯子倒满了，递给萨洛姆一杯，然后在他对面坐下，喝一口酒，问：

"你们查到了什么？"

萨洛姆闻了闻威士忌，喝了一小口，把杯子放到桌子上。边上的电脑开着，屏幕上是梅尔乔邮箱的第一页。

"也许你说的是对的。"警士回答，"那不是一起交通意外。"

"这个我已经知道了。"

"但你不知道的是，这可能和恐怖分子有关。"

梅尔乔的眼睛瞪得如圆盘那么大。

"什么？"

"还不确定。"萨洛姆纠正了一下措辞，"只是一个假设，却是一个有理有据的假设。很多人都知道你在坎布里尔斯击毙了恐怖分子，这个消息已经流传了很久，甚至流传得太广了。而撞奥尔加这样的事，不需要制造炸弹，甚至都不需要经过培训。只要是他们的支持者，知道你做过的事，都能轻而易举做到。小年轻的没有胆量造炸弹、搞绑架，干这种事儿可绰绰有余。"

"可他们应该冲我来。"

"他们就这么干了。梅尔乔。如果他们冲你去，那肯定不是撞你这么简单了。而且，如果不是经过培训的激进分子，也许他们还不敢直接攻击你。总之，他们知道是你击毙了他们的同伴。有可能他们原本没有想撞死奥尔加，只是想向你透个信儿，告诉你已经找到你了，让你害怕。只是最后事情成了那样。"

梅尔乔的手握着威士忌的杯子，努力想弄明白萨洛姆的话。他又喝了一口，说：

"我觉得不可能。"

"也许不是这样的。我们研究了好几天，也和福斯特局长以及他的部下聊过……"

"我最后一次和福斯特聊天的时候，他告诉我危险已经过去了。"

"是的，一开始他觉得奇怪，但不是没有可能，现在他也不觉得奇怪了。你感觉到有人在监视你吗？"

"没有。"

"也许他们没有监视你，也许监视了你。也许发生的事把他们也吓坏了，所以躲了起来，等待我们淡忘。我不知道，我所说的都只是一种可能性而已。但你最好要多加小心。"

萨洛姆从椅子上站起来，梅尔乔还坐着，仍然在惊愕中。

"巴雷拉让我转告你，你想休息多久就休息多久。"警士说，"不用着急回警局。如果你想离开高地，申请一下就好，他们会再给你找个地方。"

梅尔乔看着萨洛姆，做了个肯定的表情，一口喝光了杯子里的酒。这时候，他想起了比瓦雷斯，也很快明白为什么会想起他。他突然意识到自己这种自我毁灭的狂怒伤害了所有对他好的人：律师，那个从他妈妈死后，或者从更早以前就一直无条件支持他的人；警士，不仅是他的上司，是他在高地遇到的最慷慨最忠诚的同伴，也是——他刚刚才意识到——他有过的最好的朋友。他深陷自怨自艾之中，甚至自问，曾经是不是也如此粗暴地对待了奥尔加，就像现在对待他们一样。

"我能请你帮个忙吗？"警士问。梅尔乔没有说什么，但是把空杯子放在了桌上，站了起来。警士继续说，"如果你查到了什么，请告诉我们。相信我，我们都在尽全力解决这件事。不是为了你，是为了我们大家。"

梅尔乔忍住没有哭，再次点了点头。

"大家都在警局等着你，"萨洛姆在离开前说，"早点回来。"

自从奥尔加死后，梅尔乔每天睡眠的时间短、质量差，那天也是一样。凌晨时分，他在客厅床垫上蜷缩着醒来，光着身子，又冷又头痛。他的脑子里不断回想起冉阿让在《悲惨世界》开头提的问题，也是自从奥尔加死后，他不断向自己提出的问题："一个聪明人有可能会下场悲惨，那一个普通人会变成野兽吗？"同时，他每天醒来都会想，他没有找到杀害母亲的凶手，可一定会找到杀害妻子的凶手。

一束白色的光线从窗户射进来，微微照亮了客厅：地上丢着的脏衣服、吃剩的食物和饮料、两张椅子、一张桌子以及桌上打开的电脑。他蜷缩得更厉害了，双手抱着弯曲的膝盖，就这样待了一会儿，把自己拧得像个毛毛虫。想到了昨晚和萨洛姆的对话，他再次觉得自己辜负了警士的好意。他想了很多事，萨洛姆说得没错，他在奥尔加死后所做的一切实在没有意义。他不应该毫无根据地确信奥尔加的死和阿德利家的案子有关，和他坚持调查这个案子有关；不应该独自调查奥尔加的死因，而弃热切想帮助他的同事于不顾；不应该离开家，搬到这个越来越像垃圾堆的公寓生活；也不应该认为高地不安全而把珂赛特送走。突然，他觉得自己所做的这一切都毫无意义，任自己蜷曲在地面的床垫上。他做的这一切,好像只是为了奥尔加的死而惩罚自己、惩罚他身边的人,好像全世界都要为此事负责。

梅尔乔从床垫上坐起来,揉了揉眼睛、鼻子和额头,然后起身,穿上短袖和内裤,走去卫生间。墙上的镜子四边已经氧化,他看向镜子里的自己,几乎都认不出玻璃里那张破碎的脸:颧骨高凸,眼睛发红,胡子已经一周没有剃过了。他问自己,萨洛姆说是恐怖分子撞死了奥尔加,这说得通吗? 可能说得通,他想了想。他从来没有感觉有人跟踪他,无论在奥尔加死前还是死后,但有这个可能。无论他觉得多么不可信,他始终觉得奥尔加被撞不是意外。无论如何,当天上午他要回警局去,搞清楚同事们的调查进度,并参与其中,这就是他想的。可是,在他洗澡剃须的时候,又觉得不应该这么做,应该让同事们去调查。那么多年他都没有找到杀害母亲的凶手,也许正验证了警察学校教过他们的道理:受害者的家属也是受害者,就丧失了追踪凶手必须要有的冷静、客观和距离感。他失去了生命中的两位女性,现在只剩第三位了。也许他应该尽早忘掉这一切,接受巴雷拉警督的建议,申请和珂赛特一起搬去一个新地方。待在高地这么一个贫瘠、偏远、不宜居的地方实在也没有意义了。当初是因为有奥尔加,高地才成了他的家。而现在奥尔加已经不在了,高地对他就没有任何意义了。洗过澡、剃过胡子之后,他又恢复了原来的样子。要向前走,他对着镜子里的自己说;要重新开始,他对自己说。

刚说完话,他就感到胃里空空的,想起自己已经差不多二十四个小时没有吃东西了。在他准备关电脑、出门好好吃顿早饭的时候,看到收件箱有两封新邮件。其中一封邮件的标题"答案"立刻引起了他的注意。信的内容更是彻底吸引住了他,只有一句话:"你问题的答案就在调查之中。"

梅尔乔的后背一阵发凉。谁写的这封信?为什么写?是认真还是开玩笑?邮件没有署名,邮件地址也只显示来自hotmail,再没有其他信息了。梅尔乔猜测,邮件中所指的问题应该是关于奥尔加的死,而后面的调查应该就是指的阿德利家案子的调查。不然还能是另外哪个调查呢?如果答案在那个案子的调查中,那上哪儿寻找答案呢?有成百上千的文档,是哪个呢?梅尔乔想,他应该给发件人写一封邮件,让他说清楚些,从而搞明白这条意外的线索——又把奥尔加的死和阿德利家的案子联系到一起——到底是不是真的。但他最后没有写,大概是预感到发件人不会给他更多的解释,因为不想给。而且线索是否可靠,得到最后才清楚。

他第一个冲动是要给萨洛姆打电话,可最后他打给了布莱警长,两个人约好十一点在比拉尔瓦德尔萨尔克斯小镇的特里诺斯咖啡馆见。

两个小时后,当梅尔乔到特里诺斯的时候,警长已经点了一杯咖啡坐在角落等他了。梅尔乔在吧台也点了一杯咖啡,然后坐在了布莱对面。

"你怎么样?"警长问。

"很好。"梅尔乔撒谎。

布莱又问了他一些问题,梅尔乔半真半假地回答着。店主给他送来咖啡,梅尔乔喝完后说:

"我要请你帮两个忙。"布莱警长张开手臂,表示"你尽管说"。"我还想再查一次阿德利家的案子。"警长的身体紧了紧,脸色也沉了下来,还没来得及表示异议,梅尔乔紧接着说,"你放心。我没有失去理智。只是我认为这个案子的调查里就隐藏了奥尔加死因的关键。"

"在阿德利的案子里?"警长感到奇怪。

"是的。如果我找到了奥尔加死因的关键,我也就找到阿德利谋杀案的关键了。"

"你怎么知道的?"

"我不知道。我猜的。恰恰就是为了验证,我才要重新调查。"

布莱摇了摇他刮得干干净净的脑袋。早晨细柔的阳光透过咖啡馆角落的一扇磨砂玻璃,把他的脑瓜儿照得锃亮。

"你会再次陷入麻烦的。"他瘫坐在椅子里,提醒梅尔乔。

"如果你不帮我一把的话,我确实会有麻烦。"梅尔乔说。

布莱坐直了,身体又恢复了紧张,眼神满是怀疑。

"现在我用自己的密码已经进不了系统查阅那个案子了。"梅尔乔说,"他们发现我又调查这个案子,就取消了我的权限。可是,当时戈马只是暂时中止调查,之后就移交给你了,不是吗?"

"是的话,你要怎么样?"布莱又放松了下来,戏谑地笑着问,"那个混蛋是移交给我了。那是他解决难题的方式——扔给我,好像就在说,东西都在那儿了,你有本事就重新调查,你不是很有能耐吗……"他说着就停了下来,嘴角的笑意也消失了,"听着,你该不是想用我的账号密码登录吧?"

"那不然你觉得我该怎么登录？"

"别给我找麻烦了，大西班牙人。"

"你不要担心，他们不会发现的。如果有人发现登录查询的痕迹，也只会认为是你在调查，而这原本就是你有权可以做的事。没有人会知道是我在查阅，也没有人会知道我进过警局。当然，最好还是你帮我进去，这样就没人看到我了。越快越好，譬如说下个周末你值班的时候。晚上，我们第一时间到车库，然后第二天的第一时间离开。没有人会知道我去过警局，连值班的门卫都不会知道。"

布莱警长看了看梅尔乔，又看了看在吧台和店主聊天的两个附近的街坊，他犹豫不决。

"相信我吧。"梅尔乔恳求，"你想想，如果我们破了阿德利的案子，你就可以给戈马露一手，气死他。"

布莱还是犹豫，但确实被打动了。那两个和店主聊天的街坊付了餐费，走出咖啡馆。

"第二个忙是什么？"警长问。

梅尔乔拿出一张叠好的纸递给布莱，让他自己打开看。纸上写着梅尔乔今早收到邮件的寄件地址，但没有邮件内容。

"请你帮我查一下这个邮件地址的主人。"梅尔乔说，"或者查查邮件是从哪里发出的。无论什么都行。"

警长重新把纸叠好，收了起来。

"这可能得花点时间。"他说。

"那另一件事呢？"梅尔乔问，"我能指望你吗？"

"你为什么不求萨洛姆?"

"因为我欠他太多了,而你还欠我很大一个人情。"梅尔乔顿了顿,看着布莱警长,"你还记得吗? 今天我帮你,明天就是你帮我。"

按梅尔乔计划的,周五晚上十点,他和布莱警长从车库门进入警局。梅尔乔趴在后排座上,谁也没有看到他。之后,两人一起上了二楼。梅尔乔躲进了布莱的办公室,一晚上都在认真研读阿德利案子的调查报告。而布莱就在隔壁的办公室撰写一些拖延了很久的报告,睡觉,下楼去机器上买咖啡喝,其间还两次离开了警局。一次是应两个巡警的要求去处理一个醉汉,另一次几乎是清晨了,他出去透透气。

梅尔乔也不太清楚到底要找些什么,但他很乐观,觉得一定会找到。但是,按照他记忆中的相关等级(有些报告就是他自己提供或者撰写的),在庞大的报告中翻看几个小时后,他还是只能放弃了,那会儿差不多是清晨六点半。布莱警长又出去了,但很快就会回来,因为夜班是七点结束,他们该走了。梅尔乔满心气馁,不知道该做什么,以为再次被错误的预感误导了。他登录了邮箱,期望能收到匿名人的第二封邮件,可是没有。此时,他脑子里冒出一个昨晚就一直盘旋的怀疑:他应该查阅的调查报告不是关于阿德利家的,而是其他。因此,他打开那个匿名邮件写道:"存有答案的调查是关于阿德利的案子吗?"他把草稿读了好几遍才发出去,然后就开始等待回信。突然,布莱警长回到了办公室。

"你找到些什么了吗?"

梅尔乔摇了摇头。

"我之前就担心是这样的结果。"布莱警长一边用手按了按打哈欠的嘴,一边补充,"好了,关电脑,我们回去睡吧。"

一回到家,梅尔乔就检查他的邮箱,还是什么都没有。他被搞得毫无睡意,一早上就像个强迫症似的不停查看邮箱、上网、给珂赛特和比瓦雷斯打电话。下午三点出门去吃饭,回到家,趴在电脑前睡着了。等他醒过来的时候,天快黑了。睁眼第一个看到的就是收件箱里有一封他清早写给匿名者的信的回信。回信也很简短,仅仅写道:"检查指纹记录。"梅尔乔一分钟也没有耽搁,立刻给布莱打电话,又说服他再重复一次昨晚的事。("我向你承诺,这是最后一次了。")这一次他的寻找只要集中在谋杀案发生后几小时在阿德利家收集的指纹报告上。他查阅了所有指纹的放大图,证实了确认身份的指纹都属于案发前一天在阿德利家的四个人:阿德利夫妇,罗马尼亚女佣赫妮卡·阿尔瓦,厄瓜多尔厨娘玛丽亚·费尔南达·桑布拉诺。然后,他决定要检查一下没有确认身份的指纹放大复印图。但确实都难以辨认,看上去很模糊。正当绝望之时,他临时想起查看一下所有指纹的原件,虽然他知道几乎是不可能在指纹原照片上确认身份的。他一张一张地检查,用原照片和放大的复印件比对。突然,他注意到一个不同寻常的地方,有一张在警报设备室里采集的指纹原照,看上去比放大图更清楚。

梅尔乔一时搞不清楚,决定去实验室,重新做一张原照的放大复印图。机器操作花了点时间,但新的放大图比之前那张清楚很多，以至于他不相信原来的复印图是因为偶然或者笨拙才弄得质量那么糟糕。多亏新的复印图，现在可以确认指纹的身份了。走在路上，他感觉已经找到要找的东西了，或者已经非常接近。梅尔乔回到他的电脑前，用这个指纹和调查库里的信息比对，首先确认这个不是阿德利夫妇的指纹，也不是罗马尼亚女佣和厄瓜多尔厨娘的。然后，他一一比对阿德利纸业高层的指纹，排除了博泰特、席尔瓦和阿霍纳。对比到阿尔韦特·费雷尔的指纹时，他心中一震。经多次验证之后，确认了两者完全吻合。

他拼命按捺怒火，站了起来，在办公室里边走边想。他的发现证明了费雷尔在谋杀案发生前几个小时或者几天前去过安装了警报的设备室。这表明极有可能是他切断了家里的安保系统，以至于几个小时或几天后，凶手可以入户。这也说明费雷尔撒谎了，或者至少他有意隐瞒了这件事。因此，几乎可以肯定，他和谋杀案有关。那他是不是也和奥尔加的死有关联？有可能，他想。但另一件事他很肯定，调查组里有人蓄意毁掉了这份决定性的证据。指纹的放大复印图效果那么糟，绝不可能是因为操作失误或者凑巧，而是有人刻意为之，就是为了不让别人识别出这个指纹的身份。这个人知道不能随意消除一份已经归档的证据，因为一旦消除就会暴露，所以他决定通过模糊放大复印图的方式，有意隐藏这个指纹，期待没有人会想起看原件。从而，费雷尔的指纹就难以辨认了。他立刻明白这件事只能发生在谋杀案后最初的那几个小时里，而最容易做到这个的人，也许也是唯一能做到的人，就是在阿德利家收集证据的负责人——西尔文特。

对于刚刚的发现，梅尔乔有些不知所措。他关了电脑，快速走出警局。在外面找汽车的时候，他同时给西尔文特打了电话。后者刚刚上床睡觉，但看到梅尔乔那么着急找他，最后同意见他。

"怎么了？"他警觉地问。

"给我二十分钟，我慢慢告诉你。"他回答。

二十分钟后，梅尔乔在埃布罗河畔莫拉郊外一排别墅中的一栋前停了车。西尔文特在花园前面坐着等他，他挨着铁门，穿着运动裤、灰毛衣和拖鞋。这是11月清澈的夜晚，满月高挂，漫天星辰。门楣上方悬着一盏灯，照亮了房子的大门。

西尔文特站起来朝梅尔乔走去，还没能打招呼，后者就掐住了他的脖子。

"是你模糊了指纹放大件，是不是，混蛋？"

西尔文特大呼放手，梅尔乔平息了怒气，把他的发现说了出来，但一直没有放开他的同伴。他说，在阿德利家案子调查卷宗里有一个指纹表明，谋杀案发生前，阿尔韦特·费雷尔曾经到过安装了警报系统的房间。他解释，这个把费雷尔卷入谋杀案的指纹，被有意隐藏在模糊的放大图里，这样就没有人会留意到了。而唯一能做这件事的人只有他——负责收集房子里所有证据的鉴证科警察，并把这些证据交给皮蕾丝警长归入整个调查。

"不是我。"西尔文特呻吟着，他快速搞清了梅尔乔的指控，脖子还被掐着，"是萨洛姆。"

梅尔乔看着他，好像听不懂他的话。

"你说什么？"

"我说是萨洛姆，他妈的。"西尔文特快窒息了，再次呻吟，"只有可能是他。"

梅尔乔呆住了，放开了他的同事。后者正弯腰咳嗽，等他恢复过来站直身子，梅尔乔让他把话说清楚。

"只有可能是萨洛姆。"西尔文特揉着脖子重复，"戈马警督让我负责收集所有证据，这没错。但你也记得那天到处都是痕迹，我们工作量爆棚，萨洛姆就自告奋勇来帮我们。他有鉴证调查的经验，而且他也是调查组成员，又是警士……而且，他说戈马命令他来帮我们，我猜他不可能瞎编，你也知道我不是个多事的人。因此，周日的整个下午，他都和我们一起在阿德利家。"

"确实。"这话更多是说给梅尔乔自己听，而不是对西尔文特说。他一遍遍在脑子里仔细搜寻那天的细节，"是他主动提出帮你们的，戈马就同意了。后来，我也提出去帮他，但他没同意，他不想有人监视他的工作。那天晚上，他在警局工作到很晚，一直处理你们发给他的证据，第二天……"

"是的。"西尔文特强烈赞同，"周日，萨洛姆负责汇集所有的证据，然后再交给皮蕾丝。第二天，他还接着把所有的材料检查了一遍。一切都是由他开始，也是由他结束的。我负责在阿德利家收集证据，萨洛姆就在警局统筹，然后交给皮蕾丝。中间没有其他人了。我告诉你，能对放大图动手脚的只有他了。"

梅尔乔设法在自己的理解范围内努力搞明白同事的解释。此时，他的手机响了，刺破了郊外这条街道的深夜宁静。他们对话的这段时间，没有一辆车开过。他还是难以相信刚刚的发现，迟迟没有接电话，手机响了又响。但他意识到，打电话的应该是警长，他接通了电话。

"能知道你去哪里了吗？"布莱问，"他们告诉我，有人看到你从警局跑出去，就像是去救火了。我们不是说好谁也不会知道你去过那儿吗？"

"对不起。"梅尔乔盯着他的同事说，"我在埃布罗河畔莫拉，和西尔文特一起。"

"和谁？"

"西尔文特。"梅尔乔回答，"我回头和你说。"

"你发现什么了吗？"

"我想……"梅尔乔犹豫了，眨了眨眼，说，"我想是的。我想我已经知道是谁杀了阿德利夫妇。"停顿之后，他又补充，"还杀了奥尔加。"

"你不要开玩笑，大西班牙人。"

"你就待在警局。"梅尔乔请求，"我马上回去。"

梅尔乔没有道歉就告别了西尔文特，坐上了车。开车回甘德萨的时候，他的脑子里拼命重建五个月以来发生的事情，始于和这个周日类似的清晨，有人通知他在阿德利庄园发现多具尸体。等他停在萨洛姆家门前的时候，基本已经把阿德利家案子的碎片拼凑完整了。

萨洛姆家位于一栋现代的三层楼建筑里，离法院很近。梅尔乔按了门铃，萨洛姆过了一会儿才回答。同事叫他开门，他什么也没问就开了。之后,他穿着睡衣便服出现在门口。

"真有你的啊!"萨洛姆满脸睡意,探出身子到走道,笑着欢迎他,"四年以来,你一直拒绝我的邀请来我家,现在却不打招呼,清晨自己跑来了。你知道现在是几点吗?"

梅尔乔二话没说,一拳打了过去,让萨洛姆撞上了门厅的桌子,把金属、木头和玻璃都打翻了,一阵嘈杂。

"他妈的,怎么了?……"萨洛姆难以置信地嘟囔着倒在地上,"你是喝醉了,还是怎么了?"

梅尔乔把身后的房门关好,朝警士的肚子和脸各踢了一脚,然后把他拖到餐厅,扔到了沙发上。

"你知道吗?"梅尔乔好似天真地说,"上次看到你的时候,我还认为你是我这一辈子最好的朋友,而现在我觉得你是我要大骂特骂的混蛋!你怎么想?"

萨洛姆在沙发上扭动身子抱怨着,挣扎着坐起来,手捂着肚子,像是害怕自己吐到地毯上。现在他脸上既没有困意,也没有笑意,眼镜丢了,鼻血溅到了胡子上。

"我不知道你在说什么,梅尔乔。"他终于能说话了。

"我在说奥尔加,混蛋。是你开车撞死她的吗?还是你的朋友费雷尔?"

"我再说一遍,我不知道你在说什么。"萨洛姆坚持,"你先冷静一下,好好想想,你怎么会认为是我杀了奥尔加?"

梅尔乔又打了他两拳,这次是打在了肋骨上。警士似乎心甘情愿被打,或者是他避不开。

"如果你还想装傻,我就把你往死里打。"梅尔乔威胁。他搬了张靠背椅,骑马坐了上去,双臂靠在椅背上,"你真的不知道吗?那好,我来告诉你。我刚刚在阿德利案子的调查档案里找到了费雷尔留在警报设备室的指纹放大图。你大概还记得吧?因为鉴证科的同事已经编码记录过,你不能毁掉那些指纹,所以你就模糊了那些放大图,这样谁也分辨不出了。你就那么自信,不会有人想起把放大图和原图比对吗?你想起来了吗?啊,你终于想起来了?一开始我以为是西尔文特,但我刚刚和他聊过,已经知道不是他了。那天负责收集指纹并把指纹交给皮蕾丝的是你。原来是为了这个,那天你主动向戈马提出要给鉴证科的同事做帮手,借以保护你的朋友,弥补他留下的一些失误。也因此,你不愿意让我帮你,你想一个人做。当然了,你不希望有人看到。后来,你就成了他们家的发言人,你来应对记者,这样所有的信息都要经过你,你就不会漏掉任何的信息。我猜肯定也是你通知了费雷尔,告诉他我们监听了他的电话,对吗?这样他就不会有任何不恰当的通话,也不会说出什么蠢话了。哦,对了,看看你多好,帮我拿到了阿德利纸业办公室的钥匙。你一向是个慷慨的朋友,总是随时帮我,把我从困境拉出来,是这样吗?你让费雷尔给你阿德利纸业的钥匙,然后他就能在戈拉乌的办公室把我抓住,这样就能让我彻底远离这个案子了,是吗?但是我没有罢手,所以你们想起来对奥尔加下手了,是吗?混蛋!"

梅尔乔把强有力的证据和合理的假设一一罗列,萨洛姆没有承认,但终于在沙发上坐了起来,多少恢复了一些体力。他不光丢了眼镜，还丢了拖鞋和居家服的腰带，睡衣的好几颗扣子也崩掉了，胸和肚子的部分露在外面，整个身子一动不动，疼痛万分，脸上的表情也变了，一脸疲惫。

"你真的觉得你能逃脱吗？"梅尔乔用食指指着他质问，"你不知道自己在做什么吗？你把费雷尔的指纹销毁，起码就是阿德利案子的共犯了。你怎么解释这些？你还不承认？那个有意被模糊的放大图可是指证了你。没发现你已经没有退路了吗？"

萨洛姆一声不吭，眼神阴郁地看着铺砖的地面。他还在喘气，看上去像在思考，他已经被击溃了。

"我还要继续打你吗？"梅尔乔说，"你不觉得在发生这么多事后，我有权知道真相吗？不管怎么样，你都要坦白的……"

"我和奥尔加的事没有一点儿关系。"终于，他低声说。

过了漫长的几秒钟后，两人无声地互望，像是中了蛊。但很快，警士掉转了视线，梅尔乔依然看着他，在自己面前这张陌生的脸上——头发散乱，胡子上都是血，赤裸迷茫的眼睛——寻找这四年来他朝夕相处的同伴，他在高地的生活向导，他的忠实好友。萨洛姆指了指门厅，无力地说：

"请你帮我把眼镜拿过来，拜托。"

梅尔乔帮他拿了过来，这次没有坐下，而是站在他面前。现在餐厅里只能听到萨洛姆沉重的呼吸声，还有挂钟沉静的滴答声。

"我和奥尔加的事没有一点儿关系。"警士没好气地重复，试图用睡衣和家居服遮住漏出来的胸和肚子，"当阿尔韦特得知你还在调查案子，他就疯了，害怕你会发现什么，说无论如何一定要你离开。我试图安抚他,但没奏效。实际上,阿尔韦特只想吓吓你而已,给你个警告,可最后事情被搞砸了。"

"谁做的?"

"他付钱找人做的,这是他告诉我的。"

"是杀阿德利夫妇的同一伙人吗?"

"不是的,我想不是。那些人是真正的职业杀手,但我不清楚。我只是想帮朋友一把而已,没有其他的了。我也会为你做相同的事。"

"你是疯了还是怎么了?你帮他杀了三个人啊!"

"不是这样的,我只是想帮助朋友免除牢狱之灾。他下定决心要杀了他岳父,无论如何他都会杀了他的。"

"为什么?"

"什么为什么?"

"他为什么要杀他的岳父?"

"为什么?因为二十年来,阿德利一直蹂躏他、搞砸他的生活,就像对待他身边的所有人那样。而且,还因为阿德利决定要把一半财产捐给主业会。"

"什么?"

"就是你听到的。阿德利是悄悄做这件事的,连他的女儿都不知道,当时已经在着手进行。主业会有人知道这件事,但你别指望他们会告诉你。在他们那种地方,人人都是阴谋专家……这件事让阿尔韦特彻底下定了决心。老头一辈子都在折磨他的家人,现在临死了,还要再最后给大家致命一击,真是个怪物。"

"就因为他是个怪物，你就帮助费雷尔杀害他吗？"

"我再重复一遍，我没有帮他杀人。我只是帮他不被你们逮住，或者说我试图这么做了，但现在看来失败了。"

"去你妈的。"

梅尔乔愤怒至极，把视线从萨洛姆身上移开，努力克制自己的恶心和暴怒。他发现有件事警士没有撒谎：这是他第一次来这儿。他扫视了一圈这个饭厅，家具的摆放都很普通：猪肝色的常见沙发，常见的桌子，几张普通的椅子，毫无特别之处的橱柜，几本无趣的书，一台旧电视和一个老旧的闹钟。在这乏味的环境中，唯一让人觉得有些私人或者宜人的东西就是对面摆放的他太太和女儿的照片。其中的一张吸引了梅尔乔的注意。那是一张全家合影，镶在一个银质的玻璃相框里。照片是夏天度假的时候拍的，萨洛姆站在中央，三个女人围着他，他们像是刚刚从海滩回来：所有人都穿着泳衣、短袖和拖鞋，脚边放着装泳衣的袋子、折叠椅和一把遮阳伞。萨洛姆当时还很年轻，没有胡子，但戴着他一贯的那副老旧眼镜，右手牵着当时还只有六七岁的克劳迪娅，左手搭在他太太的肩上，吻着她的脸颊，而她牵着米雷伊阿，笑着看向相机，笑容无比灿烂。梅尔乔不自觉地暗想，如果致命的癌症当时已经在萨洛姆太太的体内，那照片里的她还能活多久？而萨洛姆这么多年独自住在这郊外的公寓里，就像初到小镇的外乡人，根本不像一个甘德萨当地人。他太太和家人的家具和回忆都在哪里？萨洛姆这么一个讨厌孤独的人，是如何一个人在这个公寓里度过寡居的忧郁生活——而他却和奥尔加、珂赛特度过了人生中最幸福的一段时光？他把视线从照片上移开，看向了警士的眼睛，警士正看着自己。

"我不明白你怎么会做这样的事？"梅尔乔接着说，"你怎么可以？……"

突然梅尔乔停住了，刚刚在萨洛姆眼中看到的东西让他呆住了。电光石火之间，回忆起在他和奥尔加的婚宴上，他和警士以及他两个女儿的对话——这段对话现在几乎就是一个环扣，把许多对话都串了起来，或者说是许多其他对话的重复或回音。他一下子明白了，似乎一切都清楚地写在了警士的眼中，他感到深切的悲哀，这深沉的悲切没有冲淡他的愤怒和恶心，相反更加深了。他刚刚想问："你朋友付了你多少钱，让你做这些？"但萨洛姆先开口了：

"你真的要揭发我吗？"

问题在两人之间回荡。

"揭发我，除了毁掉我的生活，你能得到什么好处？"警士接着问，"给媒体一个机会，让他们告诉民众，我们警察都是不该受欢迎的人，就应该付给我们可怜的薪水，待我们如猪狗？还是你揭发我，就为了向一个活够了、全世界都讨厌的人执行正义吗？"

"你忘掉了老人的太太和他们的女佣。"梅尔乔用最后一句话提醒他，"你忘掉了奥尔加。"

"我再和你说一遍，我和奥尔加的死没有任何关系。"警士回答，"奥尔加是我的朋友，如果可以，我会尽一切可能避免发生这一切。其他女人的死也和我没关系，我不知道他们会杀掉旁人。

我向你保证，我完全不知道他们会以那样的方式虐待两个老人。当我看到谋杀案的现场后，我和你一样被吓到了。阿尔韦特说那是他雇佣的杀手的事，那晚他只是打开了门而已……我不知道。我不知道那些人是谁，也没有和他们打过交道。我唯一确定的是，即使你揭发我，奥尔加也回不来了。但我的女儿们在失去她们的母亲后，会再次失去她们的父亲。你也会失去你最好的朋友——在你需要的时候唯一为你出头的人。是不是这样？"

梅尔乔看着萨洛姆，不知该怎么回答。这种无力感给已有的愤怒、恶心和悲哀又增加了一分沮丧。

"说够了。"梅尔乔强装镇定，"请你穿好衣服，我们该走了。"

"去哪里？"

"去警局，布莱正在等你。我希望你能把刚刚告诉我的内容说给他听。他知道该怎么处理你和费雷尔。"

不解和疑问之后，萨洛姆低下了头，下巴几乎垂到了胸前。接下来的好几秒，两个人谁都不说话，只能听到挂钟的滴答声。梅尔乔发现了之前都没有留意的地方，警士的头顶中央秃了一块，就像古时修士的发型。让他意外的是，萨洛姆再次抬起目光的时候，梅尔乔捕捉到他嘴角的笑意——介于嘲讽和玩笑之间。

"你不去找阿尔韦特吗？"他问。停顿似乎让他重振了精神，也让他恢复了自控，"你确定不利用这个好机会，好好打他一顿，像对我这样？ 当然，你也可以打死他。这对你也挺好的。"

梅尔乔再次不知道该说些什么，他和萨洛姆四年来天天在一起，却几乎不了解他。想到这些，他感到深深的疲惫，似乎令他亢奋的愤怒一经消逝,就只剩下悲痛、伤心和疲倦了。

"你认为你比我好,是不是?"萨洛姆接着说,嘴角依然留有笑意,语气是挑衅的、复仇的,"你不是。我也许只是犯了个错,而你完全不同,梅尔乔。你想知道你是什么吗?"

梅尔乔不想知道,不想让警士说出他内心的答案,但他依然感觉无力回答。

"你是个谋杀犯。"萨洛姆自己回答,"这就是你。在你脸上,在你眼睛里都写着。我当时看到你就发现了。你告诉我一件事就够了:你很享受枪杀那些年轻人,是不是? 我指的是坎布里尔斯的那四个恐怖分子。你是不是很喜欢? 说呀,你就说实话吧! 你可以安心告诉我的。你是很享受,是不是?"他停顿了一下,声音变得诱惑、热情、私密,"那就是你,醒醒吧! 你生来如此,到死也是那样。人是不会变的,你也不会变。所以你不想去找费雷尔,因为你知道你会杀了他的,是不是?"警士的脸最后笑开了,现在是个完整的笑了,而且有点攻击性,甚至有点厚颜无耻,"不,梅尔乔,你并不比我好,虽然现在看来是的。但你更糟,糟多了。你自己知道这点,对吗?"

梅尔乔的头肯定地动了动,似乎他确实知道,他也问自己,对方说的是不是真的。梅尔乔有打他的欲望,又有想哭的欲望,这是这些天第二次想哭。他说:

"请你穿上衣服。"

萨洛姆还是想退缩,最后,他终于缓慢地、不情愿地站起来,走到他的房间穿衣服。几分钟后,两个人坐上梅尔乔的车,一路无言地朝警局驶去。

虽然是周六的晚上，甘德萨的街道依然很空，在加泰罗尼亚大道上也没碰上几辆车。梅尔乔试图什么都不想，可他做不到。他脑子里一直回响着萨洛姆刚刚说的话，想到萨洛姆的女儿，想到珂赛特，想到他在高地的四年，想到沙威。

当梅尔乔把车停在警局前，脑子里还在想着《悲惨世界》里的那位警察。这时，透过警局大厅的玻璃，他远远看到布莱警长。大厅是闪亮的直角柱形，在黑夜中就像一个发光的池塘。布莱警长认出街上的汽车后，做了个出去的手势。但最后他还是待在了里面，看着他们。梅尔乔指了指警长，说：

"他正在等你。"

萨洛姆转过头来看他。借着汽车仪表盘上微弱的光，梅尔乔看到他浓密拳曲的胡子上的血迹已经干了，还看到他脸上之前笃定的表情消失了，取而代之的是懦弱、无助、焦虑、绝望。

"我们真的不能解决吗，梅尔乔？"他问，"我们还有时间。我们可以对布莱说，一切都是个玩笑，是个误会。我们可以对他说，我们俩吵架了。随便说点儿什么。"

梅尔乔摇了摇头。

"他不会相信的。"他说，"而且，西尔文特也知道了。我和你说过，我刚刚和他聊过。"

"他肯定会相信的。"萨洛姆坚持，"西尔文特也会相信的。"他停了一下，再次恳求，"求求你了，求你看在我们俩交情的分上，求你看在我们的女儿们的分上。"

梅尔乔叹了口气。他看着前面空地上的黑暗，终于什么都没有想，或唯一想的就是他正什么都没有想。他轻轻用头指了指大厅，不悲伤、不气愤也不恶心地说：

"出去！"

萨洛姆没有再乞求，也没有抗议，但他动作很慢。梅尔乔听到他下车，但一眼都没有看他，也没有看他走向警局，走进布莱警长给他打开的门，更没有看到他和警长在大厅玻璃处说话。当他再次看向警局，唯一看到的只是布莱在玻璃另一边向他摊着手，是询问的姿势。此时他踩下油门，离开了。

4

几年后,当梅尔乔再次想起在高地最初的几个月,他都会认为那是他人生中最幸福的时光。

那天,他去图书馆还君特·格拉斯的《铁皮鼓》,奥尔加正在前台等着他,满脸同谋者般的微笑。

"结束了。"她没有打招呼就径直说,"我读完了。"

没必要指出她说的是《悲惨世界》。那天早上刮着大风,图书馆刚开门,从侧墙射进来一束束强烈的阳光。他们俩聊了一会儿小说,没有任何人打扰,两个人你争我抢,一句接着一句。奥尔加坐在柜台后面,梅尔乔双肘靠在柜台上,格拉斯的书放在一边。他们聊冉阿让、马德兰先生、聊沙威、芳汀、珂赛特,聊德纳第夫妇、伽弗洛什、割风、由安灼拉统领的革命党年轻人,还聊到滑铁卢的农村和巴黎的街垒。后来,奥尔加又跟梅尔乔说了她对这本书的评价:很奇怪。这几周,每次梅尔乔问起她是不是读完小说了,她都这么回答。梅尔乔再次问她为什么。

"很感性,情节起伏,道德观强。"奥尔加一一罗列,"或者说,都是我讨厌的小说形式。可是我读得停不下来，这就是奇怪的地方。它比我喜欢的那些小说都更像现实，而现实就是我不喜欢的。"

"在另外的方面，它也很像现实。"梅尔乔赞同，"书里有大量的现实。至少这是我每次读这本小说的印象。这本书包含了一切。"他停了下来，自己觉得有点难为情，但还是接着说，"但我最大的印象是，这本书说的是我。"

"所有小说都是在说我们的故事。"她回答，"这不是你朋友想表达的意思吗？"

"哪个朋友？"

"那个说小说的意义一半是作者给的，另一半是我们读者给的。"

"是的，但《悲惨世界》是不同的。"

梅尔乔试图解释为什么不同，但他说不清楚。好在图书馆最早到来的读者解救了他。那是一对老夫妇，他们来还一本书和DVD，还咨询了当天下午要在活动室举行的图书介绍会。

"我不知道你还组织图书介绍会。"当老人离开后，梅尔乔说。

"可惜组织得比较少。"她遗憾地说，"我还组织阅读俱乐部。你应该参加一次，你会喜欢的。就像我们俩现在做的这样，和其他人一起谈谈书……"

"谢谢。"梅尔乔打断她，"我只想和你一起读书。"

奥尔加又笑了，这次好像她面对一个原本不可能对她感兴趣的青少年在挑逗她。她幽幽地说：

"好吧。可问题是，他们付我薪水来管理图书馆，而不是来谈论书。"她叹了口气,拿起《铁皮鼓》问,"你要还书吗?"

梅尔乔说是的,等着奥尔加像往常一样——每次读完一本小说就问他感觉如何,可这次她没问。奥尔加还书的时候,梅尔乔指了指格拉斯的小说。

"我也很喜欢这本。"他说,"但现在我想让你给我推荐一本不像十九世纪小说的二十世纪小说。"

奥尔加似乎觉得梅尔乔在考验她(就好像等了几个星期才提出这个请求),她不假思索地走向深处的书架,踏着她如小鸟如小女孩般的轻快步伐,很快带回了一本乔治·佩雷克的《人生拼图版》。

"这本书的篇幅是《局外人》的十倍还多。"梅尔乔向她确认,有一点儿困惑。

"是的。"奥尔加满意地说,"几乎和《悲惨世界》差不多长。"

"请注意,"梅尔乔不同意,"《悲惨世界》可是它的两倍长。"

奥尔加笑起来。梅尔乔近乎贪婪地看着她嘴角漾开的细纹,他拿起书,坐到了对着石子地面庭院的落地大窗边。

梅尔乔一上午都在那儿读佩雷克的小说。一点半的时候,刚好在图书馆中午闭馆之前,他建议奥尔加去广场的酒吧随便吃点儿东西。

"谢谢,但我没有时间。"奥尔加回答,"而且我住得很近,我回家吃。你也回家,是吗?"

他们俩一起离开图书馆,一边聊天一边朝老城区走去。高地的冬天快临近了,冷风刮过甘德萨的街道,吹散了云雾,天空又蓝又亮。他们又聊起《悲惨世界》,走到法罗拉广场中心的圆盘处。

北风凛冽，吹着广场中央矗立的棕榈树，他们穿过圆盘，朝广场走去。梅尔乔设法把谈话转到了奥尔加的工作上，她告诉他，她所工作的这个图书馆是高地最大的一个，所以实际上一共是两个人在运营这个图书馆，另一个图书管理员叫柳西亚，通常她都是下午上班（就像她一般是上午上班）。理论上，柳西亚负责接待读者，她负责管理，但在实际操作中，她们俩并没有各司其职，而是互有交集。她也承认，在工作中，她比较喜欢的部分除了举办图书介绍会、阅读俱乐部和诗歌工作坊，还有订购书籍，参加书展买书。

当他们走到广场的围挡时，风变小了些。梅尔乔问她为什么选择做图书管理员。奥尔加停下脚步看着他，就好像之前从来没有人问过她这个问题。她把大衣裹紧了些，一只手拢了拢被风吹乱的头发。

"我不知道。"她承认，"我想是因为我喜欢秩序。你为什么做警察呢？"

梅尔乔完全不需要思考就能回答这个问题。

"因为《悲惨世界》。"

"可是《悲惨世界》里的警察是坏蛋！"奥尔加惊呼。

"不是那样的。"梅尔乔笃定地回答，"沙威是个假坏人。"

接下来，他试图说服奥尔加相信沙威不是看上去的那样。奥尔加听他说着，没有反驳。

"他是个假坏人。"梅尔乔强调，"你没发现吗？那些假坏人是真正的好人。"

"照这种说法，那也应该有假好人了。"奥尔加推测。

"当然了。"梅尔乔说，"那是些真坏人。"

他们在一个石凳上坐下来，头顶是一棵桑树，枝叶被秋天的大风蹂躏得所剩无几，飘落的黄叶在广场中心被北风吹得乱飞。他们的对面就是酒吧露台，梅尔乔的无数早上就在那里读书度过，他也经常在那里吃午饭和晚饭。此时，只有一张桌子上坐着两个街坊，他们借着太阳的温热抵御着寒风。奥尔加已经和很多路过的熟人打招呼，也跟一个从石凳前走过的女人打了招呼。他们俩聊了高地。后来，梅尔乔想让她说说在巴塞罗那的日子。

"你怎么知道我在巴塞罗那生活过？"奥尔加问。

"萨洛姆告诉我的。"

"萨洛姆还告诉你什么了？"

"没了。"

"你知道你撒谎水平很糟糕吗？尤其对于一个警察来说。"

梅尔乔半开玩笑半严肃地辩解，但奥尔加没有听他的话。他再次感到她把他当作一个青少年，但这丝毫没有困扰到他。奥尔加说起萨洛姆、他的太太还有萨洛姆的女儿们。她说话的时候，不自觉地一直用手指抠着石凳粗糙边缘的一个缺口，那条又深又光滑的凹槽就像是石头的一个疤痕。她过了一会儿才回答梅尔乔的问题，说起她在巴塞罗那的那几年，然后问他是否想念城市生活。梅尔乔立即回答，不想念。

"好吧。"他调整了一下回答，"除了一件事。"

"什么？"

"噪声。"

奥尔加转头看着他。梅尔乔心想，她是他这辈子见过的最美的女人。

"我是说正经的。"他说，"没有噪声我睡不着。一开始我都合不了眼。幸亏我发现了安眠药，但偶尔，宁静还是会让我在午夜醒来。"

"嘘……"奥尔加小声地说，把左手的食指放到了嘴边，用右手拉住了梅尔乔的手。

等他们开始聆听宁静的时候，广场上似乎充满了噪声：他们背后法罗拉圆盘四周来往的汽车声，刮过光秃秃桑树树枝的风声，枯叶在他俩面前的广场中央聚集又散开，发出呜咽声，一群小女孩闯入广场，围着喷泉又叫又跑。他们俩试图寻找安静的尝试失败，两人相视而笑。奥尔加松开梅尔乔的手，看着石凳边缘的缺口又摸起来。他们沉默了几秒钟。没来由地，梅尔乔想到了他母亲。

"你知道这是什么吗？"奥尔加指着石凳上的裂缝看着梅尔乔问，"内战的时候，佛朗哥的北非士兵在这儿磨他们的刺刀，我父亲看到他们这么做的。"

梅尔乔从母亲的回忆中转过神来，想到在高地玩多米诺骨牌的一群退休老人；想到八十年前，在埃尔皮内利的圣马格达莱娜教堂，一群共和军士兵因为他们赴死的勇气而神奇地活了下来。

"你父亲也参加内战了吗？"他问。

"没有，"奥尔加回答，"他当时还是个孩子。但等他老了，就和我说了很多关于内战的事。"

梅尔乔笑了笑。

"看上去,高地的老人一直都在说内战的事。"他这样评论,"曾经有个同事跟我说,似乎这八十年来没有发生其他事。"

"也许,真是事实。"奥尔加说,"在这里,无论什么时候,一切都可以用内战来解释。"她看了一会儿小女孩,她们现在玩捉迷藏了。风势减弱,广场上几乎没什么风了,广场中央落满了一层桑树叶,"其实,你留意一下会发现,人们真正谈论的不是内战,而是埃布罗河战役。这是两件事,内战持续了三年,而埃布罗河战役只持续了四个月。那场战役是个噩梦,但有其体面之处。半数人都参与其中,出现在历史书上,我们甚至还出了纪念册。内战其余的部分就纯粹是恐怖了,难以缓解的惊恐。真正影响我们的是内战,而不是埃布罗河战役。"她又低下了头,还在摸着以前磨刀的豁口,似乎她的手指在阅读着这块石头所记录的故事,"那场战役只是留下了可见的伤口。"她接着说下去,好像不是在和梅尔乔说话,只是自说自话,"那些战壕,那些废墟,那些落满弹片的山区,都是游客喜欢的东西。可真正的伤口是另外的东西,是看不到的,是人们埋在心里的。这些伤口才能解释一切,但谁也不谈论。谁知道呢,也许这样避而不谈最好。"

一阵风吹乱了她的头发。露台上的客人走了,小女孩还在玩捉迷藏。

"好了,"奥尔加叹了口气站起来,"我走了。这周柳西亚不在,我下午还要去图书馆开门。"

梅尔乔也站了起来。

"我们明天再约？"

她看着他，好像看着个孩子。

"明天不行。"

梅尔乔坚持，又提议换成周三、周四。奥尔加找了一个又一个借口，最后还是让步了。

"好吧，我们约周五。"她指了指广场另一头酒吧的桌子，"晚上八点在那里见？"

八点，梅尔乔到了酒吧。甘德萨的广场上人声鼎沸，高地各处的人都聚到此地开始庆祝周末。天刚黑，各处的路灯都亮了，昏黄的灯光照着广场，气温很宜人。酒吧里面和露台上都挤满了嘈杂的客人，服务员托着盘子穿梭其间，帮客人点餐上菜，忙得焦头烂额，汗流浃背。

梅尔乔是店里第一位客人，早早就来占了张桌子。他穿了一身新衣服——昨天一个同事推荐他去埃布罗河畔莫拉的一家商店刚买的裤子、外套和衬衫——还打了领带。虽然他们不是约了吃晚餐，但他想着要邀请她。接待他的服务生认识他，对他的盛装开了开玩笑。梅尔乔礼貌地笑了笑，向他点了一杯可口可乐，服务生意外地立马就给他送了过来。广场上有车声雷动的摩托来往。一辆福特运动版小汽车停在酒吧门前，周围有一群年轻人，从车里传出巨大的音乐声。梅尔乔身边的人群说话、大吼、大笑，随着爵士乐又跳又舞，手里还拿着啤酒、鸡尾酒和香烟。不时有人看到孤身一人对着可口可乐、坐在嘈杂中的梅尔乔，笑一笑，然后用胳胳肘捅一捅他身边的人，示意也来看看。梅尔乔朝冲他笑的人笑一笑。在秋天这个有春意的夜晚，有热闹的人群，有音乐，他很享受，不紧不慢地等着人来。

奥尔加在快到九点的时候到了，梅尔乔点了他的第二杯可口可乐，有些人开始陆续离开广场。

"抱歉，我迟到了。"她道歉，"我得寄出一个书单，今天是申请补贴截止日。"

梅尔乔发现她穿了日常的衣服。

"没关系。"他掩饰了自己的失望，"我也才到。"

奥尔加上下打量了他一遍，惊呼：

"太不可思议了，你打扮得这么正式！"

他默认了，给她搬了张椅子。她看上去很累，环顾了一下四周，露台上的喧闹让她不太自在。

"如果你想，我们可以换个地方。"他建议。

奥尔加拽住一个刚好经过的服务生的手臂，向他点了一杯伏特加配橙子。

"没必要。"她说着在梅尔乔边上坐下来，"半个小时后，这里就不剩什么人了。"

确实，十点前，广场上差不多就空了。周末庆祝的人群，只有少量还留在酒吧里和露台上，一小撮朋友，零星的情侣，还有惯常来看电视的客人，他们喝啤酒，吃点小食。他们俩终于有时间可以海阔天空地随意聊天了，他们聊了《悲惨世界》和《人生拼图版》。（"你说得有道理，"梅尔乔评论，"这后一本小说的确不像是写于二十世纪的十九世纪小说,而像是好几个十九世纪的小说塞进了一本二十世纪的小说里。")他们还聊了聊奥尔加的家庭,似乎在她父亲去世后,她就和家人没有了联系。他们也聊了聊梅尔乔的家庭,不过他撒了谎。同样,关于他为什么在高地的原因,他也撒了谎。但谈到一开始他来到高地只是暂时的打算,他倒是说了真话。

奥尔加要点第二杯伏特加配橙子,梅尔乔点第三杯可口可乐。

"你从不喝酒吗?"她问。

"不喝。"

"我以前以为所有警察都喝酒。"

"我已经把此生该喝的量都喝光了。"

喝到第三杯伏特加的时候,梅尔乔发现奥尔加已经很醉了。她还抽了两根烟,一根是向服务生要的,另一根是和边上的客人要的。她开始问梅尔乔的感情生活。他觉得自己也有必要问她相同的问题。

"我猜萨洛姆肯定已经告诉你了。"奥尔加猜测。

梅尔乔否认了。

"你真是撒谎撒到底啊,亲爱的。"

她笑了,吞了一口烟,咳嗽起来。她又喝了一口伏特加配橙子,半眯着眼,看着被路灯照亮的空旷广场。

"你告诉我,梅尔乔。"她问,"你喜欢高地吗?"

"非常喜欢。"他回答。

听到他的回答,奥尔加一脸怀疑,又吸了一口烟。梅尔乔以为她又要说他撒谎了。

"之前,我的确是讨厌这儿的。"奥尔加说,"但是现在,倒也不是我喜欢这儿了,而是我不知道在其他地方该如何过。"她停住了,依然看着广场,香烟的烟雾朝着天空升腾。她摇了摇头,失神地喃喃道,"男人们。"她转过来看着梅尔乔,淡淡地笑着,略挑衅地问,"你真心想听我说我的感情生活吗?"

梅尔乔没有说话。

"把那些称之为感情,都让我发笑。"奥尔加说,"我的感情生活。你知道真相吗? 真相是我有过几个男人,但他们都欺骗了我。所有人,他们都不爱我。我把拥有的一切都给了他们,可他们什么都没有给我。什么都没有,甚至都没能让我怀上个孩子。"她又吸了一口,但这次把烟吐了出去,"如何? 不用你跟我说,我也知道是一场灾难,这就是真相,彻底的灾难。你说吧,你怎么想?"

梅尔乔依然看着她,没有立刻回答。

"我不会抛弃你的。"他最后说。

奥尔加睁开了眼睛。刚开始,梅尔乔以为她会哈哈大笑。后来,他又设想了另外一种截然不同的反应——就此她不再把他当孩子看,第一次当他是个男人。最后,奥尔加醉醺醺、略气愤地说:

"你不是我的男朋友,警察。"

"现在不是。"梅尔乔回答,"但请你准备好,我会成为你的男朋友。"

梅尔乔最后没有请奥尔加吃晚饭。十点半左右,他不得不送她回家,带她去卫生间吐,帮她穿上睡衣,躺上床。他一直等她睡着才离开。奥尔加在周六中午给他打电话。她说是萨洛姆给了自己他的电话号码,她酒后头疼得厉害,并为昨晚的演出表示歉意。"演出",她就是那么说的。

"我很抱歉,"她再次道歉,"我不习惯喝酒。"

为了博取他的好感,也为了感谢他昨晚耐心地陪她,奥尔加请他第二天吃饭。梅尔乔欣然接受了。多年后,每次回想起在高地最初几个月的幸福生活时,他都会拼命回忆那次吃饭时具体发生了什么,可都失败了。唯一记起来的是,在吃饭前,奥尔加就和他上床了。他们从下午到晚上都待在了床上,一直到周一才分开。梅尔乔早早起床,直接去警局上班。

从那时候起,他的生活就是完全围绕奥尔加的了。如果轮到下午的班,一整个上午他就在图书馆和奥尔加待在一起;如果轮到早上的班,他就在奥尔加家里待一下午(如果奥尔加不上班),或在图书馆待一下午(如果奥尔加上班)。其他时间也都和奥尔加在一起:可以的话,和奥尔加一起吃早饭、中饭和晚饭,和奥尔加一起购物,和奥尔加一起睡觉。他还和奥尔加一起阅读,她教会了他高声朗读的乐趣,以及听别人给自己读书的快乐。

他们一起读完了《人生拼图版》。之后,他们一同决定交替着阅读十九世纪的小说 —— 也包括写于二十世纪的那些十九世纪小说 —— 和二十世纪的小说 —— 也包括那些本质上是十九世纪的小说。头两个周末,他们几乎没有离开奥尔加的家。他们没日没夜地做爱,累了就睡觉,饿了就吃饭,互相给对方读佩雷克的小说。

第三个周末,他们开车去了巴尔德罗布雷斯(或巴尔德洛尔斯)小镇,在那边吃午饭,在老城区晃悠了一个下午。他们好奇地进了一家名叫塞雷的书店,在那儿买了好几本书,直到晚上才开车回到甘德萨。刚开过卡拉赛特,梅尔乔就提议他们搬到一起住。戴着眼镜开车的奥尔加转过头看了梅尔乔一会儿,在车内的昏暗中,她眼中闪着怀疑的亮光。

"你可真固执,警察先生。"她回答,"你希望你的同事因为诱拐未成年人而逮捕我吗?"

"我是认真的。"

"我也是。"

"全镇的人都知道我们俩约会。"

"我倒没有注意所有人都知道了我们的事。可约会是一码事,同居又是另一码事了。你提都别提。"奥尔加坚持,"现在我们的一切都很美好,但不会长久的。你知道我多少岁吗?"

"不知道,"他又撒谎了,"但我不在乎。"

"可我在乎,我都能做你妈妈了。你不懂吗?过几天你就会厌倦我了,然后……"

"我不会厌倦你的。"

"当然会。你会厌倦我,然后找一个和你年龄相仿的女孩。你一开始就应该找个那样的女孩,而不是和一个老女人混在一起。梅尔乔,你听我说,我们不要把事情复杂化了,在一切都还美好的时候,我们好好享受这段时光,之后我们就做朋友。好吗?这期间,我们就各自保持独立的空间和隐私,这样就能相安无事,我父亲就是这么说的。就这样吧，你不要再提起这件事了。"

梅尔乔没有再说起这件事。虽然所有人都知道奥尔加在和他约会，因为在哪里都看到他们俩一起（在街上、商店里、咖啡馆、图书馆，尤其是在图书馆），可大家都表现得好像不知道一样，知道或不知道原本也没有什么差别。唯一一个不能佯装不知道此事的人就是萨洛姆了，他无数次把梅尔乔送到图书馆，又无数次去那里找他。一天下午，他们三个人在广场酒吧喝咖啡。奥尔加走后，只剩他们俩，在走去停车点的路上，他问梅尔乔：

"奥尔加怎么了？我从来没有见过她这样。"

"怎么样？"

"这么开心。"

梅尔乔内心笑开了花，但他只是淡淡地说：

"我以为你要骂我。"

"骂你？为什么？"

"因为我和一个大我十五岁的女人约会。"

萨洛姆笑了出来。

"我不是你父亲，年轻人。"他提醒，"即使我是，也不会因此而责骂你。只会相反。"

他们的车停在市政府门前，上了车，萨洛姆正准备发动汽车的时候，似乎犹豫了一下。

"你能让我说一件事吗？"他问，"是关于奥尔加的。"

梅尔乔的直觉告诉自己，无论萨洛姆说了什么关于奥尔加的事，都只会影响到他现在的幸福感。而且，萨洛姆凭什么插手他的私事呢？所以他说：

"你最好还是什么都不要说了。关于奥尔加，我知道的足够了。"

多年后，每次回忆起在高地最初的几个月——他人生中最幸福的时光，梅尔乔都很庆幸那天下午没有被好奇心战胜。他也经常想，如果直觉是对的，如果他错误地让害怕失去奥尔加的心情所左右，如果他当时让萨洛姆说了他想说的话，那自己肯定会听他的话的。

一个周四的下午，当梅尔乔和奥尔加在阿拉贡大街上的果味浪超市买东西时，他接到了巴雷拉警督的电话。他被告知，第二天，分管信息部的福斯特局长要来看他，已经约好中午在警督办公室见。

"是谁？"他挂了电话，奥尔加问。

"不是什么重要的人。"梅尔乔想着福斯特为什么要来见他，"工作方面的事。"

他没有想错。第二天中午，当他走进警督的办公室时，两位领导已经在那里等他了。上次见福斯特还是在加泰罗尼亚警察总局位于萨瓦德尔的分局里。当时这位局长就给他提出了保护计划，希望在坎布里尔斯恐怖袭击后，可以保护他免受可能的极端分子的报复。这次见面，局长比梅尔乔上次印象里要随意很多，也更有活力。他先了解了一下梅尔乔在高地这几个月的情况，梅尔乔都是用简单的一两个词作答。后面进入了主题。局长还是先冠冕堂皇地说了些场面话：既然梅尔乔是警察系统很重要的一员，一切都会以他的个人安全为先。同时，局长也表示很骄傲有他这样英勇的代表，其中还穿插了对这几个月以来没有和他联系的致歉。

巴雷拉坐在福斯特旁边，穿着裹紧的制服，双手交叉在他六十岁人的大肚子上，听着局长说话，手摸着嘴唇上的胡子，并不时地点头表示赞同。福斯特对梅尔乔说，距离坎布里尔斯的恐怖袭击已经过去差不多九个月了。这段时间，他们与国家警察和国民自卫队合作，严密监控潜在的恐怖组织，控制这些嫌疑人出入境。他们已经搞明白，在巴塞罗那和坎布里尔斯实施恐怖袭击的团体是在加泰罗尼亚吉诺纳小镇的一个叫里波利的村子里接受培训的。培训他们的人在袭击之前死了，当时他正在阿尔卡纳尔的一个房子里制作炸弹。他们这是个独立的组织，和其他的恐怖组织没有什么联系。警方深入调查了这个培训者的多次旅行：他去了好几次维尔福德，那是比利时的一个城市。在那里，他试图找份工作养活自己，但没能成功。他还和其他恐怖分子一起去过巴黎三次，试图在那里和组织的成员建立联系，也失败了。摩洛哥警方逮捕了恐怖分子的家人和相关人员，但他们都没有参与恐怖活动。没有任何迹象显示这位培训者是受其他恐怖分子指使或和他们有任何联系。说到这里，福斯特以局长的身份欣喜地表明，他到此就是为了带给他好消息。

"我们认为您可以回去了。"局长用手指的指腹敲击着他们三个人围坐的桌子边缘宣布，"我还要再多说一句，我们也不能百分百完全保证您的安全，您也知道这是不可能的事。但我们有理由相信，您的身份没有传出警察系统。因此没有人会找您的麻烦，至少目前您是安全的。"

福斯特期待着梅尔乔的反应，可他落空了。梅尔乔有点茫然，他转过头看向巴雷拉警督，两位领导互看了一下，最后又看向了梅尔乔。

"都结束了。"福斯特再次说。他把手从桌子上抬了起来，张开了手臂。他似乎觉得梅尔乔没有听明白他的话，所以努力转化成肢体语言，"危险已经过去，您可以告别高地了。您可以回来，文明已经在等待您了。"

梅尔乔还是没有反应。

"您似乎对这个好消息不太积极。"局长说。

"我不想这么快就回去。"梅尔乔说。

"那您想怎么样？"福斯特笑着问，一手摸着他的山羊胡，"难道您以为我们是通过把您发配到边缘地带来表彰您的吗？您觉得我们就是这么来报答我们的英雄？您觉得这就是警局高层的想法吗？"他又转过去，对巴雷拉警督说，"在把他调来之前，我们向他承诺，这种情况不会持续太久的……"突然他不说话了，似乎在警督的脸上发觉了什么不对劲的地方，"请您不要误解了，巴雷拉，我并不是说高地是个糟糕的地方。相反，如果一个人在这里出生，家人也在这里，喜欢安静的生活，这里是再好不过的选择了。我想说的是，也许对于像他这样前途无量的小伙子来说，这里并不是合适的地方。"

"您没有必要道歉的。"警督安抚他，"事实就是您说的那样，这里是偏远之地。我可以说在这儿过了大半辈子，但我也只剩四年了。等我退休了，我就要离开这里。"

"我有选择吗？"梅尔乔插进来说。

"选择？"福斯特问，"您是说您能不能自己选择去哪个地方？当然，上级也授权我建议您……"

"我是想说，我能不能留在这里？"他打断了福斯特。

"这里？留在高地吗？"

梅尔乔点了点头。福斯特对他听到的话似乎难以置信。他再次转过头看向警督，后者噘嘴做出不屑的表情。

"对我而言，没有任何问题。"他说，"四年，我已经说过了。我只会在这个修道院一样的地方再待四年……"

巴雷拉没有把话说完。福斯特眨了一下、两下、三下眼睛，又回过去看着梅尔乔。

"您确定吗？"

"不确定。"他承认，"我想再考虑一段时间。"

他的请求让大家一片沉默，只有警督的指腹又在敲击桌子边缘发出声音。

"好的。"局长拍了一下桌子总结，"您有充分的时间考虑。"他站起来，伸出一只手，"什么时候您想好了，请通知我们。"

"好吧，这是早晚都要发生的事。"晚上，当梅尔乔说起和福斯特局长、巴雷拉警督的会面时，奥尔加这样表示。当时他们在奥尔加家的厨房里，说完这话，她停下了手里正准备的晚餐，脱下了围裙,瘫坐在椅子里,"那么,你什么时候回巴塞罗那?"

梅尔乔刚刚进厨房,站在她面前,还没来得及脱掉西服。

"我没有说我要回去。"他纠正,"我只是说,他们建议我回去,这是两回事。另外,我也能选择去其他地方。"

"那你是回去还是不回去?"奥尔加看也没看他,只是提问。她表情严肃,嘴唇微微发抖。

"我不知道。看情况,我跟他们说,我需要时间好好想想。"

"看什么情况?"

"你要我和你说真话吗?"

"当然。"

"要看你的情况。"

"什么意思?"

"意思就是,如果你愿意和我一起走,那我们就离开;如果不愿意,那我就留下来。"

"你不要说蠢话。"

"我没有说蠢话。我不想和你吵。"

"你就是在说蠢话。你应该过自己的生活。你还是个孩子。你不应该和我这样年龄的女人纠缠在一块儿。我告诉你,我们现在这样只会持续一段时间。我们俩都清楚,没有人……"

梅尔乔没能听明白后半句话,奥尔加的表情就变了。她的五官都扭曲了,嘴扁了扁,一副要哭的样子。梅尔乔想伸手摸她的脸颊,被她推开了。

"我会过自己的人生的,"梅尔乔说,"但我想和你一起过。"

"你还在撒谎,糟糕透了。"奥尔加说,"你还在说蠢话。我在这里有我的工作。我不想搬家。我也早就和你说过这些。"

"那我就留下来。"

"你留下来的话,将来会后悔的。"

"我不会后悔的。"

"你肯定会后悔的。或早或晚,你一定会后悔。你到时候就会怪我让你留下来。最后,一切都不会有好下场。"

"我不会后悔的。你不要哭了,求求你。"

梅尔乔轻轻抚摸她被眼泪浸湿的脸颊、她的耳朵、她的头发。这一次,奥尔加没有抗拒,只是双手放在膝头不断揉搓。

"你不要哭了,"梅尔乔重复,"一切都会好的。什么都不会发生。"

"当然会发生,从来都会发生相同的事,最后一切都没有好结局。"

"什么都不会发生的,相信我。"

梅尔乔一直求她不要哭,向她保证她想要的,告诉她,他想和她一起生活,并向她保证两人不会分开。奥尔加的眼睛还是死死盯着地面,似乎没有和梅尔乔面对面的勇气,大滴的泪珠沿着她的脸颊淌到脖子上,最后掉落在衬衫里。

"你不懂,梅尔乔。"她哭着说,"我四十岁了。我的人生是一团糟,经历了憧憬和失望,起伏跌宕。直到父亲过世,我的生活才算稳定下来,我很满足。我单身,什么也没有,但我找到了一种平衡,以这种方式,我过得很好。然后,你出现了……妈的,我是个蠢蛋,我又开始幻想。我明知道不会有好结局,也不可能有好结局,可我还是让一切发生了。"奥尔加抬起头看着梅尔乔,她满眼是泪,"求求你做点儿什么来避免这些发生。"她恳求,"不要让事情再发展下去了。你给巴塞罗那打电话,告诉他们你会回去。求求你了。"

第二天早晨,梅尔乔给福斯特局长打电话,告诉他,自己决定留在高地。

两天后,梅尔乔从伯特公路边的公寓搬出来,住进了奥尔加家。她家位于镇子的老城区,离教堂广场很近。搬家的事,他谁也没说,连萨洛姆也没说,没有和比瓦雷斯说,律师还时常从巴萨罗那给他打电话("一切都在掌控之中吗,小伙子?"),也没有和卡门·卢卡斯说,她仍然从埃尔亚诺德莫利纳给他写邮件。他没有任何理由需要向别人汇报这件事。事实上,住址的变化表面上没有给梅尔乔的生活带来任何重要的变化。只是他和奥尔加住在了同一屋檐下,并且他在她的工作方面提供了很多帮助。后面的几个月,甚至有读者误以为他是图书管理员。这丝毫不奇怪:他不止一次给图书馆开门关门,因为奥尔加有时要参加一些在巴塞罗那的书展,就需要梅尔乔帮她照看图书馆。虽然他果断拒绝参加奥尔加举办的阅读俱乐部,坚持宣称他唯一的阅读俱乐部就是奥尔加,但他会在图书馆的其他事务上尽可能帮助她。譬如,6月学校开始放假的时候,他就承担了泳池流动图书馆的服务。那几个星期,根据他在警局的工作时间,每天上午十二点到下午两点,或者下午三点到六点，他都会推一车子的书籍和杂志到市政府的游泳池，让当地的大人孩子在那里也能读书。很快，他还参与了图书介绍会的活动，甚至几乎承包了其中的所有事务：每次活动结束后，奥尔加会邀请主讲人吃顿晚餐，他就会提前预订好餐馆座位；他会买好葡萄酒、饮料、薯片和干果，把折叠椅在会议厅里摆好，在桌上摆好小吃；等活动结束后，还担任服务生，给大家端酒送吃的。消息传到警局，好几个星期里，大家都笑称他服务生。

梅尔乔的生活表面上没有变化，并不意味着事实上也没有变化。变化其实早就发生了，只不过某一刻他才意识到。这个巨变的第一个效应，或者说他最先察觉到的是，搬到奥尔加家没多久，某一天，梅尔乔发现，高地的寂静已经不会让他夜间失眠了。他停用了安眠药，开始拥有前所未有的好睡眠，每天能连续舒服地睡上六七甚至八个小时。他知道，从奥尔加开始给他读《悲惨世界》，自己毫无疑问已经不是去年刚到高地时的那个男人了。

那是夏初的时候，他们养成了给对方高声读书的习惯，每天晚上睡前都会读上几个小时（偶尔白天的时候，他们也会这样）。最早梅尔乔读《悲惨世界》的时候，是在关塔卡明斯监狱里，当时他几乎还是个孩子。米里哀先生，这位善良的主教让冉阿让变成了马德兰先生。他觉得世界患病了，但这个疾病有医治之法，那就是上帝。梅尔乔和他一样，认为世界得病了，但他确信自己生活在一个没有上帝的世界，所以世界的疾病没有办法医治。可现在一切都变了。多年之后，在高地的夜晚，奥尔加坐在他们的大床上，戴上眼镜，双腿盘坐，给他读小说的开头。梅尔乔明白了，他青年时期的愤怒、孤独和伤痛让他迷失了方向,现在至少对他来说,世界的重疾有了医治之法,那就是奥尔加的爱。他最初几次读《悲惨世界》的时候,尤其是他母亲死后,怨恨和成为孤儿的伤感让这本小说成了他的万能手册,成了一本神谕之书、智慧之书,成了让他反复思考的一个载体,就像可以反复把玩的万花筒。书中那么多英雄,梅尔乔最敬佩沙威——他公正无私、疾恶如仇——但他也和冉阿让共情,觉得他的人生就是一场战役,在这场战役中,他是落败者,他自卫的唯一武器就是仇恨,这同样也是滋养他的唯一养分。如今,多年之后,在追踪杀害他母亲的凶手失败之后,他已经接受现实,明白案子破不了了。他依然敬佩沙威,依然相信他所信仰的,依然认为他是《悲惨世界》里隐秘的英雄。可是,当奥尔加开始重新给他读小说,他意识到自己已经不会再自比冉阿让了,他已经不觉得在和整个世界对抗为敌了。感谢奥尔加的爱,他已经和世界和解,也不再是个战败者了。一天晚上,在小说的开头部分,奥尔加读到那个片段——可怜的冉阿让戴着马德兰先生的光辉面具在小说里出现时,他成了滨海蒙特勒伊的恩主(很快还成了市长)——梅尔乔打断了她,说起了关于仇恨的话题。奥尔加从眼镜框的上端空隙看着他。梅尔乔坦白,他一直都觉得马德兰先生是个不可思议的人物,因为他觉得这个人物不真实——他不记恨那些不公正地把他投入监狱的人,那些人毁掉了他的青春,他整个人生——也不相信他连沙威都不仇恨,这位正义警察一直追踪他到死。

"对我来说,这个人物是可信的。"奥尔加想了想说。她把眼镜摘了下来，把打开的书放在了床上，"你知道为什么吗？"

"为什么？"

"因为冉阿让和马德兰先生之间的差别，并不在于一个是坏人，另一个是好人。而是，冉阿让是个愚蠢的年轻人，而马德兰先生是个智慧的老人。仇恨是不明智的，你不觉得吗？"

这个说法让梅尔乔很意外，他认为是不充分的，但他没有反驳的方法，只能提出一个不太成型的、更不充分的说法来：

"我觉得仇恨是一种可敬的情感。"

"对我来说，不是的。"奥尔加说，"恨一个人就好像自己饮了一杯毒酒，还以为这样就可以毒死自己恨的那个人。"

多年后，每当回忆起高地最初那几个月的日子——他人生中最幸福的时光，梅尔乔就会想起他和奥尔加的那次对话。他会记起那次对话，既是因为对话本身，也是因为第二天发生的事情，他时常会怀念那段美好的时光。那天，刚在布莱警长办公室开完一个常规会议，梅尔乔发现有奥尔加的三个未接电话。他打回去，问发生了什么事。奥尔加语气很着急，像是被什么扼住了脖子：她说是发生了一些事，并说她在家里，让他立刻回去。她强调："梅尔乔，请你立刻回来。"

梅尔乔以前所未有的速度赶回了家。在他跑过警局的走廊，飞下楼梯，越过空地，穿过小镇错综复杂的街道时，脑子里涌现的都是各种不好的想法。当他打开家门，满脑子就一个人的名字：卢西亚诺·巴龙。他看到奥尔加坐在厨房的桌子前喝着茶，一动不动。平静的场景并没有让他安心，他急促地喘气，汗津津的，问到底发生了什么事。奥尔加从椅子上站起来,梅尔乔觉得她有点苍白,而且特别严肃。他又问了一遍。

"我怀孕了。"她宣布。

梅尔乔惊得嘴巴大张。他什么都预想过,唯独没有想过这个。最后只是问:

"你怎么知道的?"

奥尔加解释,她的例假已经晚了好几周了,但她不想吓他,那天早上她就自己去药店做了一个怀孕测试,结果是阳性的。然后她又去了甘德萨的健康中心,让医生帮她检查了一下。

"我已经怀孕两个月了。"她补充。

梅尔乔站在她面前,还在震惊之中。他松了一口气,却也很意外,嗓子里像是卡了什么东西,他还没有意识到那是兴奋。

"你不要说点什么吗?"奥尔加问。

梅尔乔不知道说什么好。

"请你说,你爱我。"奥尔加说,"说你想要这个孩子。"

"我爱你。"梅尔乔重复,"我想要这个孩子。"

谁也不说话了,一阵沉默。

"真的吗?"她又问。

梅尔乔脱口而出从未说过的话:

"我以我母亲的名义向你发誓。"

奥尔加没有笑,依然很严肃,她向他走近两步,用手臂圈住了他的脖子。

"来这儿,警察先生。"她说,"我要好好和你来一炮。"

那天晚上,梅尔乔求婚了。但是奥尔加拒绝了:她说现在这样很好,两个相爱的人不需要签一张纸生活在一起。因为不想和她争吵,梅尔乔没有说他自己的想法。他一直都坚持要结婚,虽然她书读得比他多,可法律方面还是他了解得更多。他把法律条文拿给她看,根据法律,对她、对孩子,最好都是结婚;而对他,婚姻让他感觉更安心。到了第二天吃早饭的时候,奥尔加就妥协了。

两周后的7月末,他们结婚了,也得知了肚子里的宝宝是个女孩。

"叫她珂赛特吧。"奥尔加知道是个女孩后就决定了,"就像冉阿让的女儿一样。"

婚礼的准备工作很烦琐,他们不得不中断了《悲惨世界》的阅读。婚礼就在甘德萨的市政府举行,由一个工作人员主持。观礼的有萨洛姆和他的女儿们,那个夏天她们在巴特亚的一个酿酒合作社里打工;卡门·卢卡斯,她和佩佩前一晚从埃尔亚诺德莫利纳赶过来;当然还有比瓦雷斯。律师在婚礼上哭得鼻涕眼泪一团,"你想怎么样,佩佩?"比瓦雷斯向卡门·卢卡斯的丈夫道歉,他们前一晚才认识,佩佩一直在安慰他,"说到底,我是个感性的人。"婚礼结束后,奥尔加和梅尔乔就邀请大家去皮克酒店吃饭。

关于那场婚宴,梅尔乔多年后也时常想起,当然,没有在高地最初的几个月那么幸福,他一共清楚记得的有三件事。

第一件事,在他没有请求卡门·卢卡斯、她也没有提前和他说起的情况下,她径自在婚宴上编造了一通关于他母亲的事,以及她们俩的关系,她把真假的事情混到一起编造了他母亲的生平。

而佩佩一直缠着比瓦雷斯，问他作为刑法律师的相关问题，以及帮他翻译服务生和其他客人说的加泰罗尼亚语。

第二件事，到上甜点的时候，梅尔乔的同事们都来到了酒店，就差一个费利乌，因为那个周末她刚好值班。

"恭喜，大西班牙人！"布莱警长紧紧拽着他的胳膊，激动得都快落泪了，"我早就和你说过，高地的女人们没的说。"

"我很同情你。"马丁内斯拥抱了他，"我父亲说，婚姻就是围城：外面的人想进去，里面的人想出来。"

"天哪，梅尔乔！"西尔文特惊呼，"你在你的婚礼上还是喝可口可乐吗？"

"这个西尔文特什么都不知道。"科罗米纳斯拍了拍梅尔乔，取笑他，"伙计，你放心：可口可乐对提托拉有好处。"

"提托拉？"佩佩转头问比瓦雷斯。

"就是鸡巴，我亲爱的佩佩。"律师的脸红得像西红柿，一手搂着他这位新朋友的肩膀，另一手拿着一瓶爱尔兰威士忌——尊美醇黑桶回答，"勃起的鸡巴。"

多年后，梅尔乔最常回忆起的还是在婚宴刚开始的时候自己和萨洛姆的女儿克劳迪娅和米雷伊阿的对话。他们之前一直都没有见过。针对梅尔乔的提问，两个人都聊了她们在巴塞罗那的学习、在巴特亚合作社的夏日打工。大女儿克劳迪娅还提到，她正在为下学期找个兼职。

"这就是胡来。"萨洛姆突然插进来刺耳地说，那时，梅尔乔就明白他们父女不是第一次为这事争吵了，"全身心地读书已经够难的了，你如何试想边工作边学习？"

梅尔乔觉得有责任支持他的朋友，而米雷伊阿支持克劳迪娅。

"你说得有道理。"妹妹米雷伊阿对他的话表示了赞同，但她接下去的话，梅尔乔知道是有意说给她父亲听的，"可是，你知道两个人在巴萨罗那生活要多少钱吗？"

姐妹俩开始细数各种开销，互相打断，彼此纠正，萨洛姆实在受不了了，就终止了这次对话。

"这是当然。"这次他的语气不一样了，介于喜庆和嘲讽之间，但他也是对着梅尔乔说的，"她们俩还要读硕士、博士，现在的年轻人都这样，而且她们想去波士顿读书，或者其他我也不知道的地方。你觉得怎么样？但没什么可担心的。到那个时候，这个国家就会给我们警察支付我们应得的工资了，当棘手的事情发生，都是我们来解决难题。到时候，我就可以给这两个努力的女儿她们应得的了。是不是，梅尔乔？好了，年轻人，如果你还会有更多孩子，你也可以开始准备……"

"准备什么？"奥尔加插进来说话，一边指着萨洛姆的女儿，一边对着梅尔乔的耳朵说，"可要多当心这两个大美女啊。你们俩谁要是动我的老公，我就要宰了她。我可是费了好大劲儿才逮住他的。"她几乎没怎么喝酒，可她的眼睛亮得就好像已经喝醉了一样。

他们没有去度蜜月。在婚礼前，他们就几乎否定了出行的可能，最后他们决定就在家里过。把冰箱塞满了食物和饮料，他们就在家读《悲惨世界》、做爱、感受肚子里女儿的成长。他们接着从上次中断的地方往下读，刚好是第一卷的结尾处。听了奥尔加读的头几句话，梅尔乔瞬间觉得那是她杜撰的，因为他不记得曾经读到过这些："命运以它那不可抗拒的力量使这两个无家可归、年龄迥异而苦难相同的人骤然凝合在一起了。他们彼此也确实可以相辅相成。萍水相逢，却是如鱼得水。"他什么也没有说，可是第二天，当奥尔加给他读第二卷开头的片段时，他生出了相同的感受："如果他们问：'你想过得再好些吗？'他会回答：'不想。'即使上帝对他说：'你想要去天堂吗？'他也会回答：'我会迷失方向。'"梅尔乔打断了奥尔加，请她把读过的部分重读一遍。他们刚刚做过爱，已经失去了时间的概念，两人坐在走廊的地面上，背靠着墙，都光着身子。

"你看到了吗？"奥尔加重读完那部分，梅尔乔问，"这本书就是在说我。"

她摘下了眼镜，缓慢地摇了摇头。

"已经不是了，警察先生。"她说，"现在是在说我们俩了。"

5

对萨洛姆和费雷尔的审问在托尔托萨警局进行，持续了三天。梅尔乔没有参加审问，戈马警督亲自上阵，并有皮蕾丝和布莱警长协助。布莱是官方宣布的破案警察，他因为其他案子回查阿德利案卷宗时，发现了费雷尔模糊指纹放大图的线索。之后，他在梅尔乔和西尔文特的帮助下，揪出了萨洛姆。

"戈马这下气死了。"布莱把审问的所有细节都及时告诉了梅尔乔，"他绝望地想搞定这个案子，可是已经没有办法了。你知道吗，大西班牙人？你全都说对了。"

审问中，费雷尔承认，是他策划了谋杀弗朗西斯科·阿德利。他做这个决定是源于得知他的岳父要把家族一半的财产捐给主业会（戈马警督联系了主业会，相关匿名人员肯定了这一说法，但具名的人员都否认了）。他在普埃布拉聘请了几位墨西哥杀手负责此事。两个职业杀手在西班牙几乎都没有待满二十四小时，他们一完成委托的任务就立刻回国了。并且，他请萨洛姆警士帮忙，答应支付他四十万欧元。萨洛姆策划了整个行动，部分由他指挥、出谋划策并掩护。萨洛姆选定了作案日期,并嘱咐在这天前一晚,也就是阿德利纸业高层每周聚餐的这天,费雷尔必须切断摄像头,还教了他如何切断以及在哪个时间动手。谋杀案的前夜,费雷尔和他妻子、女儿吃完晚饭,和妻子看了一会儿电视后离开家出门。理论上,他那时候在书房听音乐,像每个周六一样听到了凌晨。实际上,他开车到了岳父家,给杀手开了门,然后就让他们做事,自己回家到了书房,总共就三刻钟的样子,最多一个小时。他并不知道杀手会虐待他的岳父岳母,这个部分不在他们的合同中,而且合同里也不包括谋杀他的岳母和罗马尼亚女佣,这些完全都是杀手的事。他没有追问他们为什么要这么做,他的理解是把她俩杀了,就没有目击证人了。他还供认了另一个预谋(至少是他和萨洛姆之间的合约所包含的)。按照萨洛姆的指示,那天晚上,他开了妻子那辆马牌轮胎的汽车去岳父家,这个轮胎和阿德利纸业的总经理戈拉乌的汽车轮胎是一个牌子。他有意开车到家里,在花园和门口都留下了车轮印。萨洛姆认为戈拉乌就是最好的靶子,由此可以把调查引向对他的怀疑,后来他在调查中也确实都是这么做的。而且萨洛姆了解调查的每个进展,还补救了唯一犯的错——周五案发前,在切断警报时留下的指纹。也是他提醒费雷尔,警察监听了他的电话,还有梅尔乔去阿德利公司的事,所以他才能正好撞见梅尔乔在他们办公室里。费雷尔是自己找人去恐吓奥尔加的,只是想让梅尔乔彻底放弃调查阿德利家的案子。可是没想到恐吓变成了撞人,还把人撞死了。但后来,费雷尔不得不承认这一供认是假的,至少部分是假的。因为布莱警长偶然发现，在奥尔加被撞的第二天早上，费雷尔把一辆前一天在托尔托萨租的黑色大众，送去安波斯塔的汽车厂维修车身部分——刚好是撞击导致的。

萨洛姆大体上认可了费雷尔的供词，虽然在一些细节上有些区别。譬如，他曾经尝试各种办法，希望可以让费雷尔放弃杀害他岳父的想法。努力失败之后，他选择给他出谋划策，保护他的朋友不被发现。他否认策划了整个行动，但承认他指导并提供了建议。他也否认和费雷尔聘请的杀手有任何往来，对他们要虐待阿德利夫妇的事毫不知情，他认为他朋友费雷尔对此也不知情，不清楚到底是谁授意的。当梅尔乔固执地要继续调查阿德利家的案子时，他尽可能地安抚极为不安的费雷尔，所以他得知奥尔加被撞后也吓坏了。

这就是萨洛姆和费雷尔供词的主要内容了。无论是戈马警督还是皮蕾丝和布莱警长，他们都认同这份供词仅有的几个小漏洞，也许法官在庭审的时候可以补上。但所有人都怀疑的两个主要问题得不到解决：一个是费雷尔聘请的这些杀手是什么人，他是如何或者通过谁聘请他们的（关于这个问题，萨洛姆没有答案，而费雷尔的回答也是含糊其词，丝毫不可信），另一个是他们为什么要虐待阿德利夫妇。

费雷尔和萨洛姆被逮捕后，阿德利家的案子又重新成为媒体的焦点。他们发掘一切信息，把布莱警长塑造成了名噪一时的大英雄。新闻公布后，比瓦雷斯给梅尔乔打了电话，和他讨论了一下发生的事情，并问他是不是经历了什么危险。

"一切都在掌控之中？"

"我不太确定。"梅尔乔回答，"能不能让珂赛特和你多待几天？"

"按你的需要来安排。"律师保证，"不用着急。在这里，女孩和上帝在一起，很安全。"

几天后，梅尔乔请求和巴雷拉见一面。当天下午，警督就在办公室见了他，好像两人之间从来没有发生过不快。他们聊了阿德利案子的侦破（虽然跳过了萨洛姆被捕的部分），巴雷拉对梅尔乔的个人情况很关心，保证会着手帮他在其他警局找到一个职位。

"您有没有什么偏好？"他殷切地问。

"没有。我唯一的要求就是尽快离开这里。"

这是事实。自从奥尔加死后，梅尔乔感到高地已经不是他的家了。虽然在萨洛姆被捕后，他又重新回到了警局，并恢复了他每天的工作，但很快就明白这一切都不可能恢复如常了，他和同事们的关系也不可能回到从前了：奥尔加死了，萨洛姆被临时收监等待审判，布莱也不在了，要忙于案子的法律事务以及应对媒体的追踪。梅尔乔再次成为所有人的焦点，和在坎布里尔斯发生恐怖袭击之后，在努巴里斯警局发生的情形类似，甚至更糟。他不再是英雄了，而是个乡巴佬或受害者，因为揭发同事，需要承受别人对他的无声指责；还因为失去妻子，要忍受他们同情的目光。再次戒酒也没有让事情好转。唯一会让事情变好的可能，就是他离开高地，和珂赛特去另外一个地方生活。另外，梅尔乔很肯定的是（这种肯定让他深深不安，但他没有和任何人说起），阿德利家的案子没有彻底解决，或者说只是表面解决了。在萨洛姆和费雷尔被捕之后，布莱警长回到了警局，在下属面前炫耀了他在媒体上的成绩。("兄弟们，名气这东西比看上去还要好。")然后，他叫梅尔乔去他的办公室。

"你知道我挖到了什么消息？"他问。

"关于什么？"梅尔乔问。

"戈马抛弃了他的妻子，跑去和皮蕾丝在一起了。我不是早就和你说过，他们俩有一腿。但我不知道的是，裙下之臣是他，而不是皮蕾丝。这应该是近期最劲爆的消息了，是不是？"

"我还以为你要告诉我，已经帮我解决了我请你帮的第二个忙。"

"什么忙？"布莱警长问。

梅尔乔提醒他关于电子邮件地址的事，让他调查发信人的信息。

"混蛋，是的！我给忘了。"布莱警长惊呼，用手抱住了秃头，"发生了这么多事情，媒体一直跟在屁股后面，我都把这事儿给忘了。我把邮件地址发给总局的那些人了。他们告诉我，不可能查出是谁创建了这个账户，但他们可以肯定，发给你的这封邮件是从墨西哥城的地址发出的。这个信息对你有用吗？"

这个信息没有任何用处，只是越发加深了梅尔乔心里的不安。一天，他从甘德萨开车出来，快要到科尔韦拉德夫雷的时候，有个岔路可以开去罗莎·阿德利家。挣扎之后，他还是开过去了。但是，当他到了门口准备按门铃的时候，想了想现在和阿德利家女儿见面还是太早了。想必她还在巨大的震惊之中，丈夫被起诉谋杀了自己的父母，并被逮捕。最后，转了半圈，他还是走了。另一天，他想给约瑟·戈拉乌打电话，聊聊阿德利纸业在墨西哥分公司的事，但最后一刻放弃了。就在同一天晚上，事情彻底改变了。十一点刚过，结束了在警局的工作，梅尔乔开车回家。刚把车停在比拉尔瓦德尔萨尔克斯的家门前，拿出钥匙准备打开大门时，梅尔乔察觉到背后有身影快速移动，在他做出反应拔枪之前，就感到后脑勺一下重击，脖子上也被扎了一下。

半个小时后，他才恢复知觉，坐在一辆汽车的后座上，车窗都贴了膜，汽车以巡航舰的速度开在高速上。嘴里有酸味，头很疼，手脚分别被绳子绑着，手机和手枪都被没收了。他周围有四个无声的男人，两个在他两侧，两个在前面，都穿着西服，打着领带。他在后视镜里和开车的男人的视线交汇了，立马明白从他们那里什么都问不出来：他们是谁，要把他带去哪里。几分钟后，他看到高速上佩内德斯自由镇出口的牌子，就知道他们是朝巴塞罗那开去。他有点落寞，有种被击败的酸涩，心想再也看不到珂赛特了，但他找到了他的目的地，终于要知道真相了，带着一种意外的欣喜（因为他知道珂赛特会被比瓦雷斯好好照顾）去赴死。

经过了诺亚河畔圣萨杜尔尼、圣安德烈斯-德拉巴尔卡、帕列哈、略夫雷加特河畔圣包迪利奥、略夫雷加特河畔埃尔普拉特①，汽车从沿海公路进入了巴塞罗那。城市夜晚的灯光让梅尔乔目眩，

---

① 以上均为巴塞罗那省下属镇。

他认出了交通拥挤的街道，熙熙攘攘的人行道。他自己都吃惊，四年没怎么离开高地，他已经变成了之前从未想过的一类人——小镇人。他们沿着海岸行驶，在夜色中不时能看到深夜的海。经过蒙锥克山的墓地之后，从22号出口下高速，朝奥林匹克港开去了。这时，坐在他左侧的男人把绑他的绳子解了（先是脚踝的，后来是手腕的），右侧的男人用手枪的消声器顶着他的后背。汽车在艺术酒店的入口处停住了，四周停满了出租车、私家车和豪华轿车，他听到了全程对他说的唯一一句话：

"现在你要像个好小伙儿那么表现，那么一切都会顺利的。明白了吗？"

被四个人围着，身上顶着两把手枪，梅尔乔就这样走进了酒店的大厅，等电梯，然后上到二十一层。四个人稍微放松了戒备，沿着空无一人的走廊向前，走进一个房间。说是一个房间，准确说是一个套间，或是个公寓。一开始，梅尔乔以为没有人，后来他在大厅里看到一个男护士在兴致索然地看电视。他又穿过一个黑暗的卧室，沿着另一个走廊往前走，那头似乎是另外一个大厅，同样很暗。他还没有走进去就听到一个男人的声音。

"请进，马林先生。"他说，"很抱歉我不能起身。年事已高，您懂吗？"

一位老人躺在长沙发上，毯子盖着下半身，背后是一大面落地窗，城市的灯光在他身后闪烁。边上还有一位女护士，右边有个小桌子，再过去是一个扶手椅，边上立着落地灯，赭黄色的灯光充盈着大厅。左侧立着一排书。老人艰难地坐直了一些，让梅尔乔在边上的椅子坐下，护士帮他在后腰放了一个靠垫。

"请坐。"老人客气地说，"坐舒服些。您想喝些什么？"他指着小桌子上的东西，梅尔乔看到在电视遥控边上有一大盘水果、一盘饼干、一个茶壶、两个茶杯、一瓶水和几个杯子。"随便喝您想喝的。我实在很抱歉，以这种方式把您带到这里来。但我想了想，也没有其他的方式了。我希望您能原谅我。我的人对您友好吗？"

在他对梅尔乔说话的时候，一个陌生人出现，朝护士和保镖做了个手势，他们就都离开了。只剩一个保镖还站在大厅门口，走廊的灰暗几乎把他隐藏了起来。梅尔乔在扶手椅上坐好，看着老人。这位老人不会小于八十岁，说话有墨西哥口音，穿着一件灰色的衬衫或是长睡衣，做手势的手关节突出。在微弱的灯光下，他看上去人虽小但很饱满，有贵族的气息，眼睛明亮，皮肤蜡黄，头顶光秃秃的，满是老人斑。

"您一定会问，我是谁，为什么把您弄到这里来。"老人的双手交握在隆起的肚子上，肚子随着他费力的呼吸上下起伏，"顺便问一句，我可以叫您梅尔乔吗？这是个奇怪的名字。谁给您取的？"

"我母亲。"他回答。

"您知道她为什么给您起这个名字吗？"

"她说，第一次看到我，就觉得我像东方三博士中的那位。"

老人深沉地笑了好一会儿。这到底是谋杀犯的笑，还是病人的笑，梅尔乔心想。

"您母亲真是有趣的人。"老人把背后的靠垫放舒服了一些，"可是，您不吃点儿什么吗？您没有吃晚饭，肯定饿坏了。听我的，吃点东西。"也许是为了给客人做个示范,他从一串葡萄上摘了一颗下来,送到嘴里,嘴唇上满是皱纹,嘴也瘪下去了,"我们聊些什么呢?"他无味地嚼着葡萄问,"哦,对了。我说过,您肯定想知道我是谁,为什么把您带到这里来。但我猜您大概已经有点想法了。"

"差不多。"梅尔乔说。

老人满脸难吃的表情,从嘴里掏出一团葡萄皮和籽的混合物,扔在了盘子里,然后用一块手帕擦了擦手。

"我们来看看,您说说,都有什么想法了?"

"您和阿德利家的案子有关系。"梅尔乔说。

"还有呢?"

"是您给我发邮件,帮助我破案的。"

"很好!"老人肯定了他的话,把手帕放在了桌子上,朝梅尔乔拍了拍手,但没有声音,又微微笑了笑,"我早就知道您是个聪明孩子了。"

梅尔乔又补充:

"您想杀了我。"

"不,请不要如此戏剧化,您怎么会有这样的想法?"老人表示遗憾,拍着的手也停了下来,笑容更是彻底消失了,"我不是个暴力的人。事实上,我厌恶暴力。如果您了解我,就会明白了。说起了解,那我要考您一个有点难度的问题了,尤其是对于一个西班牙人。你知道谁是达涅尔·阿门戈尔吗?"

梅尔乔从来没有听过这个名字,但他还是想了想才承认:

"不知道。"

"您看到了吧？"老人啧啧有声，"你们就是这样的，西班牙人啊。你们从来都不关注墨西哥发生了什么，好像我的国家就是屎一样。而事实上我们国家比你们的好多了，就是朴实了些。"他停了停才接着说下去，"我就是达涅尔·阿门戈尔。相信我，在墨西哥连一条狗都听说过我。对于处在我这个位置的人，这样并不好，我只是和您说说：有权势的人，越不为人所知越好。最起码在墨西哥，我是有权势的。对于我的敌人来说，权势就太大了，他们觉得我有能力左右总统的人选。当然，这有点夸张了。您知道，敌人总是会夸大他的对手，而我们不用在意这些，只是在有需要的时候，我的权力是足以搞定他们的。而我们要谈的，我会慢慢告诉您，我和阿德利家的案子到底有什么关系。您舒服吗？确定不要吃点东西吗？这个故事有点长。至少让我给您倒点茶吧。"

在阿门戈尔移动之前，走廊里的保镖就走过来，拿起茶壶，给他和梅尔乔倒满了茶。老人拿起一块饼干，边嚼边思考。梅尔乔也平静多了，没有一丝不安，阿门戈尔接待他的方式以及他刚刚说过的话，让他对老人有了信任感。他觉得自己没有危险，至少在主人边上的时候是安全的。所以，之前在汽车上必死的担忧没有了，刚走进大厅的紧张感也消失了，只剩下好奇。保镖们在他头上击打的那下不疼了，给他注射的让他昏迷的药劲儿已经过去，他的眼睛也适应了房间里灯光的昏暗和窗外城市的闪亮。

"四五年前在总统府，在由培尼亚·涅托总统召开的招待会上，我认识了阿尔韦特·费雷尔。"阿门戈尔颤颤悠悠地喝了一口茶，终于开始说了。他嗓音沙哑,语速缓慢,语调是习惯下命令的口吻,目光落在关闭的电视机屏幕上,电视悬挂在他对面的墙上。倒完茶,保镖就再次退回到走廊处。昏暗中,梅尔乔只能看到他踩在地毯上黑得发亮的皮鞋,像是一对上漆的小动物,"培尼亚·涅托是个蠢蛋,他在位的时候不断请我帮忙,我也不能拒绝他。这就是身为一名爱国人士众多不便中的一个,您明白吗?那天,总统要我参加一个招待会,参会的都是对墨西哥感兴趣的西班牙企业家,大部分已经在墨西哥国内投资了,他希望能让他们投更多的钱,并和墨西哥企业合作。就是类似这样让人讨厌的事情。我不知道是谁介绍我认识的费雷尔,但我记得很清楚,他被介绍为阿德利纸业公司的代表,这是一家重要的加泰罗尼亚纸业公司,在普埃布拉开设了分公司。当时他们是这么对我介绍的。'哦,'我和费雷尔握了手,对他说,'多年前,我在西班牙也认识一个阿德利。''不会吧。'费雷尔回答。'是的。'我说,'是个加泰罗尼亚人,在和阿拉贡交界的高地,我不知道您是否知道那个地方。'费雷尔对我说,怎么会不知道呢,他就是那里的人,阿德利公司就是在那里创立的,现在总部依然在那里。而且他也不奇怪我会认识高地姓阿德利的人,因为在那个地方,阿德利是个很普遍的姓氏。后来,我们越说越多。最后,我发现自己认识的那个阿德利就是他的岳父,阿德利纸业的老板。"

"您怎么会认识阿德利呢?"

"费雷尔问了我相同的问题。您知道我是怎么回答他的吗?"阿门戈尔停顿了一下,似乎留出空儿让梅尔乔来回答,可他没有说话,"我笑了笑,是哈哈大笑,声音在总统府里像雷声一样回荡,然后在场的所有人都寻找是谁发出这样的笑声,犹豫到底是该摆出吃惊还是同乐的表情……请您相信我,我多么想就这样回答。可是,我实在做不到,我唯一能回答的只是:'啊! 那是一个很长的故事,改天我再说给您听吧。'类似这种话。后来,我们聊了一会儿他的公司,他们公司的项目,所有都聊了一点儿。费雷尔之前就认识我,起码听说过我。我和你说过了,只要踏足墨西哥的人都知道我是谁。因此我猜想,能够私下认识我让费雷尔很吃惊。我不清楚我为什么说猜想,其实我对此很肯定,我向他伸出手的时候就知道了。您也认识费雷尔,他是个透明的人,不知道隐藏。他想向上爬的微笑出卖了他——另一个像培尼亚·涅托总统的蠢蛋,比培尼亚·涅托还差劲,总统是世界上最会耍手段的人,因为没有人比一个一心想向上爬的人更会耍手段了。"阿门戈尔开始咬一块饼干,也许还是之前的那块,又拿起茶杯喝了一口,"这就是那天发生的所有了。"他接着说,重新把杯子放到了桌子上,"他给了我名片,有人也把我的名片给了他,我对他说欢迎随时来见我。我坚持了好几次,足以让他知道我不是随口说说的。确实,过了一段时间他来拜访我。比我预期晚了一些,但他还是来了。当然了,如果他不来找我,我也会去找他。但我更希望是他主动,我不希望他察觉哪怕一丁点儿的异常。"

阿门戈尔说,在等待费雷尔的电话期间,他收集了很多关于弗朗西斯科·阿德利、阿德利纸业以及费雷尔本人的信息。他慢慢发现,他俩的那次偶然相遇几乎是个小小奇迹:是命运挤了下眼睛。

从那会儿起,他就决定要实施那个在他脑子里盘旋了几十年的计划,但他不知道是否真的有机会可以实施。

"也许有人会说,我是坐享其成了。"阿门戈尔嘀咕着,"总之,这样的机会一生中就只有一次,我决定要好好利用。"

他停了一下,叹了口气——他的呼吸依然很费劲——在沙发椅上往后靠了靠。梅尔乔拿起茶杯喝了一口:茶有些浑浊,但他感觉很好。

"我不记得费雷尔第一次约我见面的缘由是什么了。"阿门戈尔接着说,"但我记得对他说,让他来墨西哥城,我请他在我办公室吃午饭。一切就是从那天开始的,怎么说呢?我就是从那天开始引诱他的。我不需要骗您,整个过程很简单。"阿门戈尔转过来对着梅尔乔,这会儿他才发现老人明亮的眼睛是绿色的,像猫一样,"您喜欢诗歌吗?"

没来由的问题让梅尔乔很茫然,但让他想起了奥尔加,或者让他想起,自从奥尔加死后,这是第一次他好几个小时都没有想起她了,他感到自己背叛了她,已经开始遗忘她了。

"不,当然不喜欢了。"阿门戈尔自己回答了,像是纠正自己一样,"您更喜欢小说,是吗?他们告诉过我这个。而对我来说,我要坦白,小说让我觉得无聊。我从来都不理解,我为什么要读那些没有发生过的事,明明我可以读那些真实发生过的事。诗歌就是这样的,是真实发生的。'再崇高的思想,也有其弱点[①]'。这是

---

① 原文为英语。

弥尔顿关于虚荣的论述。您怎么想？即使最完美的人，也有一点儿虚荣。这句话想表达的是，当一个人越糟糕，他的虚荣心就越强。而那些最糟的人，像费雷尔这样的，就只剩虚荣心了。我就是利用了他这个弱点来击破的。"

阿门戈尔说，他是小心谨慎、慢慢着手的。他知道，如果心急，可能会吓坏猎物，把计划搞砸了。刚开始，他们在墨西哥城的办公室见面。他给费雷尔帮了点忙，对他来说都是些无足轻重的小事：解决了一些官僚难题，帮他以极优惠的条件签了个广告公司的合同，帮他牵线认识了一些很有影响力的人物。就这样，他获得了费雷尔的信任，让费雷尔相信自己被对方视为有价值的人，有前途的年轻人，因此想和自己建立关系并合作。

"您不太了解费雷尔。"阿门戈尔又笑了，双手在膝头上动了一会儿，才再次放好，"您可以试想一下他的感受：在公司里没有一个人把他当回事儿，就像大家说的那样，他永远就是一个傀儡、主人的女婿、开后门的人。突然，像我这样的人主动来找他，成为他的朋友，还夸赞他。狗娘养的，他就像个火鸡一样膨胀了。"

后来，每次费雷尔去墨西哥出差，他们俩就会一起吃饭。他们一般在墨西哥城见，但偶尔，阿门戈尔也会赶去普埃布拉专门见他。一段时间过后，他们的关系就从商业关系转到私人关系了，阿门戈尔让费雷尔相信，这是一种父子般的关系，是导师和学生的关系。那时候起，阿门戈尔又进一步了。从一开始他就知道费雷尔和阿德利的关系不太好，或者就是很糟糕。阿德利不光不尊重他，还鄙视他，羞辱他。阿门戈尔就拼命引导费雷尔仇视阿德利，说一些他岳父的坏话（真的或者杜撰的），还说，不明白阿德利为什么要否定他的天赋，除非是嫉妒他。阿门戈尔让费雷尔觉得，他岳父不仅是个坏心肠的暴君，还是一个守旧、以个人为中心的企业家，限制了费雷尔的职业发展，同时也废掉了他的各种可能性，毁掉了他个人的信心。他给费雷尔灌输，阿德利纸业只是他的一个起点而已，他不会一直都困在这么一个徒有虚名，实则没有什么发展前景的企业里。他要开始设想更远大的事业，并暗示他们俩有条件可以一起做些大项目。他透露自己有计划要把业务拓展到西班牙，并表示费雷尔可以成为他在当地的代表。

"总之，"阿门戈尔总结，"一方面挑拨他和阿德利的关系，另一方面给他灌迷魂汤，让他醉了，或者他自己就沉醉了。最后，我很幸运，虽然我帮了他很多，可普埃布拉分公司运营得不好，开始亏损。阿德利考虑要关闭它，这一点更加重了费雷尔的不满。"

说到这里，阿门戈尔又不说话了，目光停在了电视机屏幕上，似乎他的脑子一片空白，胸腔随着他费力的呼吸上下起伏。

"我听说过这个。"梅尔乔说话了，试图鼓励他接着往下说，"在后面那段时间，他们俩经常为了这家分公司的事而争吵。"

"当然了。"阿门戈尔从神游中回来，接着说，"费雷尔无论如何都不想关闭这家公司，虽然在拉美的其他分公司他也很看重，但这家是皇冠上的宝石，在这里没有人管他。而且我让他相信，这家公司应该成为他在墨西哥发展其他业务的跳板。我和您说的这些都激化了他和他岳父的矛盾。最后，在我们的饭局上，我们就只说阿德利的坏话了。有时候,我甚至还要维护一下阿德利,让费雷尔窒息,让他更生气地攻击自己的岳父。这是我多年来学到的一个小把戏:如果你知道某人有个敌人,你适当地维护敌人,说点他的好话,这样会更加剧这个人的敌意,此法百试不爽。就这样,随着我一点一点给费雷尔下饵,他就像一个随时会爆炸的炸弹,而我要做的就是找到引爆他的方法。接下来就像您知道的那样,我很快就找到了方法。"

"主业会。"

"是的。"阿门戈尔点了点头,在沙发椅上转了一点儿身体,再次无声地鼓了掌,这次他笑得更明显了,"您会赞同我的说法的,你们西班牙人真是恐怖。"说完,他回到了原来的姿势,"你们西班牙人一辈子在做坏事。最糟糕的是,到最后,不但不敢承担自己行为的后果,还生出恐惧,请求神父宽恕他们,把他们送上天堂。多么懦弱!妈的,多么无耻!可我知道你们西班牙人就是这个德行,所以在得知像阿德利如此没有灵魂的人也皈依了宗教,我丝毫不觉得奇怪。但是,这件事让我看到了一线天机,我知道费雷尔那边的时机也成熟了。我告诉他,据可靠的信息来源,阿德利准备把他一半的财产捐给主业会。"

"难道这不是真的吗?"

"我不清楚。看上去是真的,您不觉得吗?有些人就是如此害怕死亡,可以相信别人告诉他关于死亡的任何蠢话。阿德利就是这样的,他不会怀疑。也有道理,如果我做过他做的那些事,现在我也害怕得要死。这件事是不是真的都无所谓,重要的是费雷尔相信了。从那会儿开始，一切都很简单了。"

"您是说，是您说服他杀害他岳父的？"

"又说对了。"阿门戈尔说，但这次既没有鼓掌，也没有笑，"如果他不想失去他妻子一半的遗产，除此之外，还有什么办法呢？请您不要剥夺我的荣誉，的确是我说服他的，也是我策划了一切。难道您觉得像费雷尔这么个傻瓜能做出那样的事？是我鼓励他的，是我给了他缺乏的勇气，并让他明白，杀他岳父比他想得简单多了，而且没有任何风险，他甚至都不用动一下手指，因为所有重要的事都由我来做。"

"譬如说，聘请杀手。"

"譬如说，两位专家完美地完成了他们的任务，而且不留痕迹。在我们国家，的确有这样的人。"

"把萨洛姆拉进去，也是您的主意吗？"

"您说他的朋友？"

"是的。"

"哦，不是的，这是费雷尔的事。必须要承认，这是一个好主意，我不知道他是怎么想到的。一天，当我们决定要杀死他岳父后，他对我说，他有个朋友在警局，极有可能会参与调查，因为他是高地的人，而且认识他们家人，其他的我就不知道了。对费雷尔来说就是买个人身保险，就像一个安全气囊一样，以防止我们犯了什么错，我觉得这没有什么不好的。总的来说，我和他一样，希望所有事情进展顺利，并且警察不要抓住他。如果不是因为您，一切都很完美。实际上，我和费雷尔最后一次在墨西哥城见面的时候，调查已经中止了，我们为一切如此简单顺利地结束而干杯庆祝。那天，费雷尔告诉我，他朋友帮他修正了一个小小的失误，给他留在他岳父母家的指纹放大图做了点儿手脚。您不知道他当时有多得意，觉得自己把警士拉进来是特别明智的……总之，之后您不断不断地调查，费雷尔就很紧张，直至把事情彻底搞砸了。"

这个时候，那个一开始梅尔乔进门时陪着老人的护士进来了，打断了对话。"达涅尔先生，到时间了。"她提示。阿门戈尔看着她，但当护士和走道里的保镖朝他走过来时，老人做了个手势制止了他们。他自己慢慢地揭开盖在下半身的毯子，呻吟了一下，终于坐了起来。

梅尔乔终于看清了他的全身。虽然长睡衣多少遮掩了他的躯体，但从轮廓能看出，他的身体比躺在沙发椅时看起来强壮很多。在他如罗马雕塑般的脑袋和双下巴下，他的胸强壮有力，手臂粗壮，双手也粗糙有力。而腰下方就不一样了——看上去属于一个脆弱、瘦小的人：长睡衣下露出了他苍白的膝盖，病态且细瘦，小小的双脚看上去似乎难以承受整个身子骨。衣服下方露出一条导尿管，一直连接到他脚边的一个袋子里，已经储满了深色的液体。看到他身形如此庞大，同时又如此脆弱，还喘着粗气，梅尔乔第一次确信眼前的这个人病了。

"我希望您知道，对于您太太的事，我很抱歉。"阿门戈尔说，"这是费雷尔的事，和我无关。"

两个人看着对方，梅尔乔在空气中觉察到一点儿轻微的臭味，一种混合了药物和腐烂物的气味。老人问：

"您相信我,是吗?"

梅尔乔没有觉得老人对他撒谎,但他问:

"我想知道的是,您为什么要给我发那些邮件,为什么要告诉我这些,为什么要杀死弗朗西斯科·阿德利?"

"啊,"阿门戈尔好像一直在等着梅尔乔的问题一样,回答,"这就是我的故事中最有意思的部分了,我的朋友。"在老人的示意下,护士和保镖过来帮他站起来,几乎是悬空地把他带离客厅。老人还说,"请您耐心等几分钟,梅尔乔。我马上就回来。"

梅尔乔独自一人——甚至走廊地毯上都没有那些穿漆皮皮鞋的走狗在监视他。他离开椅子,活动一下腿脚,环视四周。电视机边上有个书桌,上面摆着一瓶鲜花。在角落的立体主义风格的酒架旁边,一架天文望远镜架在三脚架上,镜头朝着大落地窗。梅尔乔透过镜头欣赏在他眼前铺开的城市,就像黑幕上缀满了萤火虫和类似的闪光物。右边是阿格巴塔①,栓剂的形状,外面覆盖着红蓝色的灯光;正对着他的是延伸到圣家族大教堂的玛丽娜大街;左边是城堡公园密实的阴影;最远处就是科利塞罗拉山脉,游乐场矗立在黑夜中的蒂比达博山②山顶,就像一艘巨大的宇宙飞船的昏暗躯壳搁浅在地平线上。梅尔乔站着,定定地看了一会儿,沉醉在眼前的宏伟之中,想到珂赛特就睡在下面,温热的、小小的、柔软的、跳动的、被保护的,想到他很快会看到她。虽然也许这一

---

① 阿格巴塔,巴塞罗那一座高33层的塔楼,位于加泰罗尼亚光辉广场,是巴塞罗那第三高的建筑物。

② 蒂比达博山,科利塞罗拉山脉的最高峰。

晚就是他的终点，但和几个小时前他坐在车子上设想的终点不同，但他确信这就是终点了。

阿门戈尔在两个护士和一个保镖的搀扶下回来了，还是带着导尿管和从衣服下露出来的储尿袋，但已经不是之前的那个了。

"很抱歉让您久等了。"他语调有力，似乎他们给他注射了一剂肾上腺素，"您吃了点儿什么吗？ 您困吗？ 我一向睡得很少，而从不久前开始，我甚至只是断断续续睡一小会儿。我希望您和我一样，因为接下来就是我故事最精彩的部分了。"

在身边人的帮助下，阿门戈尔再次躺在了沙发椅上，把靠垫塞到背后，又把毯子盖了上去。梅尔乔也挨着他坐下来。护士们离开后，梅尔乔发现保镖没有站在走廊里。是因为老人开始信任他了，嘱咐他们不用监视了吗？ 还是他不想让任何其他人听到故事的这个部分，哪怕是他的属下？

"好了，到了揭露真相的时刻。"阿门戈尔宣布，"真相是，我不是墨西哥人，而是西班牙人。请您不要误解我了，我想说的是，虽然我内心是墨西哥人，墨西哥是我的祖国，并给了我一切，但我出生在西班牙。您猜猜是哪里。您猜不到？ 那我告诉您，我出生在高地。更准确一点，是伯特。我就是在那里认识弗朗西斯科·阿德利的。在镇上，我们都叫他弗朗西斯，他是在内战后把名字西班牙语化的。他也是伯特人，我们两家人互相认识。他父亲是个长工，给镇上最富的人工作，就是帕拉德利亚家的主人。我父亲有一家食品店，我们两家都很穷，虽然他们家比我们家还差一些。但据我所知，两家人一直相处得很好，直到内战爆发。我就是这一年出生的，1936年。所以，关于战争我没有直观的记忆，都是些二手记忆，像是后来我叔父告诉我的，从书上读来的。在高地，内战刚开始是很恐怖的。说是战争，其实那里经历的是革命，对不对？首先是革命，其次才是战争。两种恐怖，缺一不可。"

阿门戈尔叙述道，第一个恐怖始于夏天。9月初的时候，从巴塞罗那驶来一辆载满无政府主义者的大巴车。车身被刷成了黑色，上面画着白色的骷髅头。这些人开始肆无忌惮地杀人，很快就引发了恐慌，不光在当地，还延伸到了下阿拉贡、埃布罗河畔和附近整个区域。他们闯入村镇，和当地的无政府主义者沟通，从他们那里拿到一份右派人士的名单，然后杀掉这些人。

"为了让您有个大概的印象。"老人说，"在甘德萨，就一晚上，他们杀了二十九个人。这就是内战之初著名的西班牙革命——真正的屠杀。很神奇，不是吗？啊，后来他们这些西班牙人说我们墨西哥人暴力。事实是，和你们比起来，我们是平和且有同情心的人民。请您再耐心一点儿，现在就是最有意思的部分了。您知道，当巴塞罗那的那些无政府主义者到了伯特，和当地人要右派名单的时候，后者说了什么吗？他们说，不要外人担心，他们不需要外人来做这个事，镇上的人自己就会处理好。"

他们没有撒谎，阿门戈尔说。在内战刚开始的几天里，当地的共和派在距离科尔韦拉德夫雷一公里处，枪决了十二还是十三个人。就在一段笔直的公路上，老人猜测梅尔乔上千次经过了这条路。就在不久前，公路上还放了十字架，以纪念谋杀中身亡的人。在这十二三号人里，有杀人者的同乡、他们的邻居，其中就有弗朗西斯科·阿德利的父亲。不清楚他们为什么会杀他，也许仅仅因为他对主人忠诚得像条狗，既然没有抓到他的主人，就把他给杀了；也许因为他是天主教徒，每周日都去做弥撒；也许因为有人想要找他报仇。

"有人忘了那场战争也是这样。"老人评价，"积年的争吵和怨恨，那场战争就成了一个阀门，释放了很多仇恨。"

阿门戈尔清了清嗓子，伸长手去桌子处，保镖就立刻出现在他身边，给他倒了水。然后，在老人的要求下，保镖拿走了茶具、果盘和饼干。当他喝水的时候，梅尔乔发现他的脉搏在跳动。

"阿德利差不多比我大十岁，他父亲被杀的时候，他差不多是九或十岁的样子。"老人接着说，把杯子放在了清空的桌子上，双手交叉放在膝头，"我不知道他当时是不是住在伯特。只知道两年后，1938年春天，在阿拉贡前线沦陷、佛朗哥军队进入镇子的时候，他是在那儿的。我和我的母亲一直在镇上生活，但我父亲躲了起来。据我所知，他没有做任何坏事，是个普通人，战争初期也没有参与那些谋杀。他只是加泰罗尼亚共和左翼的一名军人，答应做了市政府的议员。他离开的决定是明智的，因为那些人一回来，就开始向市政府的共和派人士搞大清算。虽然他们很清楚，杀谁不杀谁是党内委员会决定的，并不是市政府的那些人。问题是，他们找不到任何负责人，所有和共和国有任何政治关系或工会联系的人都离开了，就像我父亲那样。市政府的人都吓坏了，认为佛朗哥派系的人回来就是报仇的，他们的想法没错。"

阿门戈尔又沉默了。当他再次开始，这次他的叙述慢多了，梅尔乔认真听着,觉得这是老人第一次说接下来的故事,所以,每个词他都用得很谨慎,好像一个赤脚的人走在满是玻璃碴子的路上。

"我父亲在巴塞罗那一直待到了内战结束,在一个防空避难的工地工作。战争一结束,他就去了法国。他在那里又待了三年,我们时不时会收到他的信,有一些我至今都记着内容,我母亲用这些信件教我识字,一直到他回家。这是一个糟糕的错误,我一直想不明白他为什么会犯这个错误。我姑姑说,他不懂得如何独自生活,而且他很想念我母亲和我,一心想着见我们。这是部分原因,但我肯定他也是受到了佛朗哥宣传的影响。他们声称,那些没有杀过人的共和派人士不需要害怕,可以回家,没有任何人会去打扰他们。我父亲肯定是听信了这些,这些谎言让他丢了性命。"他又停了下来,这次持续的时间更长些,他和梅尔乔两个人都一动不动,"我清楚地记得他回来的那天。那时我六岁了,这是我人生中最高兴的一天……放心,我不说这些,别人的幸福是很恼人的。我也已经对自己说过很多次,不需要再说了。但我要和您说另一天,另一天的另一个场景。我没有亲眼看见,是别人告诉我的,或者是我通过这里、那里、别人的低语重建起来的。我从来没有彻底把整件事搞清楚,也许是我很多年都不想去搞清楚,或者是因为我害怕搞清楚,而当我想搞清楚的时候,已经太晚了。但基本的情况我是清楚的。"

老人的声音还是沙哑的,但瞬间变得很冷酷,甚至能把血液都冻结了。基本的情况,就是他接下去说的。

一天，他父母挽着手臂走在小镇的广场上。那是个周日，广场上满是人，他父亲刚刚从四年的流亡中回到伯特。突然，有人叫了他的名字，一个男孩在人群中扒开一条路，或者是人群主动给他让出了一条路。男孩走到夫妻面前，举起拿在手里的枪，说了几句话，可谁也没有听清，或者全世界都想忘了那个瞬间。然后，他扣动扳机朝阿门戈尔父亲的脑袋上开了一枪。人倒下后，他又补了两枪。所有这一切就发生在全镇人眼前，没有一个人站出来阻止他，好像所有人都因为恐惧而惊呆了，又好像那不是一场谋杀，而是一场庆祝仪式。

"我要问您问题了。"阿门戈尔在昏暗中寻找梅尔乔的眼睛，"难道您没有猜到杀了我父亲的这个男孩叫什么名字吗？"

答案是如此明显，梅尔乔没有说话。

"当然，就是他。"老人回答，"您知道阿德利为什么像杀一头畜生一样杀了我父亲吗？我怎么说像杀个畜生那样？甚至比杀一头畜生还恶劣，对待动物也不会有这么多恶意。您知道我父亲的错误是什么吗？我来告诉您，就因为我父亲是共和派市政府成员中唯一一个在战后回到镇上的人。您觉得怎么样？"

阿门戈尔说，父亲的尸体在广场上停留了几个小时，就那么躺在那里，头被打爆了，身边的血越积越多。没有人敢靠近他，直到阿门戈尔的叔叔和市长谈过之后，用一辆小推车把尸体搬走，然后随意埋在了一处空地。从那天起，阿门戈尔就开始有了记忆。他记忆最深的就是沉默，家里的沉默，小镇的沉默。他家人也沉默，无声地哭泣，好像是他们家中的一员犯了滔天大罪，这个罪引来了一直笼罩着他们的负疚和羞愧。

"这就是我的印象。"阿门戈尔说,"所有人都在哭,但哭得没有声音。除了我母亲,她不断地一边低呼我爸爸的名字,一边抚摸着我的头……第二天,我叔叔又去找了市长,后来找来神父,把父亲的尸体挖了出来,埋到了墓地里。只有我的叔叔、我的堂兄弟们、我妈妈和我参加了葬礼。两三天后,在快速变卖了我们的房子、店铺和我叔叔的房子后,我们乘火车离开了。"

阿门戈尔又停了下来,叹气。从他肺里进出空气的声音像是在客厅密实的安静上抓挠。梅尔乔意识到,从老人开始谈起战争,谈起他的父母,他的声音便没有颤抖过一次。这个时候,梅尔乔想起奥尔加和他一起坐在甘德萨广场的板凳上,那会儿他们才认识不久。她对他说起战争:"可真正的伤口是另外的东西,是看不到的,是人们埋在心里的。这些伤口才能解释一切。"

"从那天起,我就没有回过伯特。"阿门戈尔说,"没有回过伯特,也没有回过高地。接下来的部分您就能想象了。"

从高地逃离后不久,阿门戈尔的母亲就进了塔拉戈纳的一家精神病疗养院。叔叔无力抚养他,他只好进了一家孤儿院。一年半后,他母亲死于肺结核。那段时间,他叔叔的一个朋友从法国写信来,告诉他叔叔,自己工作的汽车修理厂老板可以给他提供一份工作。他叔叔想也没想就接受了,并把他从孤儿院接了出来,一起去了法国,视他为自己的第三个孩子。他们在法国生活了一段时间,第二次世界大战结束后,他们坐船去了墨西哥。

"我到韦拉克鲁斯港口的时候才刚满十岁。"阿门戈尔回忆,

"从那儿就开始另外一个故事了。您说,您现在能想象,那天在培尼亚·涅托总统的招待会上,他们给我介绍费雷尔,然后我知道他是弗朗西斯科·阿德利的女婿时的那种心情吗?不,您想象不到。谁都难以想象。虽然您可能比大多数人能想象得更多一些,是不是?"梅尔乔明白或者猜到老人暗示的意思,但他没有说话,"您看,当我离开西班牙的时候,我还是个小孩子,我发过誓,再也不会踏足这个杀害了我父母的国家。我用尽全力憎恨阿德利,憎恨西班牙。我实现了我的誓言,在这次之前,我一直都没有回过西班牙。我一心恨这个国家,但我更恨阿德利,甚至把这种仇恨演变成了一种抽象的概念,不是一个有血肉的人,是一种邪恶的拟人化。您明白这种感情吗?整整七十多年以这种方式仇恨一个人。"

"我当然知道。"梅尔乔再次想起了奥尔加,"就像你饮一杯毒酒,相信这样能毒死你恨的人。"

老人再次转过身看着梅尔乔,他在老人的眼中看到胜利的闪光。

"您看到了吧,"他说,"我就知道您会理解我。就是这样,仇恨毒害一个人,会深入其骨髓。因此,我曾经试着不去仇恨,放弃仇恨。请您相信,我竭尽所能忘掉所有,似乎一切都没有发生过,这就是我的尝试。好像阿德利就不存在,好像他没有杀死我父亲,好像我母亲没有发疯,好像他没有毁掉我的人生。好像无论他、高地还是西班牙都不存在。您知道吗?有段时间我做到了。那些天,我醒来的时候没有想到阿德利,也没有想到高地。那些天,我都以不可思议的轻松起床,所有都像没有痛苦的轻盈一般流动,我就像吸了毒。可是突然我记起来了,又恢复了往日的沉重、焦虑和痛苦。只是有那么几天,几个小时,我是没有仇恨的。非常少,但确实是有过的。随着我年龄增长,这样的时候更多了,似乎一切都过去了,都消散在了过去,就像梦境在失眠中消散一样。但那只是一种幻觉。后来费雷尔出现了,一切又突然回来了,完整,真实,如此庞大就像从来都不曾消失过。那时我就明白,我已经不可能不去憎恨阿德利了,最好就是把他铲除,这样才能不毒害我自己。我发现这是可以让我从仇恨中获得解脱、平静死去的唯一方法。杀死阿德利并折磨他,尽一切可能地折磨他,这也只能补偿他折磨我的很小一部分。算是为我的父母报仇,让他们也能平静地死去,在他们死去的多年之后。"

"因此您让他们折磨阿德利和他的太太。"

"是的。"阿门戈尔以一种略微歌唱式的强调口吻回答,有得偿所愿的甜蜜。梅尔乔想起看到阿德利夫妇被折磨的尸体的第一印象,当时他觉得那种杀人方式像是一种仪式。也许在所有这一切之后,他当时的想法并没有错,阿门戈尔继续说,"这是为了至少在最后时刻,他对我人生经历的一切有些许了解。这很公平。您不觉得吗? 如果不是的话,那请您告诉我,在经过这么多年的追寻之后,如果找到杀害您母亲的凶手,您会怎么做?"

"看来您对我相当了解。"

"应该比您认为的还多。您还没有回答我的问题。"

"可是您忘了,因为他的过错,不仅犯错的人死了,无辜的人也死了，其中就包括我太太。"

"我没有忘记，但我和那件事完全没有关系。我已经和您说过，也重复过多次了。说到底，甚至费雷尔也不是所有事情的责任人。他不是故意的，他的所作所为并没有粗暴和野蛮，他只想吓吓您太太和您，这一切都是蠢蛋做的傻事……我不是想为他开脱，但事情就是这样的，您也知道。所以，您没有向费雷尔报仇，就像向杀害您母亲的凶手报仇那样，所以您更希望是法律制裁他，对您的警士朋友也是如此。不管怎么样，您太太发生的事是很糟糕的。我想和您谈谈，部分原因是基于此，我觉得很不好，希望能亲口对您说这些。我也深感遗憾，请相信我。我也有太太和两个孩子，我也知道拥有家庭的意义。现在他们都已经死了，就只剩我一个人，但我没有忘掉他们……我还要对您说一件事，对于阿德利太太和女佣的事，我也深表遗憾。我不是一个暴力的人，我也和您说过。我厌恶暴力，但阿德利的太太必须被折磨，这是难以避免的，这本身也是对阿德利的折磨，让他看到自己的太太受苦，这样他才能明白我所遭受的一切。至于女佣……我们说这是一个被波及的伤害，就像不打破鸡蛋就做不成鸡蛋饼。最后，请原谅我的这些老生常谈。我想是因为说了这么多，我累了，也困了。我想对您说的就是，我见您就是为了向您道歉，因为我觉得您理应得到一个解释，这就是一切了。我也觉得您会理解我的，我没有弄错，是吗？"

梅尔乔确定自己已经完全理解了老人的意思，但他并不想说出来让对方满意，也许是在这么一个凌晨时刻，他们俩挨得这么近，让他不知所措。阿门戈尔似乎已经找到了他在寻找的答案,或者实际上他根本就不需要什么答案。他在沙发椅上躺了下去,把塞在背后的靠垫移到了颈部。

"能麻烦您关一下灯吗?"老人指着落地灯问,"太亮了,我不太舒服。"

梅尔乔关了灯,大厅里只剩下从窗外射进来的城市亮光,黑暗像是吞噬了老人的身体。

"好了,这就是我想对您说的全部。"他说,"希望这么把您请来,没有让您失望。"

梅尔乔依然没有回答。之后,房间里只听到老人越发吃力的呼吸声。过了一会儿,梅尔乔才开口问:

"请您回答一下,您不担心费雷尔揭发您吗?他之前可以做,在审判期间也可以,随时都可以。"

"嗯,审判,"阿门戈尔叹气,"你们真是高估我了。您比我更熟悉西班牙的法律。也许运气好的话,案子开始审理的时候,我都已经不在了,完全也不需要费雷尔揭发我了。不过,在看过他岳父岳母的死相后,我很怀疑他是否敢揭发我。也许正因为此,他到现在也没有揭发我。您说是不是呢?"

"可能吧。"梅尔乔感觉自己需要主导当前的局面,说点儿什么,"如果您让我离开的话,我当然可以检举您。您不要忘了,我是一名警察。"

梅尔乔的假设让阿门戈尔阴暗的脸上现出了一丝明亮,那是他的微笑。

"我没有忘记。"他肯定,"当然,您说得很有道理,但我准备冒一下险。顺便问一句,什么叫如果我让您离开的话?您不是被迫在这里的,梅尔乔。我和您说了,我只是找不到其他的方式让我们俩聊一聊,才以这样的方式找了您。对您造成的困扰,我深表歉意。既然我们说到这个话题了,请您帮我解答一个疑问。您确定,如果您离开这里并揭发我,别人会相信您吗?请您好好想一下。您有什么证据?谁来做证起诉我?费雷尔吗?还是我聘请的杀手?他们到底在哪里?此外,您觉得在伯特或整个高地,如果从来都没有人逮捕阿德利、审判过他的话,还有谁记得他杀了我父亲吗?他是在七十多年前犯的罪!我父亲的踪迹完全都没有了!请您去高地查找一下关于内战的简报和墓地里面我父亲的名字,再来和我说。您真的认为会有人相信您说的故事吗?"老人脸上的微笑消失了,再次恢复阴霾,"不管怎么样,我让您自己定夺。但我要提醒您,如果您要这么做,请尽快,不然等您起诉我的时候,我已经不在这里了。"

"您这么快就要回墨西哥了吗?"梅尔乔问。

阿门戈尔哼了几声作答,声音很短暂。他的呼吸声在空寂的客厅里依然很明显。

"您知道一件事吗?"他的声音越发低沉无力和急迫,"几天前,我意识到您应该了解真相,我就决定帮助您解决阿德利家的案子。我突然想到,虽然西班牙不是一个适合生活的地方,却是个很适合离世的地方。对我而言尤其如此,也许更是唯一的地方。就这样,我决定也是时候打破我离开时的誓言了。所以,多年之后我回到了这里。我是昨天到的,几乎没有离开过这个房间,我还没有去高地,想等和您聊过之后再去。如果我感觉还好的话,明天我去伯特。但即使我状态不好,我也去。总之,我来这里违背了医生的嘱咐。那些医生,他们就希望我们比本应该活的时间活得更长……我明天就回高地。我要在我的小镇里逛逛,看看那里的一切,街道、房子、农田和人。看看我的回忆还剩多少。我要找找我父母的店,我们住过的房子,我父母安息的墓地。我要在那里待上几天,就看是几天了,我已经租了一个庄园。是有点贵,但是……做完这些事之后,我也就能安静地休息了,就像我父母一样。如今,阿德利按他该死的方式死了,正义得以昭示,仇恨也终于结束了。我不知道自己还剩多少时间,很可能已经不多了,所以我对您说,如果您要告我的话,就请尽快,也许为我所做的付出代价也是正当的。我不知道,由您自己决定吧。您是个聪明的孩子,您的决定我肯定会觉得很好,我已经没有力气做这样的决定了。"

阿门戈尔的声音最后变成了难以分辨的低语直至消失。过了一会儿,梅尔乔又听到他说话了:

"我能再拜托您帮最后一个忙吗?"

梅尔乔说可以。

"如果您不介意的话,请您陪我一会儿。"老人恳求,"就一会儿。等您累了,您就离开。很高兴能和您聊天。现在我累了,我需要休息。"

阿门戈尔的声音再次低落下来直到消失,很快他规律的呼吸表明他已经睡着了。梅尔乔留在了那里，安静地坐在椅子上，待在老人的身边，好像他不是在守护一个几乎不怎么认识的老人，而是看着一个生病的小孩或很亲近的家人。梅尔乔的脑子里回响着老人的话，巴塞罗那的夜晚在窗户的另一侧闪烁着。他感到眼皮越发沉重，四肢也越来越沉。他不想离开这个初来当作赴断头台的套间，慢慢滑入瞌睡的旋涡之中。睡眠的中心盘旋着模糊的确定——他会再次见到珂赛特的。虽然奥尔加不在了，他家还在高地——那个失败者居住的贫瘠、不宜居、乱石堆积的地方，同样是奥尔加给他留下的家，是唯一一个他认可，也认可他的故国，他确信这才是他真正的归宿。

梅尔乔睡着了。他醒过来（或者只是他自己这么以为），木然不安，不知道身处何地，但看到老人仰面躺在沙发椅上，听到他浑浊的吸气呼气声，他就回到了现实。窗外，城市沐浴在清晨灰色的晨光中。

梅尔乔站起来，最后一次看了看阿门戈尔，似乎想保留对他的最后印象——议员式的脑袋，干瘦的脸颊和嘴唇，高昂的下颌，紧闭的皱皱的眼皮，猛禽般的侧脸，双手交握在胸口，随着肺的节奏上下起伏。他走过空旷的走廊，穿过空无一人的卧室。在下一个大厅里，两个护士和三个保镖都在交谈，镇定自若地面对他的出现。女护士问他，阿门戈尔先生是不是还睡着。梅尔乔回答是的，然后向保镖要他的手机和手枪，其中一人交给了他。有一个瞬间，他犹豫是否要向护士询问老人的健康状况，他到底得了什么病，还能活多久；也犹豫离开前，要不要给老人留个便条。

最后，梅尔乔什么都没有做。他离开了套间，坐电梯下到酒店大厅，走上大街。刚准备打车的时候，他临时改变了主意，朝港口走去。他需要清醒一下，需要整理思绪，需要做出决定。他走得很快，呼吸着清晨洁净、清爽、湿润的空气。在下码头之前，他拐到右边的人行道上，沿着海滩步行。他自问，需要做决定吗？不是一切都已经被决定好了吗？那个他共度了一晚的老人至少是三个人被杀的罪魁祸首，他在暗处策划并遥控了阿德利家的案子，他是隐藏的犯罪主谋，是他一点一点给费雷尔根植杀人的想法，是他聘请了杀手并指使了他们。他应该和费雷尔和萨洛姆一样承担三项谋杀罪，甚至更多的责任。梅尔乔接着想下去，阿门戈尔在一件事上是有道理的：他和他被杀的父亲理应获得正义，但是没有。只是一旦他自己来实施正义的裁决后，他就失去了原本的立场，因为就像巴雷拉警督说过的那样，正义也是一种形式，但他没有尊重正义的形式，就像巴雷拉同样说过的那样，有些时候，绝对的正义有可能就成为非正义了。因此，虽然要证明阿门戈尔在阿德利家案子上的责任有相当的难度，但他并不应该就此放过他，不起诉他也不追踪他。那么，现在该如何决定呢？他问自己。不是很明显要逮捕老人吗？不是的，他回答。阿门戈尔没有道理，但同时他又是有道理的，没错，他是以自己的方式行使了正义，那也是因为他没有其他手段的下策；没错，他是没有尊重正义的形式，那也是因为他找不到合法的手段来做。但这样就可以不惩罚他了吗？他再次问自己。因为这样，就可以让他逍遥法外吗？难道阿门戈尔把这件事告诉他，不就是希望有人理解这件事，并宽恕他吗？如果他不揭发阿门戈尔，是不是就意味着他也成了阿德利案子的同谋，甚至是撞死奥尔加的同谋呢？

梅尔乔从人行道上下来走向海边。微风吹起，地平线处呈现红色。模糊的光线照着宽敞的海滩，他朝着大海走下去。走到岸边，他在沙滩上坐了下来，出神地听着海浪的声音，感觉微风拂面，看着天越来越亮。听到狗叫声，他转头看到远处一条狗和它的主人，又看到另一条狗。他脱掉衣服钻进水里。为了御寒，他迎着浪拼命划水，不时埋入浪底。他游得离岸边很远了，海浪平静多了。他转过身，仰面躺在海上，闭着眼睛漂着，放空，再次感觉眼皮上睡意的沉重，听着海的低鸣，身体随着海浪浮动。过了一会儿，他又埋进水里，开始沿着海岸奋力地游。挥动手臂之间，他突然决定了，要在两个相悖的真相间做出选择，在同样的两种正义中做出选择，这艰难的抉择和冰冷的海水让他想起《悲惨世界》的一幕，实际上是《悲惨世界》最后几幕中的一幕。当时，冉阿让在麻厂街的街垒救了沙威，后者惊呆了，他宣布放弃对冉阿让的处决权，这是他多年以来汲汲以求的。在追踪多年之后，沙威放走了这个违反法律的逃犯，他再也没有能力逮捕他了，就这样背叛了他一生的正直理念。他放弃身为警察的天职，给了冉阿让自由，放弃了公众的准则，选择了他自己的正义准则。他把内心正义置于公众正义之上，把自然权力放在形式权力之上，把上帝的法则放在人世的法则之上。这个从未预见的决定，彻底击溃了他一贯坚定的信仰，让他困惑、无助，让他陷入冰冷的绝望，最终让他投向了塞纳河黑暗的旋涡之中。梅尔乔知道，虽然他现在面临和沙威一样的艰难选择，在两个矛盾的真相之间和两个都成立的道理之间选择，但这一次他不会模仿沙威，不会退缩，让海水吞没他。在高地，他拥有沙威甚至都没有想过的一切——奥尔加和珂赛特坚定的爱。在他的一生中，梅尔乔第一次觉得沙威是一个遥远的陌生人，他的行为荒唐，悲剧得可笑。他接在水里游，迎着浪向前。梅尔乔感到对沙威深深的同情，一种深切的悲痛，似乎他不是淹死在塞纳河，而是就在此刻此地，就在他的身体里面，消失在海水中，就像他缺席的父亲的幽灵一般消失了。梅尔乔不游了，安静下来，漂在海中央喘着气，看着被初升的太阳光照得金黄的海滩，人越来越多。直到他觉察到一种异常，好像他自己从内部开始融化了，他很快发现是自己在哭，温柔咸涩的眼泪从他的脸颊滚落，融入大海又冰又咸的海水中。梅尔乔哭了，把那天得知他母亲被杀和那天得知奥尔加被撞死而强忍住的泪水都一并哭了出来，似乎把他所有该哭未哭的份额都用了，好像刚刚才学会哭一样——在城市的海滩上，在秋日的清晨，在和一个将死的老人彻夜深谈未眠之后。这位老人在临死前要回到他真正的家，他遗失的故土，那个贫瘠、不宜居、到处是乱石、酷烈的高地，找回他的命运和归途。当梅尔乔停止哭泣，或者他觉得自己不哭了，他又一次埋进了海水，深深地扎进去，似乎想要洗干净眼泪。再次浮出水面后，他还是沿着海岸游，一直游到他脱衣服的地方。他从那里走上岸，坐在沙滩上一直等到太阳和微风吹干了他的身子。他穿上衣服，穿过沙滩，走上人行道，打了辆车离开了。

几分钟后，出租车停在了多明戈·比瓦雷斯的家门口，这是马约卡街上的一栋老建筑。梅尔乔用律师给他的钥匙打开铁门，走进木头电梯上到五楼。当他准备打开公寓门时，有人在他背后命令：

"举起手来，不许动。"

梅尔乔照做了。在凝固的周日宁静中，他听到轻微的脚步声靠近，感觉到一只手拿走了他腋下的手枪。他抓住机会，用手肘给了袭击者当脸一下，那人倒在了地上，痛得哇哇大叫，声音在整栋楼里回响。梅尔乔抓住那人的脖子，把他提了起来，正要抬脚踢他胯下时，比瓦雷斯的声音及时制止了他。

"住手，梅尔乔！"他大喊，"不要打他。"

梅尔乔转过身，看到比瓦雷斯衬衫扣子还没扣好，穿着长到膝盖的内裤跑出了家门，身边站着一个胖子，穿着睡裤和大号的短袖。律师手里拿着手枪，胖子拿着棒球棍。

"一切都在掌控之中，马内尔。"比瓦雷斯朝着被梅尔乔抓着脖子的男人说，"他是女孩的父亲。"

梅尔乔困惑地看着手里的男人，后者满眼惊恐地看着他，等他明白过来才松开手。男人硬邦邦地摔到了地上，胖子赶紧跑上去查看。

"你还好吗，马内尔？"他问。

"谁能告诉我发生了什么事？"梅尔乔问。

"没什么事。"比瓦雷斯回答，"这两位是我的朋友，军队里的战友，马内尔·普伊格和奇丘·坎帕。是我请他们来帮忙保护珂赛特的，另外还有两个人。这些天我们排了个班。"

"你得青着一只眼睛回家了。"坎帕对普伊格说,后者还坐在地上,"你太太肯定以为你参加了什么狂饮派对。"

"妈的,我都成什么样了。"普伊格抱怨,一只手摸着眼睛。

梅尔乔开始道歉,但普伊格打断了他。

"没事儿,没事儿,年轻人。"他说,"职业反应而已。但是你放心,我在这儿的时候,连上帝都没有碰过女孩。"

"住嘴,你这个傻子。"坎帕责怪他,帮他站起来,"总之,你这守卫做得太糟糕了。如果埃鲁索中尉发现你这样,肯定把你自己拉的屎盆子扣在你身上。"

这会儿,楼道里另一扇门微微打开。楼梯上有脚步声,还有个男人的声音说他要报警。几乎是同时,珂赛特出现在了比瓦雷斯公寓的门口,赤着脚,穿着睡裙,用手背揉着眼睛。

"爸爸?"

梅尔乔抱起了女儿走进屋子,后面跟着普伊格和坎帕。比瓦雷斯留在了门外,大声和邻居理论,并威胁要以公共场所大声喧哗的罪名起诉他们。当楼道的嘈杂安静下来,律师回到屋里,梅尔乔在卧室里给珂赛特穿衣服。父女俩聊着女儿在这几天的生活。

"她表现得很好。"律师在门口说。

普伊格和坎帕也在他身后探出头来。

"她是个乖巧的女孩。"坎帕评价。

"而且很勇敢。"普伊格表示了肯定,用冰袋敷在受伤的眼睛上。

比瓦雷斯问梅尔乔来巴塞罗那做什么,在高地是否一切都在掌控之中，梅尔乔回答是的，补充说一会儿说给他听。等给珂赛特穿好衣服，梅尔乔把她余下的衣服塞进了旅行包。

"你们要走了吗？"比瓦雷斯问，"你们都不留下来和我们一起吃早饭吗？"

梅尔乔说不了，他解释道，他们如此着急是因为要去赶公车。

"你们要去哪里？"律师问。

梅尔乔比以往任何时候都清楚要去哪里。但他看了一会儿律师，看着他凌乱的头发，满是皱纹的脸，像卡车司机一样肥大的身躯，啤酒肚，雪白的细腿。看着这些，他突然回忆起那些在他童年，在圣洛克他母亲的公寓里来回臆想的、幽灵般的父亲——那个像庄园主一样有稳重脚步的男人，那个踮着脚、试图不想让人觉察的男人，那个咳嗽得像是病入膏肓的病人或者无可救药的烟鬼男人，那个在墙后哭得让人难以安慰的男人，那个讲鬼故事的男人，那个总是在凌晨穿着皮夹克离开的男人。虽然他难以把比瓦雷斯的脸安在任何那些陌生人的身上，但他第二次强烈地想要拥抱他。最后，他还是没有做，只是和他以及他的两位朋友道别。他一只手牵着女儿，另一只手拎着旅行包。比瓦雷斯又问了一次，他要到哪里去。

"回家。"梅尔乔最后回答，"回高地。"

作者后记

我要向以下各位给予的帮助表示谢意：胡安·弗朗西斯科·坎波、玛丽亚·德安塔、豪梅·埃斯库德、乔尔迪·格拉西亚、米格尔·安赫尔·埃尔南德斯、卡洛斯·索布里诺、辛塔·罗尔丹和大卫·特鲁埃瓦。我还要向高地警局的负责人表示感谢，没有他们就不会有这本书。因为他们向我敞开警局的大门，随时解答我的问题。我要感谢安东尼·布尔戈斯警督、乔尔迪·埃斯克拉警长、安东尼·希梅内斯探员，特别是乔尔迪·洛佩斯警士和华金·里博达斯警士，他们俩不仅耐心回答我的所有问题，还读了这本书的手稿，并给了我特别有用的意见。同样，我也要感谢安东尼·科尔特斯——可能是高地最好的外交官，他受不了别人向他致谢。